U0066257

陌上嬌醫 下

文創風 653

言笑晏晏 著

目錄

第三十一章 表白

劉蘭看著這樣的雲實，心裡一個勁兒地發虛，她張了張嘴，到底沒說出什麼嘲笑的話，便匆匆地走了。

雲實一個人愣愣地站在原地，拳頭鬆了又緊，緊了又鬆。他的一顆心就像浸在鹽水裡，隱隱泛疼。原以為蘇木至少對他也是有意的，不然不會允許他那般親密。

他從未見過蘇木和其他漢子走得那麼近，無論是嘴裡喊著哥哥的蘇鐵，還是曾經訂過親的石楠。明明昨天，她還叫蘇娃送來了榆錢疙瘩，那麼好吃……

雲實怎麼也沒想到，蘇木會連考慮都沒有，就這樣乾脆地拒絕。

他不信！他怎麼都不願意相信。

不知過了多長時間，日色漸漸發黑，水灣中撲楞楞飛起一隻大鳥，雲實才猛地回過神來，想都沒想，抬腳便朝著蘇家小院走去。

彼時，蘇家姊弟剛吃了晚飯，蘇木和蘇丫都不在家。

雲實黑著一張臉在屋前屋後轉了一圈，沒找到想找的人。

蘇娃騎在小木馬上愣愣地看著他，小黑狗則興奮地在他腿邊一個勁兒打轉。

雲實的視線鎖定在蘇娃身上。「你長姊呢？」

「河邊消食去了。」蘇娃不甚在意地回道。

雲實抿了抿唇，朝著門外走去。

臨出門，他又轉過身來，直直地看著蘇娃，問道：「今日可有媒人來提親？」

蘇娃想起晚飯時蘇木和蘇丫的對話，點了點頭。「有的，劉媒婆。」

小漢子說著，厭惡地撇了撇嘴，他可記得清楚，那個婆娘從前沒少笑話他阿娘。

「你長姊……可答應了？」雲實懷著最後一絲希冀，問道。

蘇娃歪著腦袋想了想兩位阿姊飯桌上的對話，好像，長姊說的是「考慮」，考慮的話……不算是答應吧？

蘇娃想了想，最終搖了搖頭。

「她果真沒答應。」

「嗯，沒答應。」蘇娃覺得他有些煩，便答得十分乾脆。

雲實這回徹底死了心，大跨步地出了蘇家院子，朝著河邊走去。此時他心裡像是裝著一團火，這團火幾乎把他燒瘋。

腦子裡裝的全是蘇木，笑著的樣子、鼓著臉的樣子、撒嬌的樣子、生病的樣子、昏迷不醒的樣子……全部、全部都是蘇木。

雲實緊握著拳頭，一心想著要把那個小娘子抓住，藏到家裡去。

手都給他拉過了，身子也抱過，藥也餵過，不嫁給他，難道還想嫁給別人嗎？

不知是巧還是不巧，當雲實心急火燎地找她的時候，蘇木正在茅屋旁等著雲實回去。

她想跟雲實談談——早就該談談了。

雲實沿著河邊走了一路，其間連雜草後面都沒錯過，卻不曾見蘇木的人影。直到走到蘆葦蕩前，才看到一個穿著淡青色衣裙的小娘子坐在那裡。

蘇木剛好也看到雲實走過來，剛剛揚起笑臉，還沒來得及打招呼，便撞上了雲實的黑臉。

雲實心頭升起一股熱意，三兩步走過去，一把將人夾到了胳膊底下。

蘇木還是生平第一次這樣被人夾在胳膊底下，簡直丟死人了！

「雲實，你別發瘋，快放我下來！」她一邊拍打雲實的後背，一邊氣喘吁吁地喊道。

雲實卻不為所動，只冷著一張臉往蘆葦蕩裡走。

如果仔細看的話，便不難發現，他特意放慢了步調，胳膊上的力道也小心地把控著。

蘇木卻是不管不顧地掙扎著，細胳膊細腿胡亂踢打。

這時候，雲實已經踩到了蘆葦叢裡，他怕傷著蘇木，便鬆鬆地抱著。

蘇木一個勁撲騰，結果差點倒栽蔥著掉下去。

小娘子頓時嚇得花容失色，條件反射地抓住雲實的衣服，沒出息地喊道：「啊——我不會游泳！雲石頭，你快停下！」

沒承想，雲實真的停了下來。

他用胳膊圈著蘇木，輕輕鬆鬆把人翻過來，拿眼沈沈地瞅著。「妳不識水性？」

蘇木一雙纖細的手緊緊抓著他的肩膀，慌亂地點頭。「我不會水，你別那樣抱我了，萬一我掉下去，你還得賠！」

雲實眸光微閃，像是抓住了什麼東西，再次開口道：「妳怕水？」
蘇木一時沒反應過來，下意識地點了點頭。
雲實沒來由地勾起唇角，露出一個意味深長的笑，蘇木呆呆地愣住了。不得不說，近看之下，這張稜角分明的臉真的是非常英俊，尤其是那雙深邃的眸子，當他笑起來的時候，可謂是燦若星辰。
蘇木正犯著花癡，竟沒意識到雲實正帶著她走出蘆葦叢的範圍，來到了水邊。這裡遠離河坡，又被高高的蘆葦叢擋著，根本沒人會看到。
即使腳下的蘆葦甸晃晃悠悠，雲實依舊面不改色，他只專注地看著懷裡的人。
蘇木也愣愣地看著他，不知道這個傢伙葫蘆裡賣什麼藥。
兩個人就這麼大眼瞪小眼地過了好一會兒，雲實才終於開口道：「小木，今天我請媒人去提親，妳沒同意？」
蘇木這才明白過來，這個傢伙突然發瘋，竟然是為了這個。
說起來，她還生氣呢，為什麼不同她商量一下？更何況，這傢伙找的什麼爛媒人啊！
蘇木心裡也憋著氣，嘴上便故意說道：「是啊，我沒同意。」
雲實眼中閃過一抹受傷的神色，然而，蘇木此時正悄悄瞅著身後的河面，沒注意到。
「妳為何不同意？」
蘇木氣呼呼地翻了個白眼，故意說道：「我為什麼要同意？」
雲實抿了抿嘴，似乎醞釀了好久，才認真地回道：「小木，我心悅妳。」

蘇木的心驀地漏跳了半拍。

緊接著，雲實又霸道地開口道：「所以，妳要嫁給我。」

小娘子心裡剛剛升起的那點小感動咻地一下，就給散了。

蘇木撇了撇嘴，拿手戳著面前緊實的肩膀，一字一頓地說道：「我、偏、不！」

實際上，在剛剛那一瞬間，小娘子心裡已經有了決斷，然而她就是看不慣這傢伙那種人前悶騷人後霸道的樣子，非要逗逗他不可。

沒承想，雲實卻是當了真。

他緊繃著一張臉，悶聲道：「小木，妳不是怕水嗎，妳若不答應，我便帶著妳從這裡跳下去。」

蘇木一聽，徹底火了。

「行啊，雲石頭，你就會欺負我是不是？不用你推，我這就下去！」蘇木說完，也不管雲實的反應，猛地掙開他的手，撲通一聲跳進身後的河水裡。

那一刻，雲實嚇得心臟揪成一團，想也沒想便跟著跳了下去。

他什麼都不顧，緊緊地把小娘子摟進懷裡，高高地舉著——實際上，河面底下蘆葦橫生，河水將將沒過他的腰。

蘇木也沒矯情，任由他抱著，只拿一雙眼睛冷冷地看著他。

實際上，她在跳下去的那一刻就後悔了——這水真涼！水裡也沒她想像的那麼乾淨！最重要的是，她是真不會游泳！

幸好水下蘆葦交錯，蘇木一時半會兒並不會沒頂。

儘管如此，雲實還是徹底慌了。他緊繃著身體，把懷裡的小娘子放到蘆葦甸上，自己還在水裡泡著，就這麼不由分說地吻了上去。

雙唇相貼的那一刻，蘇木倏地睜大眼睛，腦子裡猛地跳出一個念頭——這是她的初吻來著……兩輩子加起來的初吻。

上一刻，她還躺在蘆葦甸上氣喘吁吁，原本想著等喘勻了氣，就爬起來教訓那塊臭石頭。沒承想，下一刻，就被人牢牢地按住，初吻也被奪去了。

雲實卻絲毫不知收斂，熟門熟路地撬開牙關，攻城掠地。

等到蘇木反應過來的時候，不知已經過了多長時間，也不知被那個傢伙占了多少便宜。

此時，夕陽漸漸沈了下去，天空中最後一抹霞光也失去蹤跡，那對天鵝夫婦回了雲實幫助牠們搭好的小家，其餘的水鳥也收斂翅膀，找到各自的伴侶。

蘇木依舊被人壓在蘆葦甸上，身下墊著男人的胳膊，然而她差點把自己給憋死。

雲實察覺到小娘子愈加急促的呼吸，這才戀戀不捨地把人放開。

蘇木起身，抬起痠軟的手臂，「啪」的一聲，軟軟地打在他的肩膀上。

根本不疼，雲實卻難受得身子一僵，他跪在地上，一雙眼睛專注地看著蘇木，鄭重地開口道：「妳儘管打我，打完了還是要嫁我。」

「嫁你個頭！」蘇木一腳踹過去，依舊是不輕不重的力道。

她從未如此惱恨過這副嬌弱的身體，打起人來都不給力。

雲實覺察到她的氣憤，拿起她的手便往自己臉上打。

蘇木反而氣惱地抽了回來，惡聲惡氣地說：「放開，我嫌手疼！」不知怎麼的，心裡便覺得委屈起來，豆大的淚珠從眼睛裡滾到臉頰，小娘子就這樣渾身濕漉漉地哭了起來。

雲實的心頃刻間縮到一起，又酸又疼。他把人攬到懷裡，一邊道歉一邊輕輕地拍撫著。

蘇木攥著拳頭，一邊打他，一邊委屈地哭訴道：「你個混蛋，就會在我這裡逞威風，你也不想想，你叫別人來提親，人家為何連個登門禮都不帶，又是為何隻字不提『提親』二字，只說是『說合、說合』？」

雲實自然不傻，蘇木一說，他便一下子明白過來。

他怎麼也沒有想到，在講好條件的情況下，劉蘭還會如此坑他，既然如此，他也不必再顧及任何情分！還有劉媒婆，既然敢昧下他的登門禮，就得消化得下去！

雲實眼中閃過一抹狠意，恰好被蘇木抓住。

小娘子心頭一驚，下意識地把人抱住，連聲問道：「雲實，你在瞎想什麼？」

雲實對上蘇木的視線，立即軟下了目光。他搖了搖頭，輕輕地吻了吻小娘子的額頭，無比溫柔地說道：「不用害怕，小木，我永遠不會傷害妳，永遠不會。」

蘇木並沒有因為如此炙熱的表白而失去理智，她皺了皺眉，嚴肅地問道：「這到底是怎麼一回事，你難道不打算解釋一下嗎？」

雲實抿了抿唇，並不打算開口。他一心認為這件事是自己虧待了蘇木，蘇木無論如何打他、罵他都不為過，他不會找藉口，也不會強詞奪理。

然而，蘇木卻不是那種單純哄一哄就能敷衍過去的女生，她堅持問道：「雲實，如果你想和我在一起的話，必須記住一件事——夫妻之間應該平等相待，更應坦誠相對，我希望你永遠不要打著為我好的旗號，做一些隱瞞我的事！」

這句話，蘇木說得擲地有聲，這也是她開始認真考慮兩個人的關係時，想到的最重要的一點。

雲實眸光閃動，為了蘇木說的那句「夫妻之間」。

他很快便明白過來，幾乎是沒有任何猶豫，便把先前商議提親的經過以及和劉蘭的約定，包括登門禮與媒人紅一併說了出來。

蘇木這才鬆了口氣——好在，這個男人雖然霸道又悶騷，至少還禁得起調教。

然而，聽完雲實講述的事件經過，她又忍不住異常氣憤。

蘇木完全想像不出，為什麼會有人這麼的不要臉！

不怪雲實考慮不周，只能說，像他們這樣的正常人，實在想像不到某些人做人根本沒有底線。

更讓蘇木生氣的是，雲實竟然還向這種人妥協！

她拿手戳著雲實的胸口，氣哼哼地說：「你就會欺負我，怎麼對別人就強硬不起來？還給他們地，給個屁！」

雲實乍一聽到小娘子嘴裡罵出的話，不僅沒覺得粗俗，反而忍不住樂了起來。

「那地只讓冬青種著，同旁人沒關係。」雲實說著，便把人抱起來，朝著蘆葦叢外走去。

此時天色已經黑了下來，蘆葦叢中黑乎乎一片，蘇木下意識地抓住雲實的衣服，驚慌地問：「你又想做什麼？」

雲實無奈地看著她，有些受傷地說道：「這樣渾身濕著容易著涼，得盡快回家換身衣服。」

蘇木這才知道自己把人給冤枉了，不過，她依舊梗著脖子控訴道：「別指望我會感激你，就算我生病了也是被你害的。」

雲實好脾氣地「嗯」了一聲。

蘇木感覺就像一拳打在棉花上，頓時也洩了氣。此時她又怕又冷，不由自主地往雲實懷裡躲了躲。

雲實享受著小娘子的依賴，同時耐心而真摯地解釋道：「我要堂堂正正地娶妳。地，不重要。」

蘇木撇撇嘴，嘟囔道：「甜言蜜語說起來真是一點壓力都沒有，怎麼以前沒發現你這麼會說？」

雲實低頭看著她，認真地說道：「我說的是真的。」

就因為是真的，才叫人心底發疼。

蘇木戳了戳他的下巴，傲嬌地說：「好好看路。」

雲實這才重新抬頭，一雙眼睛盯著蘆葦叢。

走了一截，蘇木又忍不住問道：「你有沒有想過，倘若以後咱們成了親……」

雲實低下頭，目光灼灼地看著她。「小木答應了？」

「我是說假如，你在瞎想什麼？」

這話一出，她分明從雲實眼中看到了濃濃的失望。

蘇木的心一軟，答應的話差點就要脫口而出，好在，她最終還是忍住了——今天被他平白無故嚇了一場，才不能這樣便宜他。

於是，蘇木話鋒一轉，說道：「將來她若是欺負我怎麼辦？你還會像現在這樣『為了顧全大局』而忍耐嗎？」

雲實似乎想到不好的事情，眼神一下子冷了下來。

「以前我不爭，是為了讓阿娘安心。」雲實話鋒一轉，沈聲說道：「小木別怕，若是有人敢欺負人，我必不饒他！」

蘇木終於明白他心裡的想法。

原來，一個男人不爭，不是因為他爭不起，而是因為他不在意。當他真正想要爭的時候，誰都擋不住。

她蘇木，竟成了值得他爭的那個人。

不得不說，這一刻，蘇木心裡暖暖的，生平第一次享受到被一個男人珍視的滋味。

她害怕自己會沒出息地哭出來，便故作輕鬆地說：「有你這句話就成了，放心吧，我也不是那種任人欺負的人。到時候你要站在我這邊才行。」

雲實毫不猶豫地點了點頭，點完之後又覺得力度不夠似的，特意斬釘截鐵地「嗯」了一聲，蘇木這才開心了。

「說起來，如果以後咱們成了親，你有沒有什麼打算？要不要和你那個繼母住在一起？萬一我和她相處不來怎麼辦？」蘇木嘴上說著「萬一」，心裡卻明白，她跟那樣的人肯定相處不來。

「不必同她住在一起，河坡上的屋子重新蓋，妳現在住的院子也要收拾一下，小木想住哪裡都可以，或者另找地方重搭也行……只要小木願意。」

蘇木挑了挑眉，調侃道：「我沒聽錯吧，住我家也行？那你可就成上門女婿了。」

雲實「嗯」了一聲，並不介意。「只要小木願意嫁我。」

「那就不叫我嫁你了，就該叫做你嫁我。」蘇木說完，自己先忍不住笑了起來。

雲實見到她的笑臉，徹底鬆了口氣。

月光剛好打在小娘子明亮的眸子上，俊朗的漢子微微低著頭，只覺得眼前的一切都美不勝收。

第三十二章　反擊

蘇木在院子裡轉悠著，琢磨著昨日的事，越想越氣。

牆外傳來陣陣說笑聲，她伸著脖子一看，正瞧見蘇婆子幾人有說有笑地從杏樹坡上經過。她們懷裡抱著木盆，想來是要到河邊去洗衣服。

蘇木腦中靈光一閃，突然有了主意。她回屋換了身素淨的衣服，又把胡亂綁著的頭髮梳了梳，只在腦後插了支銀簪，慢悠悠地踱到了河邊。

蘇婆子打心眼裡喜歡蘇木，待她也十分熱情，沒等蘇木開口，便喜氣洋洋地說道：「小木今兒個這打扮著實爽利，好看得緊！」

旁邊那位大娘看起來十分面善，笑著應和道：「可不是嘛，這麼打眼一瞅，跟玉簾那丫頭就像一個模子裡刻出來的。」

何玉簾是蘇木的親娘，是位心慈面軟的好人，她在世那會兒，村裡的婦人們頭疼腦熱，都是找她看病。

「唉，怪好的娘子，走得那麼早，丟下蘇小娘子一個，可憐見的。」另一位大娘大概是想起從前，不由惋惜地說道。

蘇婆子連忙給她使了個眼色，那人這才反應過來，滿臉歉意地看向蘇木。

蘇木原本就在醞釀著如何開口，正好抓住這個話題，紅著眼圈說道：「我阿娘走得早，有些事也不知道應當找誰商量，原本我一個小娘子本該是羞於出口，可我又實在困惑，便想著能不能跟大娘們說道、說道。」

蘇婆子一聽，立即回道：「有什麼不好開口的事，在大娘這裡儘管說，小木放心，這裡沒有碎嘴的人！」

其他幾位大娘也紛紛應和。

能和蘇婆子關係好的，大多是厚道爽快的人，蘇木暗自慶幸，今天真是趕上個好時候。於是，她便坐到河邊的大石頭上，猶豫地開口道：「昨日我原本在院中澆樹，有個自稱『劉嬸』的人突然進來，想要給我說親……」

蘇婆子原本繃著臉，聽到這個突然笑了起來。「有人向小木提親？這可是好事。小木，妳跟大娘說說，劉媒婆給妳提的是哪家？」

蘇木咬了咬嘴唇，吶吶地開口道：「劉嬸沒說有人提親，只說她看著我跟一個漢子合適，便想著撮合、撮合……」

蘇婆子的臉一下子便拉了下來，其他幾位也面面相覷。

「我呸！少聽她在那兒胡說八道，若小木答應了，叫人說起來倒像咱們上趕著似的！」蘇婆子恨恨地說道。

蘇婆子之所以這麼生氣，就是在懷疑劉媒婆動了歪心思，想把蘇木說給什麼不三不四的人。

「小木，她跟妳提的是哪家漢子？」

蘇木裝著一副可憐又羞憤的樣子，看上去頗為猶豫。

這可把蘇婆子急壞了，她把盆往旁邊一放，衣服也不洗了，三兩步走到蘇木跟前，說道：「小木儘管說，大娘給妳做主。」

「是啊，小木有什麼就說出來，這裡沒人笑話妳。」其他大娘也善意地勸著。

蘇木拿濕漉漉的眼睛看了看幾位大娘，這才支支吾吾地把雲實的名字說了出來。

旁邊一位大娘當即笑了。「怪不得呢，前日我看到他在河裡摸魚，一連摸上來好幾條，專門挑了幾條大的養在盆裡，其餘的又放了回去……我問他做什麼非挑大魚，那小子板著張臉說，要拿去做登門禮。」

蘇木想像著雲實當時的樣子，在心裡暗暗發笑，面上卻是疑惑地說道：「我並沒有看到登門禮，那劉嬸也沒說是雲實哥提親，只說她自己覺得合適，便給我們兩個撮合，問我願不願意——我沒經歷過這樣的事，今兒個之所以說出來就是想問問大娘，咱們村有沒有這樣的規矩。」

「有個鬼的規矩！妳大娘我活這麼大歲數，也沒聽說過這樣的道理！」蘇婆子黑著臉說道。

在場的都不是傻子，雖然不明白劉媒婆的用意，卻也能看出來她定然沒安好心。

蘇婆子越想火氣越大，把一雙濕手往身上胡亂擦了擦，恨恨地說道：「不行，我實在嚥不下這口氣，怪好的娘子，沒的讓她這麼作踐。我得去找那婆娘理論、理論，看看是誰給的她臉！」

蘇木嚇了一跳，她原本就想趁這個機會把這件事宣揚出去，然後再慢慢收拾那些人，可沒想著讓蘇婆子去幫她打架。她連忙拽住蘇婆子，懇切地說道：「大娘為我好的心思我曉得，我卻不能讓您到她們上去吵嚷，這不成了我挑唆著妳們打架了嗎？」

說這話時，蘇木早就沒了半分裝模作樣的心思，反而是滿心的愧疚。

蘇婆子卻是無所謂地拍拍她的手，說道：「打架就打架，我蘇婆子活到現在飯沒多吃，架卻沒少打。小木，妳既然叫我一聲『大娘』，叫我們家老大一聲『哥』，這口氣大娘就得給妳出了！」

蘇木忙說：「說不上出氣不出氣的，多少就這麼一回了，到底不是什麼大事，以後也打不著什麼交道。」

蘇婆子瞪眼道：「好好的親事給攪黃了，這還不是大事？」

其他大娘也是嚴肅著一張臉，不住點頭。

一位看上去年紀明顯大些的人，心平氣和地開口道：「小木妳別怕，這事確實應該問個明白，莆子妳也別這麼一副吃人的樣子，去了先好好問問，若果真是那人使了什麼歪心思，再教訓她也不遲。」

蘇婆子好歹聽進去一些，甩開蘇木的手便大跨步地朝著村裡走去。其他幾位大娘連忙收拾、收拾跟上，倒是沒人怕惹上是非而故意避開。

蘇木的身子骨跟這些做慣農活的村婦們沒法兒比，只得氣喘吁吁地追在後面。此時她心裡多少有些忐忑，原本使了個心眼想要博取大娘們的同情，順便借她們的嘴把這件事說出去，沒承想蘇婆子這般義氣。

蘇木感動的同時又有些愧疚，不知道這件事是對是錯。

蘇婆子氣哼哼地找到劉媒婆家裡，也沒進屋，站在院子裡便開始嚷嚷。「姓劉的，妳給我出來！」

彼時劉媒婆正和劉蘭兩個人盤腿坐在炕上，念叨著村裡的閒話。

這幾日兩人天天混在一起，好得跟親姊妹似的，蘇婆子一嚷，她們便一起出來了。

蘇婆子瞥了劉蘭一眼，指著那個劉媒婆便質問道：「姓劉的，妳老實告訴我，為何平白無故地跑到蘇娘子家說親，提親的人家一字不提不說，登門禮都不帶，哪家娘子讓妳這般作踐？」

劉媒婆沒想到她是為著這事，頓時有些心虛——要知道，登門禮這種事關係到媒人的信譽和體面，若是讓人知道她私自昧下，以後休想有體面的人家找她說親。

好在，劉蘭就在旁邊，正好方便統一說詞。

於是，劉媒婆便挺了挺胸膛，有恃無恐地說道：「蘇婆子，我倒不知道妳還操著這份心。怎麼，妳是心疼蘇家那小娘子呢，還是想著託我替妳家老大說合、說合？」

「說合妳娘的腦袋！」蘇婆子一見她這陰陽怪氣的模樣便來氣。「姓劉的，我向來覺得妳不過貪些小財而已，沒承想竟到了如此不要臉的地步，竟然連登門禮都敢昧下——妳以為我會託妳說親？我呸！」

劉媒婆被罵得沒臉，也指著蘇婆子的鼻子喝道：「老寡婦，今兒個妳給我把話說清楚，我怎麼就作踐小娘子了？怎麼就昧下登門禮了？啊？」

蘇婆子呸地一口啐在她臉上，劉媒婆氣不過就要上來拉扯，卻被劉蘭攔住。

劉蘭小聲在旁邊勸著。「大嫂壓壓火。」她一邊勸一邊給劉媒婆使眼色。

劉媒婆心領神會，這事鬧大了吃虧的還是她們，於是不甘不願地把火氣壓了下去，然而到底是沒吃過這樣的虧，嘴上依舊罵罵咧咧。

村裡的婦人們聽到這邊的吵嚷聲，紛紛跑過來湊熱鬧，幾十號人全都擠在劉家小院裡。也有好管事的，諸如村長媳婦，直接走到兩撥人跟前，本著調解的心思勸了幾句。

蘇婆子看見她們姑嫂兩個眉來眼去，便料定了這裡面有事，於是更加硬氣起來。「當著大夥兒的面，妳便把話說清楚，為何雲家小子好好地準備了登門禮託妳去提親，妳卻空著手到了蘇家，提親這事半句不提，只說是撮合？」

劉媒婆轉了轉眼珠，把心一橫，虛張聲勢地說道：「誰說我沒帶登門禮？怪好的三條魚、一方肉，並一匣子綠豆糕，我可是完完整整地交到蘇家娘子的手上，只是她收了禮，自己又不願意，我這個做媒的也不好多說。」

這人青天白日敢如此胡說，就是料定了小娘子面皮薄，不會和她當面對質。

蘇木卻不是一般的小娘子，她大大方方地撥開人群，走到劉媒婆的面前，不緊不慢地質問道：「我卻不知，那登門禮劉媒人竟然還打開看過嗎？怎麼知道那匣子裡裝的是綠豆糕？」

劉媒婆一時語塞，只瞪著眼睛不說話。

蘇木冷冷地瞥了她一眼，朗聲說道：「既然話說到這裡，村長大娘不如替我作主，帶人去我家搜搜，若能找到半片魚鱗、一點肉渣，這事算她受了冤！」

村長媳婦面露難色，活了半輩子，還是頭一回遇到這種事。

蘇婆子強硬地說道：「若是搜的話，不能只搜小木一家，劉媒婆這裡也要搜。正好就近，先搜她家！」說著，便要往屋裡闖。

村長媳婦也只得點點頭，叫上幾個相熟的婆子，一來讓她們幫襯著些，二來也算作個證。

到底是普通村婦，劉媒婆見這架勢，一下子慌了，想都沒想便脫口說道：「有又怎樣？那是我小姑子送給我吃的，和登門禮沒關係！」

蘇婆子目光一閃，逼問道：「她什麼時候送妳的？剛好也是那三樣嗎？」

劉媒婆看了眼劉蘭，梗著脖子應道：「對，就是那三樣。」

蘇婆子當即看向劉蘭，瞪著眼睛問道：「莫非石頭準備了六條魚、兩方肉，讓妳還能大大方方地勻出一半來送人不成？」

劉蘭平日裡在家裡耍個橫還行，面對蘇婆子這樣剽悍的老手，一下子便怯了。她一個勁兒拿眼瞅著劉媒婆，一時間支支吾吾，什麼話也說不出來。

劉媒婆卻皺著眉頭隱晦地瞪她，生怕她露怯。

蘇木把她們的互動看在眼裡，扯著蘇婆子的袖子在她耳邊說了幾句。

蘇婆子點點頭，似笑非笑地開口道：「劉蘭，倘若劉媒婆是被冤枉的，莫非這根源出在妳身上？妳叫人去提親，卻不準備登門禮，這事若是傳出去，妳家小三還能說上媳婦嗎？」

這話一出，人群中轟地一聲炸開了鍋，嬸子、大娘們紛紛議論起來，尤其是那些有小娘子的人家，看向劉蘭的眼神都變了。

劉蘭一見，頭都大了。她這人極其重男輕女，懷胎十月生下的小娘子她不喜歡，雲冬青又跟她不親，唯有一個三小子是她的心頭肉。

慌亂之下，她想都沒想便拉著劉媒婆攀扯道：「誰說我沒送登門禮？怪好的三樣東西，我妥妥當當地提到了大嫂家，那日、那日……我想起來了，那日走在路上我還跟枝兒嫂子、圓兒嫂子說道了兩句，她們是見了的！」

被點到名的兩位順勢站出來，對著蘇婆子和村長媳婦點了點頭，應道：「是有這麼回事，當時我們倆還納悶，這人嘴上說是提親，怎麼一點高興模樣都沒有。」

劉蘭臉色一僵，閉著嘴不說話。

劉媒婆一下子炸了，她指著自家小姑子尖著嗓子叫道：「劉蘭！妳別胡說八道！那天明明是妳把東西交給我，說是給我的孝敬，怎麼今兒個就成了登門禮？」

「大嫂，妳別犯糊塗，我什麼時候孝敬妳不行，怎麼也不可能把登門禮給妳。更何況，那日請妳吃了酒，已經算是答謝了。」為了自己的名聲和兒子的將來，劉蘭徹底同她翻了臉。

劉媒婆也不是個好惹的，一怒之下同她咬扳起來。「劉蘭，我當妳是親妹子，妳竟如此誣衊我，那咱們便說說，是誰當年壞了雲大小子的名聲，又是誰口口聲聲說不想讓他成親？」

劉蘭一聽，瞪著眼睛回道：「那些個主意可都是妳給我出的，妳說讓我買通算命的姑子說他命裡剋親、二十歲之前不宜娶親，還讓我裝病說他不敬孝道，宣揚得十里八鄉的娘子們沒人敢嫁——大嫂，妳可別不承認！」

劉媒婆氣得差點閉過氣去，她咬著牙，瞪圓了眼睛，惡狠狠地報復道：「那小子四、五歲上，妳便慫恿著雲柱把他往河裡扔，這也是我教的嗎？」

兩人每說一句，人群中便發出一陣唏噓。

原來，真相竟然是這樣！

蘇木起初看著她們狗咬狗還覺得好笑，然而越往後聽越生氣——沒承想這些年來，雲實竟然受了如此多的坑害！

村長媳婦臉色也是異常難看，雲實到底是他們雲家的人，怎麼也容不得他人如此謀害。她寒著一張臉看向劉蘭，目光猶如尖刀。「柱子媳婦，這些事可是真的？」

劉蘭臉色一白，連連搖頭。「不、不是真的，是她胡說，她誣衊我！」

村長媳婦冷聲說道：「妳可得想好了，這件事若是追究起來，妳和雲柱都得進祠堂！」

劉蘭一聽，雙腿一軟，癱在地上。

第三十三章 威脅

經過劉媒婆和劉蘭的一番咬扳，扯出多少舊事暫且不說，雲氏一族會不會追究也先按下不表，單單說雲實向蘇木提親的事，卻是傳了個沸沸揚揚。

雖然說兩家並沒有徹底定下來，卻已經讓好幾戶人家不安生了，這頭一戶便是蘇家隔壁的院子。

天都擦黑了，桂花大娘卻無心做飯，只皺著眉頭在堂屋裡坐著。

姚貴從酒廬回來，裡裡外外轉了一圈，只瞧見一屋子的冷鍋冷灶。

姚金娘在裡屋抱著小荷默不作聲，眼圈紅紅的，大概是哭過；姚銀娘在廚房門口轉來轉去，大概是想做點吃的，卻又不會。

姚貴疑惑地問了句。「咋還沒做飯？」

這話若放在往常，便是很平常的詢問，桂花大娘大多會笑了笑，然後便收拾、收拾趕緊去做。然而，今日她心裡憋著氣，一聽這話便像點燃的炮仗似的，徹底炸了。「姚貴，我問你，石頭要到隔壁提親，跟你商量沒有？」

姚貴一聽是這事，心裡也明白了些，好脾氣地應道：「他倒是提前給我說了一聲，我正想跟妳說……」

「跟我說？你當真打算跟我說嗎？」桂花大娘急赤白臉地搶白道。「姚貴啊姚貴，你不知道我的心思嗎？為何還要同意他去蘇家提親？」

姚貴悶著頭不說話。

屋裡，姚金娘止不住內心的苦楚，水氣再次湧到了眼睛裡。姚銀娘看著阿爹、阿娘，愣愣地站在那裡，不知道應該說些什麼。

院牆那邊，蘇丫猛地聽到「石頭」、「提親」這樣的字眼，不由地停住了腳步。蘇娃原本就在牆根底下玩著木馬，此時見他阿姊在意，也支著耳朵聽了起來。

桂花大娘看著父女三人那呆呆愣愣的樣子，怒火更盛。她把桌子一拍，壓著聲音說道：「你明知道我的打算，怎麼就不阻止石頭？現在倒好，鬧得一個村子都知道了，這事還怎麼收場？」

姚貴被問得急了，拍著桌子道：「妳什麼心思，讓石頭娶金子嗎？妳可問過石頭的意思？可問過金子的意思？」

桂花大娘聲音猛地拔高。「婚姻大事，父母作主，咱們熱熱鬧鬧地給他們把婚事辦了，過兩年再生個一男半女，你的酒廬也就有人接手了，不愁以後沒有好日子過！」

姚貴重重地嘆了口氣，悶著頭不知如何反駁。

姚金娘終於忍不住，在屋內哭道：「阿娘，我知道您是為我好，可是，您也應該知道女兒的心，女兒從來都把石頭當成親弟弟，是萬萬不想同他成親的！」

桂花大娘雖然心疼女兒，卻依舊強勢地說道：「我知道妳心裡裝著誰，我跟妳說，還是當年那句話，我不能看著我閨女到他們家吃不上、喝不上，一輩子受窮！」

提到這個，姚金娘也難得硬氣了一回。「怎麼就吃不上、喝不上了？鐵子哥能幹著呢，莆子大娘也……」

「妳給我閉嘴！」桂花大娘登時火了。「金子，妳若還認阿娘，妳若還顧及臉面，那個人的名字便休要再提！」

許是壓抑得太久，姚金娘突然激動起來，邊哭邊說：「當年我就是聽了阿娘的話，就是顧及臉面，才會做出那樣的選擇，以至於現在後悔一輩子！」

關於姚金娘第一次婚事的失敗，桂花大娘心裡十分愧疚，然而她表現出來卻是更加歇斯底里。「是，當年的婚事是阿娘作主，妳若是怪我，我便一頭撞死在這裡，權當給妳賠罪了，妳可滿意？」

姚金娘怎麼也沒想到桂花大娘會這樣說，她倏地睜大眼睛，眼淚唰唰地流了出來。

小荷在炕上哇哇大哭；姚銀娘從院子裡跑進來，抱著她娘的腰哭喊；姚貴頹喪地坐在門檻上，難受地唉聲嘆氣。

桂花大娘就像受了莫大的委屈，捶胸頓足地哭道：「我知道，你到底是嫌棄我生不出兒子，一心想讓石頭過繼，好讓他繼承你的手藝，我說的對不對？」

姚貴只覺得身心疲憊，一方面為著自己嘴笨不知如何表達，另一方面也為著對方的不信任。

姚貴的沈默，卻遭桂花大娘理解成被說中心思之後的尷尬，她冷笑了起來。「姚貴啊姚貴，你別忘了，石頭想娶的可是小木，那孩子到底擔著個『剋父剋母』、『剋夫剋子』的名聲，你也敢讓石頭娶？」

姚貴一聽，倏地站起來，憤怒地吼道：「妳給我閉嘴！別自個兒心裡不痛快就隨意扳扯，妳如今這樣，可對得起何郎中？對得起死去的玉簾妹子？」

這突如其來的一聲，不僅是桂花大娘，就連隔壁院子的蘇丫姊弟也嚇得愣住了。

蘇娃寒著一張小臉，抬腳就要過去理論，卻被蘇丫眼疾手快地拉住。

蘇丫雖然心裡也不痛快，卻依舊克制地說道：「犯不著讓阿姊知道了生氣，只當沒聽見罷了，以後不跟他們家來往便是了。」

蘇娃握著一雙小拳頭，憤憤地咬著牙。

再說劉蘭這邊，當天晚上夫妻二人便被雲家管事扭送到雲家祠堂。別的不說，單是攪和了雲實的親事這一件便夠劉蘭喝一壺的。

雲冬青並沒有包庇他的生母，當著眾位叔伯的面，把雲實交給他多少東西，都是什麼模樣，他又是怎麼交給劉蘭的原原本本地說了一遍。

劉蘭早就嚇得癱掉了，哪裡還有半點膽量隱瞞？

雲家在村裡勢大，由村長出面，決定到劉大家搜尋一番。

結果，雲家的漢子們剛走到村口，便撞見那劉媒婆鬼鬼祟祟地抱著一大包東西，正摸著黑往河坡上跑。雲家有個小兄弟甚是機靈，當場便把她扣在地上，東西也搶了過來。

飄香齋的點心匣子，割了一半的五花肉，還有足足的兩條大魚——可謂是人贓俱獲。

劉媒婆不僅被關了三天禁閉，名聲也算是徹底毀了，轉天被村裡的婦人們走親訪友地一宣傳，再也別指望還會有人找她說親。沒有親說，便沒有媒人紅可拿，這對於享受慣了的劉媒婆來說，簡直比殺了她還要難受。

接下來，雲氏族裡便開始調查當年的事──當年，雲柱把四、五歲大的雲實往河裡扔的時候，也是有過猶豫的，不然也不會被雲老頭撞見。如今雲老頭已經去世，只剩雲實和雲柱兩個當事人。

村長當著族裡所有漢子的面問雲實。「石頭，那時候你也有四、五歲大了，可還記得當年的事？」

但凡雲實應個「是」字，族裡便輕饒不了雲柱夫婦。

雲柱跪在地上，心裡怕得要死，面上卻是惡狠狠地看向雲實，威脅道：「你若敢胡說一個字，看我不扒了你的皮！」

雲實淡淡地瞅了他一眼，突然覺得十分好笑──就是這樣一個人，竟讓自己喊了二十年的「阿爹」。

雲五爺是族裡輩分最大的，雲實得管他叫曾爺爺。

雲五爺一見雲柱沒有半點悔改的意思，立馬來了氣，舉起枴杖便「嘭嘭」地砸在他的身上。

雲五爺邊打邊罵。「你個小兔崽子，由著一個婆娘作踐自個兒的親兒子，還有臉在這兒瞪眼？看我不打死你！」

雲柱半點骨氣沒有，疼得嗷嗷亂叫，一邊叫一邊往劉蘭身邊躲。

不知有意無意，雲五爺的枴杖三下裡總有那麼一、兩下砸到劉蘭身上，只把他們夫妻二人打得像待宰的豬似的一通亂嚎。

一屋子的老少爺們拿眼看著，根本沒人上前去攔，反而覺得無比痛快。

雲冬青站在小輩們中間，看著雲柱和劉蘭被打，神色複雜。旁邊的兄弟們紛紛捶著他的肩膀，送上無聲的安慰。

雲冬青紅著眼睛朝大家點點頭，表示自己沒事。他睜大眼睛看著這一幕，深深地刻在自己的腦海裡——不要做這樣的人，絕對不要做這樣的人。

雲五爺打累了，便喘著氣自個兒停了下來。

雲實沈著聲音開口道：「我有一件事，想問他一句。」至於這個「他」代表的是誰，大夥兒心裡都明白。

村長點了點頭。「便在這裡問吧，無論何事，都有族裡給你作主。」

雲實「嗯」了一聲，便目光沈靜地看向雲柱，張口說道：「我想過繼給三爺爺，你可同意？」

雲柱一聽就火了，他慘白著一張臉，忍著疼從地上爬起來，端著長輩的架子斥責道：「你個逆子！只要我活著一天，你就休想！」

雲實差點繃不住臉上的表情，若不是一心扮演著受害者的角色，他此時真想把話挑明說——你放我自由，我便留你一條命，這買賣可公平得很！

村長沈吟片刻，對雲實說道：「石頭，你可想好了，過繼可不是小事。」

雲實沈靜地說道：「我是三爺爺養大的，想把三爺爺這脈香火續起來。」

村長欣慰地點了點頭，仍是盡責地提醒道：「三叔那脈已經沒什麼人了，若是過繼了，就上無父母顧念，下無兄弟幫襯，豈不孤單？」

雲實抿了抿唇，說得毫不留情。「我原本也無父母顧念。」

說到這裡，他扭頭看向雲冬青，對方朝他重重點頭。

於是，雲實也便踏實下來，堅定地說道：「我心思定了，曾爺爺，各位叔伯，請諸位點個頭吧。」

村長嘆息一聲，轉而看向雲柱——說到底這事還得他同意。

「柱子，我勸你好好想想，若謀害親子的名聲坐實了，族裡可就容不下你了。與其這樣，倒不如把石頭過繼出去。」村長這話算是挑明了。

然而，雲柱那貨就像不開竅似的，梗著脖子說道：「不行，我丟不起這個人！」

村長氣不打一處來，恨不得上去一腳把他給踩死。

雲五爺喘勻了氣，再次躥過來罵道：「媽的，小兔崽子，你丟的人還少嗎？現在知道丟人了，早幹麼去了？」

村長給幾位管事使了個眼色，管事們擺擺手，把一干小輩轟了出去。他們幾個打算好好給雲柱「講講道理」。

雲五爺也被請了出去，連帶著雲實一起。

一個黑黑壯壯的小夥子跑到雲實跟前，喜孜孜地說：「石頭哥，等你過繼之後咱們可就是只隔一層的堂兄弟了，你和蘇家娘子成親的時候，我怎麼著也得是第一男儐相吧？」

雲冬青瞪著一雙眼睛將他擠走。「有你什麼事？哪邊涼快哪邊歇著去，我哥永遠是我哥，少在那兒胡說！」

小夥子也不跟他爭，「切」了一聲，搖頭晃腦地走了。

其餘人也三三兩兩地散了，留下雲實和雲冬青兄弟兩個，相顧無言。

「抱歉。」雲實率先開口道。

雲冬青連忙擺了擺手，紅著眼睛說道：「哥，這不是你的錯，我竟不知道還有這麼多事，說到底，是我娘活該。你放心，我雖然難受，卻絕不會心存怨恨，我只會記住這些教訓，絕不成為那樣的人！」

雲實拍拍他的肩膀，第一次對這個弟弟產生敬佩的情緒。

雲冬青只知道，當初是在雲實的保護下，他才能在村裡站穩腳跟，卻不知，這十幾年來的好人緣，實是因著他自己的人品一點點積累起來的，否則族裡的那些刺頭們可不會買他的帳。

雲實從祠堂出來，和雲冬青告別後，不知不覺走到了蘇家的院子。

此時夜已經深了，天上漆黑一片，蘇木尚未入睡，她站在窗前不經意地朝外一望，便看見了那個高大的身影。儘管天色黑沈，她依舊一眼認出那是雲實。

不知道怎麼的，這一刻，他的身影竟有些說不上來的寂寥之感。

蘇木幾乎是不加猶豫地便跑了出去。雲實也拄著矮牆翻到院子裡，輕輕落地。

小黑機靈地支起身子，朝雲實看了一眼，搖了搖尾巴，便又趴下去繼續睡了。

蘇木小跑著走到他跟前，臉上帶著掩飾不住的笑意。「你還有這本事，說吧，這熟練勁兒，翻過多少人家的牆頭？」

雲實極為自然地伸出手臂，把小娘子攬到懷裡，溫聲說道：「只有一家。」

蘇木撇撇嘴，笑意更深。她被雲實攬著，只得抬起頭來看他，眼中滿是關切。「你，沒事吧？」

雲實搖了搖頭，看到蘇木的那一刻，他的心便被裝得滿滿當當，再也容不下別的。

「小木。」

「嗯？」

雲實說話時，寬闊的胸膛微微震動，蘇木把手貼了上去。

「成親以後，既無父母顧念，又無兄弟幫襯，妳會不會覺得辛苦？」雲實問出了自己唯一的顧慮。

「你會讓我辛苦嗎？」蘇木輕輕地反問道。

雲實定定地看著她，搖了搖頭，堅定地說：「不會。」

蘇木得意地笑了笑。「那不就得了？放心，我也不會讓你辛苦。」

外婆說過，最好的婚姻就是彼此尊重，相互扶持，所謂付出，從來不是一個人的事。

這還是第一次，雲實聽到蘇木的表白。

高大的漢子抬起頭，對著漆黑的夜幕慌亂地逼退眼中的濕意。

蘇木卻像剛剛反應過來似的，猛地晃了晃腦袋。「不對、不對，雲石頭，我還沒答應和你成親呢！」

雲實無聲地笑笑，低下頭，在小娘子嘟起的唇瓣上，輕輕地烙下一吻。

第三十四章 過繼

第二天一大早，祠堂那邊才有了結果。

長輩們到底是偏向雲實的，特意把話往重了說，雲柱沒有立刻鬆口，倒把劉蘭嚇得不輕。說起來，也不知道雲柱哪根筋沒搭對，村長挑明，他若是不同意雲實過繼，就得擔上謀害親子的罪名。儘管如此，雲柱依舊硬抗著。後來，還是劉蘭頂不住，連哭帶罵，這才使得雲柱鬆了口。

雲實知道之後，首先去了姚貴家一趟。

彼時，桂花大娘正在院子裡洗菜，看到雲實後臉上也沒個笑模樣，身子一擰便進了廚房。

雲實眸色一暗，那聲「舅娘」生生地憋在了喉嚨裡。

姚貴在堂屋裡看到這一幕，連忙迎了出來。「石頭來了？」

雲實像往常一樣悶悶地「嗯」了一聲，仔細看的話，那雙深邃的眸子裡似乎又多了許多東西。

「舅舅，村長說今兒個晌午舉行過繼禮，需有至親在場。」

姚貴一愣，連忙點了點頭。「成，那咱們現在就過去一趟，估計會有許多事要商量，總不能火燒眉毛了再去。」

雲實應了一聲，暗自鬆了口氣。

甥舅兩個正要往外走，桂花大娘卻從廚房裡躥了出來，劈頭蓋臉地說道：「飯不吃了是吧？酒廬也不去了？」

雲實低垂著眼瞼，掩住眸中複雜的神色。

姚貴不甘示弱地斥道：「哪來這麼多事，做妳的飯去！」說完，便拉著雲實走了。

桂花大娘氣得在後面憤憤地跺腳。「我是為了誰呀，啊？明擺著想把石頭過繼到自個兒身邊，這下倒好，上趕著給人家搭橋鋪路，你可真大方！」

姚銀娘從窗戶裡探出頭，笑嘻嘻地對她娘說：「阿娘，您明明是關心阿爹，咋不好好跟他說，弄得像打架似的。」

桂花大娘老臉一紅，狠狠地剜了她一眼。「一邊待著去！」

姚銀娘撇了撇嘴，從屋裡跑出來，抓起桌上的野菜窩窩就往嘴裡塞。

桂花大娘氣得一邊炒菜，一邊拿燒火棍追著她打。「妳個餓死鬼投胎的，就不能等菜熟了再吃？」

姚銀娘直接跑到柵欄門外，朝著裡面喊道：「我不吃了，我喊著二丫一道看過繼禮去。」

桂花大娘在屋裡聽見了，心頭一動，想起昨日自己怒極之下說出來的話，心裡多少有些過不去。

姚銀娘嘴裡叼著野菜窩窩，喜孜孜地跑到了蘇家門口，本想推門進去，卻被蘇娃攔在門口。

姚銀娘以為他是在跟自己玩，便把菜窩窩往他眼前晃了晃，笑著說道：「打劫嗎？一個菜窩窩夠不夠？」

「誰要妳的菜窩窩！」蘇娃冷著一張小臉，張開手臂把在門邊，惡聲惡氣地說道：「不許進我家！」

姚銀娘挑了挑眉，臉上依舊是笑著。「吃爆竹啦？還是大字沒寫好，又被二丫罰啦？」

蘇娃冷哼一聲，根本不想理她。

姚銀娘只得拔高嗓門朝著裡面拉長聲音喊道：「二丫，快出來看看吶，三娃攔著不讓我進門！」

蘇丫正坐在蘇木跟前縫荷包，聽到姚銀娘的喊聲，原本不想理會，然而又怕蘇木生疑，想了想，還是把針線放下出了屋門。

姚銀娘看到她，便笑了起來。「我一猜就是你們姊弟倆在鬧彆扭，怎麼，三娃又氣著妳了？得了，跟我出去玩一會兒，保管妳啥氣都沒有了！」

蘇丫看著她的笑模樣，實在沒辦法狠下心來說出「絕交」這樣的話，只得不冷不熱地說道：「妳自己去吧，我不想去。」

姚銀娘一愣。「二丫，妳怎麼了？今天是表哥的過繼禮，妳不想去看嗎？過繼之後，表哥肯定會向小木姊姊提親吧？這樣的話，咱們就是……」

姚銀娘看著蘇丫越來越差的臉色，最終還是吞下了後面的話。

蘇丫聽到她說這些，耳邊似又迴響起桂花大娘那些話，她心一橫，直截了當地說道：「銀娘姊姊，以後咱們還是不要一起玩了，妳也不必再來找我了。」

姚銀娘一愣，皺著眉頭問道：「為什麼？二丫，妳是不是瘋了，為何說出這樣的話？」

蘇丫直直地看著她，眼圈都紅了，然而她還是努力控制住情緒，低聲說道：「我為何說這些，銀娘姊姊不知道嗎？昨日大娘的聲音可是大得很，難道妳以為我們個個都是聾子不成？」

姚銀娘一聽，臉上露出複雜的神色，她盯著蘇丫，訕訕地說道：「二丫，昨天我娘正在氣頭上，你們……」

「不必說了，我覺得咱們兩家不必再來往了。」蘇丫說完，也不管姚銀娘如何反應，便轉身回屋。

蘇娃也重重地哼了一聲，毫不留情地把柵欄門鎖上。

姚銀娘愣愣地看著她們，喃喃地說了句「抱歉」。

蘇丫輕輕地嘆了口氣，到底沒有回頭。

隔壁院子，桂花大娘看到自家閨女興高采烈地出去，又失魂落魄地回來，還有什麼不明白的。雖然兩家的隔閡，歸根究柢由她引起，但是看到疼愛的小閨女受了委屈，當娘的心裡多少還是有些不高興。

桂花大娘拉不下臉來主動和解，姚金娘想過去道個歉把話說開也被她攔住了，就這樣，兩家的關係變得尷尬起來，以至於發展成了出門都要相互避著的地步。

蘇木向來遲鈍，發現這一點的時候，已經是許多天之後了。

先說雲實的過繼禮。

添丁加口，族裡總是拿著當個大事來辦。尤其是雲老頭那一支，相當於是多了一個頂立門戶的男丁，叔叔伯伯們都挺樂呵。

雲柱和劉蘭依舊被關在祠堂裡，三天不許吃飯，只給送些糖水喝，因此也沒人來搗亂。若是以往，有免費的糖水，劉蘭估計得高興死，然而，這種情況下只有嚎天喊地的分了。

說起來，雲實的情況比較特殊，雖說是過繼給雲老頭，卻不是當作兒子，而是當作孫子，這樣一來。「父親」那一輩相當於斷層了。族裡沒出現過這樣的先例，具體細節需要好好商議，儀式上也有諸多忌諱，總之過程十分繁瑣。好在，一應事務都有長輩們提前安排好，需要雲實親自做的事情反而不多。

雲老頭沒有同胞兄弟，只有一個妹妹嫁到了梨樹台，雲實按輩分應該叫她姑奶奶。這位姑奶奶歲數有些大了，腿腳也不方便，不過，過繼這天她一大早聽到信兒，不到晌午便來了。當她睜著昏花的眼睛看清雲實的模樣之後，哇地一聲便哭了起來。

姑奶奶一邊哭一邊說：「我家哥哥早年為朝廷賣命，回家後又辛苦了大半輩子，沒承想死了，倒得了這麼個儀表堂堂的大孫子！老爹、老娘在天有靈，終於可以安心了！」

村長媳婦扶著老人家坐在主位上，代替雲老頭受禮，雲實結結實實地磕了三個響頭，喊了聲「姑奶奶」。老人家抹著淚，從袖子裡掏出個紅布包著的銀錠子，雲實愣了愣，不知道應不應該收。

村長在一旁提醒道：「石頭快收下，這是規矩，以後就當正經親戚來往著，逢年過節的，你盡孝的時候多著呢！」

老人家也拍著他的肩，笑咪咪地說：「收著、收著，這是咱們雲家的大喜事，姑奶奶給得高興。」

雲實這才點點頭，接了過來。

之後，便由輩分最高的雲五爺在他身上披了塊紅布，同輩的長兄當場殺了隻羽毛鮮亮的大公雞。

雲實披著紅布，喝了雞血，又朝著雲老頭的牌位磕了頭，算是正式成了他的親孫子。從此之後，便跟雲柱那一支沒有什麼要緊的關係了。

接下來，便是祭告祖先以及開席請客這樣的事了，正常情況下一應花銷都應該算在雲老頭帳上，雲老頭不在了，也該由雲實把錢拿出來。然而，村長他們這一輩的叔伯們提都沒提，便各家把錢湊了起來。雲實沒說什麼，只是默默地記在了心裡。

再來便是請客吃酒，雲家的族裡人倒不要緊，主要是請請村裡的漢子們。這樣一來，也算正式告訴大夥兒他們家多了這麼個人，以後鄉親們婚喪嫁娶，禮尚往來別給漏了。

雲實的小兄弟們一家挨著一家地通知，自然也沒把蘇家小院落下。

只是，蘇家這邊除了蘇娃沒有當家的漢子，蘇娃原本也沒把自己看得很重要。蘇木卻鄭重其事地給他找了一個紅包袱，裡面放上兩副新碗筷，算是給添丁的人家送的小禮，然後讓蘇丫把他送了過去。

門口的接待看到來了這麼個小漢子，不僅穿戴整齊，手上還提著禮，一下子便樂了。大夥兒就像看稀罕似的，簇擁著把蘇娃引到次席上，小禮也收下了，還給他往包袱裡多添了兩塊點心。

村長媳婦特意把自家孫子安排過來，和蘇娃坐在一起。之前他們兩個在清明祭上結伴拿到了頭名，也算熟人。蘇娃繃著的一張小臉這才稍稍放鬆下來。

雲家算是大族，辦事向來體面，席上的菜色很豐富，大多還是肉菜。

雲吉像個小大人似的一直給蘇娃挾菜，蘇娃出於禮貌每樣都嚐了些，私心裡卻覺得無論是哪個菜，都不如長姊做得好吃。

和他有一樣想法的還有一位，那就是主席上陪著長輩們吃酒的雲實。此時他雖然人坐在這裡，心卻早就飄到了蘇家小院。

雲實暗自琢磨著，等著這件事徹底辦妥了，便請個靠譜又厚道的媒人，再到蘇家提一回親，想必，這回蘇木總該是會答應的。

事實上，只能說——想得美！

時間進入四月，天氣越來越暖，蘇木打算把藥圃裡的那些藥苗們，移栽到屋後的藥園子裡。不得不說，這是一個大工程。

自從何郎中去世後，那片足有一畝多的藥園子就荒廢了，雜草長了一尺來高，土地也因為長時間沒有灌溉而板結了。

蘇木不得其法，只得跑去找蘇婆子幫忙。

正趕上蘇婆子帶著老二一家到集上賣鴨蛋去了，只有蘇鐵和蘇老三兄弟倆在家。

「小木找我娘有啥事？」蘇鐵並沒有拿蘇木當外人，於是直接問道。

蘇木也沒猶豫，便把整地的打算說了出來。

「這個不難，把草拔了，翻一翻就行。」蘇鐵說著，扛起鋤頭便往外走。

蘇老三也拿起鐵鍬緊跟在他哥後面跑了出去。

蘇木這個外人反而落在後面，只得哭笑不得地給他們家把屋門關好，又把柵欄門鎖了。說起來，村裡人平日偶爾出去一下都不鎖門，大白天也沒什麼東西可丟，鎖上的時候便是告訴前來串門的人家裡沒人。

蘇婆子是個強勢的母親，蘇家三兄弟性子也各不相同，單從做農活上就能體現出來。

蘇鐵是個見過世面的人，因此做事雷厲風行，只見他上來便一連清理了好幾壟的雜草，然後大刀闊斧地揮著鋤頭翻起土來，沒一會兒便能整好一壟地。他整好了自己那壟便會掉頭，幫著蘇家老三趕進度。

蘇老三性子溫吞，甚至可以說是木訥，做事卻是踏踏實實。他雖然做得慢，然而翻過的地明顯要比蘇鐵的平整，草根、土塊也要少上很多。

蘇老二大抵是介於兩者之間，興許是做了父親的緣故，給蘇木的感覺就是溫和周到，思想也並不迂腐，偶爾在路上碰見了，總會主動跟蘇木打招呼。

還有剩下一半的雜草沒拔，當蘇鐵他們翻地的時候，蘇木姊弟三個便在一旁拔草，有些草根扎得深，就得拿鐵鏟挖，不然一場雨過後，它們還會蓬勃地長起來。結果，幹了沒一會兒，蘇木和蘇丫兩個小娘子便遭到了嫌棄。

「時候不早了，妳倆做飯去吧，今兒也讓妳鐵子哥嚐嚐小木的手藝。」蘇鐵拄著鋤頭，似笑非笑地說。

蘇鐵這樣說，並不是貪圖他們家這頓飯。村裡有個不成文的規矩，哪家蓋房啊、收莊稼啊，忙不過來的時候大夥兒都會過去幫忙，主人家可以請上一頓飯，也可以按行情付工錢。在大夥兒看來，請客花不了幾個錢，也顯著親熱、體面，所以為了顯著親近，幫忙的人往往會主動說要吃飯。

蘇木指了指大亮的天色。「這才什麼時候？我做飯用不了那麼長時間。」

「多做幾樣。」蘇鐵忍不住笑。

蘇木把草根一扔，翻了個白眼。「你就直接說我拔得慢不就得了！」

「妳們姊兒倆都慢，還比不上蘇娃一個人。」蘇鐵毫不留情地說道，實際上，他只是不忍心看到姊妹兩個手上勒出一道道紅印罷了。

蘇木心裡自然清楚，不過，她們做得慢也是事實，就連老實巴交的蘇老三也拿無奈的眼神看著他們。於是，她也不再爭辯，拉著蘇丫便到廚房裡收拾晚飯去了。

兩人一邊走一邊商量著晚上的菜色，姊妹兩個心裡都憋著一股勁——非得做頓大餐不可，叫你們看看什麼叫「術業有專攻」。

等著姊妹兩個回了屋，蘇鐵便對蘇娃說道：「去，到雲家祠堂裡叫你雲實哥去。」

——給你未來媳婦家整地，沒理由你自個兒躲清閒。

蘇娃拍拍屁股站起來。

「知道在哪兒不？」蘇鐵又問道。

蘇娃點了點頭，便轉身跑了。小黑狗興奮地跟在後面，沒一會兒便超過了蘇娃，小漢子自然不樂意，便拚命超過牠，一人一狗在蜿蜒的小土路上賽起跑來。

蘇鐵比雲實還要大上五歲，村裡他這個年齡的漢子，兒子也該有蘇娃這麼大了。此時，他看著蘇娃歡騰的小身影，眼中便有些說不清道不明的情緒。

蘇老三憨憨地開口道：「大哥，石頭哥都要成親了，你也得趕緊著。」

蘇鐵回過神來，毫不留情地踢了他一腳。「邊兒去！」

蘇老三撇了撇嘴，沒有言語。

蘇鐵假裝賣力地掘了兩下土，眼睛卻不由自主地瞟向旁邊那個院子。

第三十五章　緣分

雲實來了之後，沒有直接去地裡幹活，而是先去了廚房。當時蘇木正在噼哩啪啦地炒菜，一時間沒注意到他。

蘇丫原本想叫人，然而瞧見他臉上的神色似乎不大對，便吐了吐舌頭，識趣地出去了。

「二丫，幫我舀點水！」灶下的火太大，豆子都要炒糊了，只得拿鏟子不住翻著才行，蘇木一時間騰不出手來。

剛說完沒多久，旁邊便伸出一隻手來。蘇木頭也不回，便朝著那個方向抓去，沒承想，卻抓住一隻骨節分明的大手。

蘇木猛地回身，露出驚恐的表情，繼而又是滿臉的驚喜。

雲實淡定地把水倒進去，鍋裡發出滋拉滋拉的響聲。

蘇木這才反應過來，快速翻炒了幾下，然後抽掉幾根柴禾，捂上鍋蓋。

「再燜一會兒就好了。」一說完，她便喜孜孜地看著雲實。「你怎麼過來了？」

早在蘇木臉上露出驚喜之色的時候，雲實胸口那股氣就已經散了，然而，還是要努力維持面無表情的模樣。

蘇木卻是不甚在意地扯了扯他的臉，不滿地說：「幹麼臭著一張臉？我欠你錢啦？」

雲實抓著她的手，不說話。

這對蘇木來說並沒有什麼關係，她自己也能說完一整齣。

「你現在不應該在祠堂嗎？我聽三娃說，你得在裡面待滿五天才能出來。」

雲實神色一動，沈聲問道：「所以，妳是以為我一刻都出不來嗎？」

蘇木理所當然地點了點頭。「祠堂的規矩不是很嚴嗎？怎麼，莫非你還能自由出入不成？」

雲實勾起唇角，像是鬆了口氣似的，解釋道：「只須守著長明燈不滅，若是我有事要出來，託給其他人便可。」

蘇木「啊」了一聲，然後埋怨似的戳著雲實的胸口，撒嬌道：「你不早說，原本還想讓你來幫忙翻地的，轉念一想，你還在祠堂裡，便想著去找蘇大娘問問怎麼辦，沒承想大娘趕集去了……」

雲實「嗯」了一聲，眼中帶上些許歉意。「下次若有什麼事，我會提前告訴妳，這些活兒都留給我做。」

蘇木哼哼兩聲。「這還差不多。」

雲實忍不住把人抱了抱，這才出了廚房，到地裡幹活去了。

蘇木往外送了兩步，倚在門框上看著他的背影，笑得要多得意有多得意——想要找我算帳？你還得再練練！

蘇丫站在門邊上，由衷地對著自家阿姊豎起大拇指。

蘇家屋頂上早早地冒起炊煙，滷肉的香氣飄了大半個村子。

蘇鐵壓低聲音同雲實開著玩笑。「你這媳婦還真是個能的，聞著這味兒，幹活都多了幾分勁兒！」

雲實理所當然地「嗯」了一聲，嘴角的弧度怎麼都壓不下去。

等到飯菜都做好了，蘇丫便去地裡喊他們吃飯。漢子們這才放下鋤頭，就著盆裡的水洗了把臉，一個個地進了屋。

蘇木拿眼瞅著那一疊疊的新土，第一次產生了「家裡確實應該有個男人」的想法。

飯菜自然是很豐盛，拳頭大的肉餡包子足足蒸了兩大屜，底下是乾白菜摻著黃豆嘴熬的五花肉，撒上把粉條，一出鍋香氣便溢滿了整間屋子。一份肉燥分作兩半，一半做了盤魚香烘蛋，另一半燒了個小青菜——這是春分時候唯一能拔著吃的綠葉菜。

家裡還有梅乾菜，正好摻著滷好的五花肉燉了一大盤；滷肉剩下的湯汁蒸了條肥厚的草魚，是蘇娃按照雲實教的法子在河邊新捉的。白蘿蔔燉雞塊，湯汁清亮，味道也鮮；多餘的雞湯正好能汆上一份素丸子。

這樣下來，便足足地湊了一大桌，蘇鐵一看，便樂了。「小木啊，別說哥沒提醒妳，妳這桌菜可虧了。」

蘇木不甘示弱地頂了回去。「若是嫌我虧，明個兒你便幫我把那些藥材栽好，飯就不管了。」

蘇鐵自個兒扯開凳子坐下，這才想起來要問：「妳趁這個時候翻地，還真是為了種藥材？」

蘇木一邊和蘇丫擺著碗筷，一邊回道：「年前我在藥圃裡撒了些板藍根和白朮的種子，如今早到了分苗的時候，外面那些地還不知道夠不夠呢！」

雲實自然而然地坐到蘇木身邊，適時開口道：「若是不夠，坡上還有半畝，不過是新開的地，不知道能不能行。」

蘇木面上一喜。「板藍根不喜水，種在坡上正好。那天我看著，那邊好像是沙質土？」

雲實點了點頭。「北坡挨著河，大多都是沙土地。」

蘇木一聽更高興了。「板藍根就是適合在沙地裡種。我跟你說，那些治療時疫的方子，哪一種都少不了板藍根，南方過來的藥材商人每年都要走街串巷地找，咱們就算種再多，也不用發愁賣不出去。」

雲實對這些不大懂，只是看到蘇木高興，他自己心裡便覺得無比滿足。

蘇鐵一邊大口吃著肉，一邊笑咪咪地瞅著這兩人，忽地說了句。「要我說，你倆早點成親得了。」

蘇木臉色一紅，沒好氣地說道：「有你這樣做人哥哥的嗎？」

蘇鐵呵呵地笑著，就連蘇老三也樂了起來，小小的院子裡氣氛前所未有的好。

蘇鐵兄弟兩個吃完了飯，回到家的時候蘇婆子已經在家了。

蘇婆子坐在飯桌旁，剛要發火，蘇鐵連忙說道：「我和三子幫小木翻地去了，晚上在她家吃的。」

蘇婆子臉色立馬由陰轉晴。「翻完沒？沒翻完明兒個接著去，咱家地不多，我和二子去就成。」

老二媳婦連忙說道：「阿娘，您腰不好，不如在家看著小不點吧，我和二子去。」

蘇婆子擺了擺手。「不用，我這腰至少還能撐個十年、二十年的。」然後轉過頭來繼續問道：「這個時節也沒啥可種的，小木為啥翻地？她一個小娘子會種不？」

蘇鐵從蘇老二懷裡把小不點接過去，一邊逗著小侄子一邊回道：「小木會不會種莊稼我不知道，種藥材的道理卻是一套接著一套。」

蘇婆子一拍大腿。「種藥材可比種莊稼來錢多得多！說起來，小木先前也提過，過了芒種，讓咱們也把河坡上那二畝地種上藥材，原本我還犯著愁，誰會種啊！」

「這回您別愁了。」蘇鐵抓著侄子軟軟的小手把他從地上拉起來，笑道。「這小手還挺有勁兒，回頭讓你石頭叔給你做個小彈弓，他最近有喜事，若是高興起來興許還能給你做上十個、八個！」

小不點就像能聽懂似的，「啊啊」地回應著，咧著沒牙的小嘴格格笑。

蘇婆子坐在一邊，由衷地說道：「不是我自誇，小木這能幹勁兒，跟我年輕時候真像，就是我命不好，嫁給了你爹那個短命鬼。」

這種話蘇婆子說了不是一回、兩回了，蘇家三兄弟耳朵都要聽出繭子了。

蘇鐵隨口說道：「既然這樣，您不如認了小木當乾閨女，您不是作夢都想有個閨女嗎？」

蘇婆子心思一動，頓時喜上眉梢，然而，還沒來得及高興，神色又落寞下來，她猶豫地說道：「這能行嗎？小木自小便像個嬌小姐似的養起來，咱們家這麼窮……」

蘇鐵在一旁聽著，不由失笑。「娘，我就是那麼一說，您還當真了？」

蘇婆子頓時瞪圓了眼，抬起巴掌便朝著蘇鐵打了過去。「你拿你娘尋開心呢！」

蘇鐵架住她的手，連連討饒。「娘、娘、娘……您別嚇著小不點。」他把小傢伙交到蘇老二懷裡，這才轉回來，一本正經地說道：「與其在這兒瞎想，不如找小木去問問，成就成，不成也沒啥損失。」

「我再想想吧，再想想……」蘇婆子罕見地猶豫起來。

這天晚上，她在炕上輾轉反側，幾乎一夜沒睡。

第二天，雲實一大早便到了蘇家小院。

蘇木也難得起了個大早，一家子踏踏實實地吃了個早飯，才開始幹活。

四個人裡只有蘇木能看出幼苗的好壞，所以她負責分揀藥材苗，蘇丫抱著小籮筐往地頭上運，雲實力氣大也最會種地，便挖坑、插苗，蘇娃跟在他後面埋土。

雲實做得快，總是早早地挖了一大排坑出來，幼苗還沒到。每當這時，蘇娃便會跑到苗圃那邊催，小漢子的臉上帶著得意的神情，就像贏了比賽似的。

蘇丫自然不服氣，不僅跑得更快，漸漸地也能騰出手來幫助著蘇木分揀。後來乾脆演進成蘇木姊妹兩個揀苗，蘇娃跑腿，雲實挖坑、栽苗、埋土，甚至還能抽出空餘來澆點水。

一家人嬉嬉鬧鬧，即使累也是快樂的。

蘇婆子就是在這個時候來的。

「小木，忙著呢？」蘇婆子的語氣聽起來比往日還要熱情許多。

蘇木乍一聽到有人說話，冷不丁地嚇了一跳，回頭一看，見是蘇婆子，立即綻開笑臉。「大娘來啦？」

看清了蘇木手上的活計，蘇婆子不由得疑惑道：「這是做啥呢？咋把這些苗子全都拔出來了？」

蘇木笑笑，耐心地解釋道：「這個藥圃原本是育苗床，天氣冷的時候把種子撒進去，蓋上茅草，種子能早點發芽。」

蘇婆子不愧是種田的老手，聽蘇木一說，便一下子明白過來。「這樣一來，種子差不多能早一個月種下，不用等著出不了芽的時候再著急忙活著補苗。這麼好的法子，是誰想出來的？」

蘇木謙虛地笑笑，說：「我小時候見外公這樣種過，不過，聽他說也是跟著南邊一些種水稻的人家學來的。」

蘇婆子一邊幫著蘇木揀藥材苗，一邊拿眼悄悄瞅她。她是越瞅越喜歡，越喜歡就越不知道怎麼開口。

蘇木覺察到蘇婆子的異樣，笑著問道：「您瞧，我都忘了問，大娘過來是有什麼事嗎？」

蘇婆子聽她一問，乾脆把心一橫，說道：「小木，大娘確實有件事想問問妳的想法，妳若願意，便是咱們娘倆的緣分，妳若不願意，就當沒聽過。」

蘇木聽她說得嚴肅，一時間有些摸不著頭腦。

蘇丫也愣愣地坐在小凳子上，不知道應不應該回避。「那個……大娘跟阿姊說著，我給您倒碗水去。」小娘子靈機一動，想出這麼個理由。

蘇婆子卻拉住她的手，親切地說：「二丫別忙，妳也聽著，好給妳姊拿個主意。」

蘇木一聽這話，第一反應就是——蘇婆子該不會是想撮合她跟蘇鐵吧？

蘇婆子活了大半輩子，遇到過災荒，年紀輕輕便沒了丈夫，獨自養大三個孩子，又苦苦掙扎著蓋上新房、給老二娶了媳婦，也算是大風大浪都經歷過了。然而，前面四十多年的人生，卻從沒有哪一刻像現在這樣緊張。

看著蘇婆子蒼白的臉色，蘇木立馬拋開剛剛的猜測——若是婚姻大事，蘇婆子怎麼也不該是這樣一副表情。她連忙挨過去，握住蘇婆子的手，溫聲說道：「大娘莫不是遇到了啥難事？您不妨說出來，只要能幫上的，我絕不含糊。」

蘇婆子看到她的模樣，「噗哧」一聲笑了出來。「一句話的事，妳看我這磨磨嘰嘰的。」她深吸一口氣，乾脆地說出來。「小木，大娘想認妳當乾閨女，妳可願意？」

蘇木一聽，先是愣了一下，繼而又是一喜。她握著蘇婆子布滿老繭的手，嗔道：「大娘，您可嚇死我了，我以為出什麼事呢！」

蘇婆子笑了笑，像是哄孩子似的說道：「怪我，竟把小木給嚇著了。」

蘇木眨眨眼，回道：「以後恐怕這句話得改成『竟把俺閨女給嚇著了』！」

蘇婆子一時激動，顫聲道：「小木，妳這是，同意了？」

「是的，乾娘。」蘇木一字一頓地應道。

「這、這……」沒想到心願達成得這般容易，蘇婆子簡直難以相信自己的耳朵。「小木，再……再叫一聲。」

「乾娘！」蘇木瞇著眼睛，甜甜地叫了一句。

蘇婆子連連應著，嘴角咧開，眼裡卻流出淚水。喜極而泣，大抵如此。

事後，蘇丫悄悄問過蘇木，為何會那般輕易地答應下來。

蘇木回答說，或許是緣分吧，她第一眼看見蘇婆子時就覺得親切，儘管那時候蘇婆子是抱著找碴兒的想法來。實際上有許多話，蘇木並不方便說出口。比如，她之所以覺得蘇婆子親切，是因為她身上那種堅強、獨立甚至略帶剽悍的氣質，同她上一世的外婆很像。再比如，她兩輩子加起來都沒享受過娘親庇護、兄長關愛，如今突然有了，她高興還來不及，怎麼會拒絕？

說到底，就是緣分！

蘇婆子心裡高興，把壓箱底的銀錢拿出來，好好地置辦了幾桌子酒席，把娘家親戚和村裡的鄉親們全都請了過去，那排場比蘇老二成親時還大，相熟的幾個老姊妹紛紛拿著她打趣。

「妳倒是命好，不用懷，不用生，就多了這麼個大閨女！」

「可不是，小娘子要模樣有模樣，要學問有學問，妳想生都生不出來！」

蘇婆子心情好，由著她們說酸話。

就連蘇鐵也忍不住湊趣。「娘，我怎麼覺得那些銀錢眼熟啊，是誰說留著給我蓋房娶媳婦來著？」

蘇婆子眼睛一瞪。「老娘閨女都有了，誰還管你娶不娶媳婦？哪兒涼快哪兒歇著去！」

蘇鐵嘿嘿一笑，轉身到未來妹夫那裡端架子去了。

第三十六章　和好

蘇木有了乾娘照應，雲實自然替她高興。

然而，這位新任乾娘告訴他一件事，就讓雲實不那麼開心了——蘇木在重孝期間，至少得過了百日才能談婚論嫁。

雲實知道之後，足足蔫了好幾日才緩過勁兒來。雖然暫時不能提親，他卻已經用未婚夫的標準來要求自己了。比如，當蘇木家的地不夠種的時候，主動把河坡上新開的那塊貢獻出來。

蘇木也沒跟他客氣，租金分成之類的更是半句沒提，只把那片地當成自己的，理所當然地指揮著雲實挖坑、栽藥苗、埋土。

蘇娃扛著小水桶跑來跑去地接水，蘇丫便一壟一壟地澆，一家人有說有笑，十分熱鬧，興致上來了，蘇木還學著蘇婆子的樣子唱起了時令歌。

「小滿後，芒種前，麥田串上糧油棉；

「先種後澆較牢靠，先澆再種遭鼠咬；

「挖得深，蓋得薄，結得棒子像牛角——」

蘇木有模有樣地唱完一段，驀地聽到一聲輕輕柔柔的讚嘆。「娘子真是好嗓子！」

她扭頭一瞅，不期然地看到一位穿著體面的娘子，端端莊莊地站在那裡，臉上帶著盈盈的笑意，讓人一看便覺得矜貴。

蘇木便也帶上笑，謙虛地說道：「娘子過獎，不過幾句鄉村農諺罷了。」

李佩蘭緩緩地點了點頭，然後，一雙美目轉向了雲實的方向。

雲實先前為了方便做活，把袖口、褲腿全都挽了上去，此時見到陌生的娘子，便又默不作聲地放了下來。

李佩蘭拿眼看著，並不迴避。

大丫鬟秋兒原本稍稍靠後半步，此時便站出來說道：「廟會那日您攔下烈馬救下了我家小姐，不知雲公子還記不記得？」

雲實下意識地看向蘇木，臉上帶著疑惑之色，那樣子看上去就像完全不記得似的。

蘇木忍不住笑。「是有這麼一回事。」

雲實這才不甚在意地點了點頭。

秋兒臉上閃出一絲惱怒，再開口時，語氣明顯沒有那麼客氣了。「我家小姐如今管著杏花村的藥園，平時裡來往頻繁，尋常的車夫我們瞧不上，想請雲公子擔上一擔，工錢方面自然虧待不了你。」

李佩蘭等她把話說完，才不輕不重地責備了一句，繼而看向雲實。「我聽聞你在藥園做過工，因為一些誤會才離開。你放心，那件事我已經派人調查清楚，就算再回去也沒有人能為難你。」

她們主僕二人一個唱黑臉一個唱白臉，高高在上地把話說了，就像雲實上趕著要去做車夫似的，蘇木有些生氣，巴不得雲實立馬拒絕。

雲實臉上沒有多餘的表情，公事公辦道：「一天上工幾個時辰？工錢多少？」

秋兒乾脆俐落地回道：「卯時上工，酉時三刻閉戶下工，伙房供應早、午兩餐，月錢一兩三錢，如何？」

雲實沒顯出高興也沒顯出不高興，只是面無表情地點了點頭，應道：「曉得了，容我同家人商議之後再做答覆。」

或許是出於女人的直覺，當雲實說到「家人」二字的時候，李佩蘭下意識地看向蘇木，蘇木沒搭理她。

李佩蘭笑了笑，依舊端著那副矜貴的姿態，對著雲實微微頷首。「希望雲公子能答應下來，這樣我也能安心許多。」

雲實「嗯」了一聲，沒再多說。

李佩蘭似乎是意識到很難再得到更多的回應，於是點了點頭，由秋兒攙著，嫋嫋娜娜地走了。

蘇木翻了個白眼，這才湊到雲實身邊，小聲嘀咕。「什麼嘛，起初聽她提到廟會那日，我以為是來『報恩』的，怎麼到後面反而像施恩似的？」

雲實被她的樣子逗笑，寵溺地揉了揉她的腦袋。

蘇木把他的大手扒拉下來，盤算道：「一個月一兩多銀子，然而東家令人討厭，你去嗎？」

雲實反問道：「小木說呢？」

蘇木挑眉。「你問我？」

雲實點頭，臉上的表情十分認真。

蘇木想了想，玩笑般說道：「要我說那就去，地主家的銀錢，不掙白不掙。」

雲實揚起嘴角，應道：「好。」

蘇木頓時無語——真的好隨意啊！

晚飯過後，蘇木和雲實坐在院子裡聊天，不知怎麼的就說起了今後的打算。

「你有特別喜歡的事嗎？」蘇木問道。

「做木工，算不算？」雲實不大確定。

「當然算了。」蘇木不由得想起初識時的情景，這個人支著長腿坐在樹下，修長的手指握著殘破的刻刀，神情那般專注，彷彿渾身散發著淡淡的光。

「你有沒有想過靠這個賺錢？」蘇木提醒道。「我是說，總不能做一輩子車夫。」

雲實下意識地看向自己的雙手，那上面不乏刻刀留下的痕跡。「可以賺錢？」

「當然了，你刻的那些雕像，還有做的小凳子，都可以拿去賣錢，甚至以後專門進些好的木料，還能做些大型家具，那個雖然費功夫，但是賺錢也多。」蘇木越想越得意，外婆常說找男人一定要找個有一技之長的，只要有手藝就不愁沒飯吃——沒承想，穿越一回真讓她給找著了！

雲實聽完，並沒有表現出太過高興的模樣，反而搖了搖頭，語氣稍顯低落。「我沒有拜過師，也沒有正經試過木工手藝，做不來大家具。」

蘇木原本還沈浸在得意之中，聽到這個，不由一愣。「你沒正經學過？我覺得你的木雕刻得很好。」

這話絕不是安慰，至少在蘇木看來那些雕像個個都很有神采，絲毫不亞於後世那些「某某大師之作」。

「我沒正經學會，那些是胡亂刻的。」

蘇木想了想，認真說道：「如果喜歡的話，那就想想辦法，或者重新拜師，或者自己摸索，你一定能夠做得很好、很好，比那些從小拜師的人都好。」

雲實聽到她的鼓勵和肯定，胸中頓時湧起無限勁頭。

蘇木興致勃勃地描繪著今後的藍圖。「以後咱們可以繼續住在這裡，河坡上的小茅屋可以建成木工作坊，咱們要創建一個木雕品牌，專門刻一些方便攜帶又不占地方的精品擺件，每年秋季外地客商來的時候，就可以推薦給他們——你說，是不是很棒？」

雲實看著小娘子神采飛揚的臉，情不自禁地低下頭，在那精緻的臉上輕輕地印下一吻。

蘇木面色一紅，佯裝不滿地把他撥開。「跟你說正事呢，你覺得這個主意怎麼樣？」

「嗯，很好，都聽妳的。」雲實溫聲說道。

蘇木得意地哼了哼。

雲實看著她調皮的神色，眼中滿是深情。他從懷裡摸出那個小小的樂器，放在嘴邊吹了起來。悠揚的曲調飄蕩在半空中，讓人的心也漸漸安靜下來。

蘇丫姊弟不由自主地停下筆，支著耳朵靜靜地聽著。樹上的喜鵲振振翅膀，也變得安靜下來。似乎就連日色也十分配合，溫柔地隱去奪目的光芒。

蘇木輕輕地倚在雲實身上，心裡充盈著滿滿的安全感。

不知什麼時候，柵欄邊上出現一個高挑的身影，似乎猶豫著要不要進來。

蘇木看到姚銀娘轉來轉去的模樣，笑著招呼道：「愣在那裡做什麼，怎麼不進來？」

姚銀娘鼓了鼓臉，隔著柵欄對雲實說了句。「阿爹讓你明兒個到我家吃飯！」說完，理都沒理蘇木，便轉身跑走了。

蘇木挑了挑眉，疑惑道：「銀娘這是怎麼了？說起來，她似乎好些天不來找二丫玩了。」

她前段時間忙著種藥材，也有些日子不到那邊去了。

這段時間發生的事情有點多，蘇木竟然完全沒有意識到兩家已經許久不來往了，就連平日裡出門進門都沒碰上過，似乎有點奇怪……

雲實走後，蘇木把一雙弟妹叫到堂屋，繃著一張臉問道：「你們是不是有什麼事瞞著我？」

姊弟兩個你看我我看你，兩張小臉上寫滿了心虛。

蘇木滿頭黑線——還真有事！

她靠在太師椅上，蹺起二郎腿，繼續演戲。「你們倆主動交代，還是讓我說？」

蘇丫嚇得一哆嗦，扯了扯蘇娃的袖子，蘇娃直往旁邊躲，圓乎乎的小腦袋簡直就要低到地底下。

蘇木板著張臉，冷冷地盯著一雙弟妹。

蘇丫咬著嘴唇，臉上滿是掙扎，最後，她終於受不住，絞著衣角戰戰兢兢地說道：「前幾日，銀娘姊姊叫我出去玩，我……我沒去……」

蘇木「嗯」了一聲，繼續面無表情。

小娘子揪了揪帕子，繼續說道：「我還告訴銀娘姊姊，以後不要再一起玩了……」

蘇木神色微動，轉向蘇娃，嚴肅地說道：「三娃，你是咱們家頂立門戶的男丁，阿姊想聽聽你的想法。」

小傢伙顯然是被那句「頂立門戶」的話鼓勵到了，握了握拳頭，憨聲憨氣地說道：「大娘說咱家壞話，以後便不同他們家好了！」

蘇丫到底還記得當時的初衷，生怕蘇娃把那些話給說出來，連忙給他使了個眼色。蘇娃記得阿姊的囑託，當即閉了嘴。

蘇木嘆了口氣，不甚在意地說道：「剋父剋母？野孩子？不過是這些個陳腔濫調，咱們家還有什麼能讓他們說的？」

姊弟想到那日的情景，雙雙露出氣憤的神色。

蘇木微微一笑，溫聲說道：「你們記住，無父無母這不是咱們自己的錯。」

姊弟兩人不約而同地睜大眼睛，喃喃地重複道：「不是咱們的錯？」

蘇木點了點頭。「如果可以選擇，沒人願意沒爹沒娘，『剋父剋母』這樣的話都是亂說的，不必信。把自己的日子過好了才是最實在的。」

蘇丫眼中閃過驚訝、釋然、堅定等等複雜的情緒——要知道，桂花大娘那些話雖然說的是蘇木，卻也重重地敲打在他們姊弟兩個頭上。

已經不止一個人明裡暗裡地說過，如果不是他們跟過來，蘇秀才就不會死。

過了好一會兒，蘇丫才冷靜下來，她也沒等蘇木再問，便把那天聽到的事情一五一十地說了，包括桂花大娘想把姚金娘配給雲實，也包括姚貴想把雲實過繼到自己名下，還有他們家大吵一架的事。

蘇木聽完，暗暗地嘆了口氣。她把姊弟兩個拉到寬大的太師椅上，三人緊緊地挨在一起。「這個世界上有各種各樣的人，有些人會先考慮別人，有些人總是先考慮自己。桂花大娘的想法並沒有錯，她只是希望金娘姊姊有個好歸宿。你們也說了，她當時在氣頭上才說出那麼一句。你們忘了從前她是如何待我們的嗎？如果因為這一句壞話，把從前的好都忘了，那便是咱們的錯。」

姊弟兩個不由想起桂花大娘幫他們買小鵝，給他們送吃的，教蘇丫補衣服……上次家裡惹上了混混，若不是姚貴及時趕過來，不知道要出多大的禍事。

蘇木見二人的神色有所鬆動，滿意地點點頭。「咱們身邊有許多人，有些人可以成為親人，有些人可以成為朋友，也有些人不是那麼好，但也不會傷害我們，這樣的便可以成為點頭之交。」

兩個半大孩子仰著腦袋，似懂非懂地看著她。

「比如桂花大娘，她並沒有做出傷害我們的事，只是背地裡說了幾句許多人都在說的閒話，如果因為這個老死不相往來，恐怕整個村子便沒人可以來往了。」

當初她剛剛穿越過來，一切都是懵的，倘若沒有桂花大娘的照應，還不知道要受多少磕碰——單是這一點，就值得她感激一輩子。

蘇木嘆了口氣。「咱們可以要求自己，卻無法控制別人。」

姊弟兩個認真地聽著，若有所思地點了點頭。

這一天，蘇木教給弟妹們一個做人的方法——圓融。

第二天，蘇木特意站在院子，遠遠地看見桂花大娘端著木盆走過來，她便尋著時機，晃晃悠悠地出了門。

桂花大娘腳步一頓，下意識地就要往牆後躲。

蘇木適時一笑，親熱地說道：「大娘，洗衣裳來著？」

桂花大娘愣了愣，怎麼也沒想到蘇木會主動開口。她頗有些受寵若驚，連忙說道：「都是小荷的尿布，小娃娃最近吃得多，整日裡沒別的事，盡是拉拉尿尿，每日都得洗上一回。」

蘇木親暱地調侃道：「我看啊，您嘴上這樣說，心裡高興著呢！」

桂花大娘也笑了笑。

「說起來，這幾日光忙著收拾藥園子，也有好些日子沒去看過金娘姊姊和小荷了。」蘇木語氣自然。

桂花大娘忙道：「種藥材是大事，她們娘倆就在家裡，什麼時候看不行？先把妳那兒忙完了。」

「大娘說得是。」蘇木點點頭，兩人錯身而過。

桂花大娘長長地舒了口氣，壓在心頭的一團悶氣噗的一聲，就這麼散了。

姚家院子裡，姚貴正坐在樹墩上縫鞋幫。

看到桂花大娘進來，他似笑非笑。

桂花大娘白了他一眼，走了一截，又忍不住說道：「你說也是，我這四十好幾的人了，怎麼還沒個十幾歲的小娘子肚量大？」

姚貴哼了一聲。「人家小木到底是唸過書的，就是比妳這村婦知書達禮。」

桂花大娘一聽，眼睛便瞪了起來。「我不知書、我不達禮，你是不是覺得吃虧了、後悔了？」

姚貴拿著縫鞋的大粗針指著她，無奈地說：「妳看看，不過一句話，又把妳惱起來了。」

桂花大娘繃不住，噗哧一聲便笑了出來。臨進屋門，她又回過頭來，頗為嫌棄地說：「趕緊把你手裡那東西放下，縫得跟蜈蚣爬似的，叫人看見了，我可丟不起那臉！」

姚貴一聽，立馬把鞋一扔。

「早這麼說不就成了！」

姚家姊妹在屋裡支著耳朵聽著，不約而同地鬆了口氣。
至此，籠罩著姚家許多天的低氣壓終於煙消雲散。
回頭想想，真是不值得！

第三十七章 笄禮

端午節是蘇木的生辰，蘇婆子提前同她說好了，要在生辰之時舉行笄禮。一應釵冠禮服早就在小蘇木五、六歲時，她的生母何玉簾就在慢慢準備，此時全都收在床頭的樟木箱子裡。

蘇婆子想想還是不放心，生怕短缺了什麼。

蘇木把那些衣服、首飾一樣一樣拿出來，蘇婆子一邊看一邊落淚。「從前我沒閨女的時候不懂得做阿娘的心，這時候看著玉簾妹子準備的這些個東西，一下子便明白了她的想法……」

蘇木心裡也不好受，過往的一幕幕無法控制地出現在眼前，讓她不由自主地模糊了視線。

蘇婆子看見她哭，連忙擦了擦眼淚，嘴裡一迭聲地說道：「妳看我，倒把妳惹哭了。小木別哭，妳能平平安安長到今天，把她準備的這些東西一樣樣穿到身上，玉簾妹子必定是高興的。」

蘇木點了點頭，努力把眼淚逼了回去。

蘇婆子又說了幾句逗趣的話，母女兩個便開始專注地檢查起衣裳來。

蘇婆子心裡默默盤算著，除了蘇木親娘準備的這些，她還能再添上副頭面。那是她當年唯一拿得出手的嫁妝，原本是想留給蘇木成親時用，如今用在笄禮上也算合適。她咬咬牙，決定成親時再準備新的。

蘇家沒有家廟，蘇婆子找了經驗豐富的長輩商量，最後決定在蘇木家的東屋舉行。那裡從前是一家人共用的書房，如今隔出小間住著蘇娃，到時候只須稍微布置一下就能用。

一應賓客、用具蘇婆子早就準備好了，又有三位哥哥幫襯，用不著蘇木操半點心。

端午這天，蘇婆子早早地過來，把蘇木從床上拉起來，監督著她洗澡、洗頭、換衣服。

外面傳來雲實的叫聲，蘇木濕著頭髮便往外跑，卻被蘇婆子一把抓住。

「急什麼？還不能讓他等會兒？」蘇婆子說著，便把衣服給她掩好，頭髮也用布巾裹了，猶自不放心地囑咐道：「只許在堂屋說話，不許出去吹風。」

「知道了，阿娘。」蘇木撒嬌般把「乾」字省去，蘇婆子一愣，叫她逃了出去。

蘇婆子背過身去拭了拭濕潤的眼角，恨恨地罵自己。「真是越活越回去了，動不動就撒貓尿。」

蘇木已經出去了，並沒有聽見。

雲實看著她穿著中衣的模樣，眼神一暗，強迫自己轉移了視線。

蘇木不僅絲毫沒有自覺，反而嘻皮笑臉地湊過去，歪著身子打趣道：「怎麼，不好意思啦？」

雲實把她的身體扳正，繃著臉教訓道：「別鬧。」

蘇木吐了吐舌頭，小聲嘟囔道：「哼，看你能裝到什麼時候。」

結果，雲實裝了沒兩秒，便突然把蘇木抱住，狠狠地親了一口。

蘇木嚇了一大跳，差點喊出聲來。

蘇婆子在裡屋看到了，險些衝出去把那個傢伙打一頓。

雲實拿手臂緊緊環著蘇木，沙啞著嗓音說道：「今日我要到祁州去，傍晚回來，想要什麼，買給妳。」

蘇木這才想起來他今天要去上工了，頓時生出幾分不捨。繼而又有些鄙視自己。多大的人了，怎麼還像個情竇初開的小女孩兒似的！

於是，她便裝作十分大方的樣子說道：「生辰禮我早就想好了，什麼都不用買，我就想要你親手做的。」

雲實深深地看著她，應了聲。「好。」

兩個人就這樣對視著，你看我，我看你，誰也不說道別的話。

直到屋裡重重地咳了一聲，兩個年輕人才像受驚的小鴛鴦似的，騰地一下分開了。

蘇木紅著臉，直把雲實往外推。「快走吧，好好做事，早點回來。」

雲實嘴上應著，又捏了捏她的手，這才離開。

蘇婆子在屋裡看著，目光越發柔和──兩個都是好孩子，眼瞅著這苦日子就要到頭嘍！

按照祁州當地的風俗，女子行笄禮主要有三個環節──結髻、換衣、拜謝。

蘇婆子從村子裡請了位行事體面、兒女雙全的婦人擔任正賓，托盤的有司找的是姚銀娘。還有一位幫助更換衣服的同輩姊姊，除了姚金娘，蘇木並不認識其他人，最重要的是，她覺得姚金娘本身就很好。

蘇婆子起初不大樂意，覺得不吉利，蘇木好說歹說她才鬆了口。

原以為姚金娘來了之後兩個人會不大對盤，沒承想她對蘇婆子十分恭敬，後者雖然面上淡淡的，不經意間看過去的視線卻透著股莫名的慈愛。

蘇木鬆口氣的同時，又覺得好奇——這兩家人到底有著怎樣的糾葛啊？

觀禮的賓客們三五成群地到齊了。

蘇婆子把她拉到屋子裡囑咐著注意事項，姚金娘在一旁不聲不響地幫她換著素色的中衣，動作不慌不忙，卻又十分地細緻周到，惹得蘇婆子頻頻走神。

衣服換好後，蘇木便被姚金娘攙著從隔間走出去，到了東邊的屋子裡。此時的她披散著頭髮，只著一身中衣，透著股慵懶的美。

擔任正賓的長輩揚聲唱喏。「初加綰髮髻，羅帕裹青絲——」

姚金娘扶她坐在木凳上，蘇婆子含著眼淚，手微微抖著替她把一頭長髮高高地梳了起來，在頭上綰出一個含月髻，用黑色的羅帕細細地包住，插上簪釵。

姚銀娘在旁邊托著木盤，盤裡擺放著好幾副頭面，任蘇婆子挑選。

蘇婆子的動作很慢，也很細緻，賓客們絲毫沒有不耐煩的神色，大家反而十分享受這一過程。

正賓再次唱道：「再加加深長，曲裾端莊、娘子識禮——」

蘇木主動站起來，姚金娘把搭在胳膊上的襦裙、上衣一件件穿到她的身上。

其間有人發現衣者居然是姚金娘，人群中出現了小小的騷動。姚金娘卻充耳不聞，低眉斂目專注地做著自己的事。

正賓第三次唱喏。「娘子拜親屬，嫁娶兩相顧——」

蘇木轉過身去，跪在地上，對著蘇婆子深深叩頭。不過，她還沒有拜下去，便被蘇婆子托了起來。

蘇婆子連連說道：「閨女，不必了、不必了，乾娘心領了。」

到這裡算是禮成了，圍觀的賓客們也放鬆下來，一個個打趣道：「可是有了閨女的人呢，這心都跟著軟了！」

正賓也一改肅穆的神情，露出笑臉。「蒲妹子，囑咐閨女幾句話吧！」

蘇婆子拉著蘇木的手，神色激動。「小木，以後我就把妳當親閨女，家裡還有三個哥哥，誰要是敢欺負妳，咱們一家子跟他沒完！」

原本是惹人發笑的話，蘇木卻「哇」的一聲，撲到蘇婆子懷裡大哭出聲。

這樣熱鬧的笄禮大夥兒還是頭一回見，人們愣了愣，不約而同地笑了起來。

從今往後，哪家小娘子若是嫌棄娘親嘮叨了，總會插著腰威脅。「妳若再煩，我便學著小木姊姊，在笄禮上哭給妳看。」

每每這時，婦人們便會不由自主地妥協。

雲實是傍晚回來的，彼時他還沒聽說蘇木的「豐功偉績」。

沒承想，蘇木自個兒心虛，生怕被他笑話，便插著門不讓他進。

雲實一邊耐心地敲著門，一邊聽姚銀娘和蘇丫兩個一唱一和地說了白天的事。蘇木在屋裡聽著，恨不得找個地縫鑽進去。

最終，雲實許下無數「不問、不說、不笑」的承諾，這才進了門。他也識趣得很，開口便問道：「要什麼樣的禮物，想好沒？」

蘇木坐在書桌前，羞憤地扯著衣襬，沒好氣地說：「忙了一天，還沒畫呢。」

雲實挑了挑眉，竟是用畫的？

他沒多問，只好言好語地哄著。「我不急，何時畫好了便給我。」

蘇木抬頭看他。「想得美，現在就畫，省得你賴帳。」

雲實眉眼帶笑，無比包容。

蘇木歪著腦袋瞅了他一眼，自己也忍不住笑了。她一邊鋪開畫紙一邊問道：「吃飯沒？」

雲實搖了搖頭，坦誠地說：「回來之後就過來了，還沒吃。」

「晚上和乾娘他們一起吃的，飯菜不少，廚房裡剩了許多，卻被我們吃過了，你介意不？」蘇木問出這話便有些後悔，其實不用問都知道，雲實肯定會說不介意。

果然，下一刻，雲實便開口說道：「無妨。」

蘇木卻放下紙筆，說道：「別吃那些了，我給你做碗麵去。」

雲實既不想讓她勞累，又想吃她親手做的麵，一時間有些糾結，只得抓著她的手不說話。

蘇木眉眼彎彎地看著他。「怎麼了？」

雲實看著小娘子嬌俏的模樣，最終還是說道：「不必忙了，吃現成的就好。」

話音剛落，便聽到「咚咚」的敲門聲，蘇丫在門外笑嘻嘻地喊。「我進來啦！」

蘇木無奈地笑笑，沒好氣地說：「進來吧！」

蘇丫這才笑容滿面地走進屋子裡，手裡托著個超大的托盤。

雲實連忙接到手裡，不經意地一看，四菜一湯，異常豐盛。

「意外吧？」蘇丫難得調皮地開著玩笑。「大娘讓我提前盛出來的，說是給雲實哥留著。」

她口中的大娘，自然就是蘇婆子。

蘇木在心裡默默感嘆道：這便是有長輩的好處，總是處處都能想得周到。

雲實吃飯的工夫，蘇木便拿著毛筆在紙上勾勾畫畫，結果畫壞了許多張紙，那「禮物」還是看不清樣子的一坨。

蘇木把筆一扔，懊惱地說道：「不畫了，好難畫。」

靈魂畫手和毛筆尖的結合簡直就是一場災難。

雖然蘇木畫畫技術爛到家，好在雲實手巧，他看到蘇木在那兒著急，又好笑又心疼，乾脆找來一塊巴掌大小的木頭，拿著那個裹著布條的刀片，問道：「大致是什麼模樣？妳說，我試試看。」

「窄長，表面有一道一道的溝……」蘇木連說帶比劃。

也不知道雲實有沒有聽懂，反正他低頭便開始削削刻刻，沒一會兒，原本不起眼的木塊便成了一個有模有樣的迷你型……搓衣板。

是的，蘇木要的禮物就是搓衣板。

這裡根本沒有搓衣板這種東西，人們洗衣服都是到河邊，把衣服放在石頭上用木槌敲打，費力不說，還洗不乾淨。自從上回去河邊洗衣服差點掉進水裡，又被雲實嘲笑之後，蘇木便產生了做個搓衣板的想法。

然而，蘇木怎麼也沒想到，最後還是這個罪魁禍首給做成的——緣分呀，真是奇妙！

蘇木抓著那個小搓衣板左看右看，雖然細節處和現代的不大一樣，卻已經很像了。

「雲石頭，你也太厲害了吧！」蘇木由衷地讚嘆道。

雲實揚起唇角，抓起蘇木的手，目光灼灼地看著她。

蘇木戳了戳他硬實的胸肌，沒好氣地說：「就這麼點小功勞就想要獎勵？想得美！」

雲實挑了挑眉——還真沒有。不過，既然小木主動提出來了……

雲實緩緩地低下頭，勾著唇角，捉住小娘子柔嫩的唇瓣，霸道而又不失溫柔地吻了上去。

蘇木拿眼瞪著那雙含笑的黑眸，一個勁兒在心裡鄙視自己——完全不想躲開，怎麼辦？

第二天，雲實照例去上工。

恰好，李佩蘭一天都在莊子上待著，完全沒有出去的意思。

雲實是她的專屬車夫，大小姐不出門，他便一點事都沒有。於是，他支會了相熟的二管事一聲，去了先前住的木屋。那裡有這些年攢下的木料，還有老木匠留下來的幾樣工具，雲實一待就是一整天，傍晚的時候，胳膊底下便多了兩個窄窄長長表面帶著淺溝的木板。

如果說蘇木看到迷你版的時候是驚訝，此時拿到標準版的心情只能用「驚喜」來形容了。除了表面略微粗糙之外，真的和後世那些用先進機器批量生產出來的搓衣板沒什麼兩樣，甚至弧度更為自然，邊角更為圓滑，一頭一尾刻著不知名的小花，平添了許多人情味。

蘇木情不自禁地攬住雲實的脖子，嘴裡不停地讚嘆著。「真是太好了，比我想像的還好，雲實，你真棒！你一定會成為最好、最好的木匠！」

這一刻，能不能成為「最好、最好的木匠」對雲實來說根本不重要，有了小娘子的肯定與擁抱，一切都值了。

雲實特意做了兩個，一個給媳婦，一個用來討好岳母大人。

然而，當這對小情人興致勃勃地送過去的時候，蘇婆子的反應卻並不像期待的那般，她手裡拿著搓衣板翻來覆去地看了好一會兒，終於忍不住問道：「這真是用來洗衣裳的？」

蘇木連連點頭，眼裡滿是興奮的光。「木頭做的，可好用了！」

興許是不想讓閨女失望，蘇婆子「呵呵」地笑了兩聲。「嗯……是挺好的。」簡直是要多敷衍有多敷衍。

蘇木鼓了鼓臉，再接再厲。「乾娘，試一下就知道了，真的很好用。」

蘇婆子無奈地看了她一眼，只得單手舉起搓衣板，頗為熟稔地在盆裡捶了兩下，啪啪地拍出一些水花。

蘇木實在憋不住，哈哈地笑了起來。

「不是這樣用的！」蘇木說著，乾脆自己找來皂角和待洗的衣服，然後把搓衣板放在盆裡現場示範起來。

蘇婆子到底是做慣了活計，原本還想著待會兒怎麼假裝真心地誇讚幾句，然而看清正確的使用方法之後，卻絲毫沒有了敷衍的心思。

老二媳婦也在一旁讚嘆道：「阿娘，這個一看就好，等著以後天氣冷了便再也不用到河邊受凍了，用這個在家裡就能把衣裳洗乾淨。」

蘇木娘連連點頭，她把蘇木的手從盆子裡拉出去，自己把髒衣服拿到手裡，迫不及待地嘗試起來。

蘇婆子眼睛越來越亮，她猛地抬起頭，說道：「不行，這個先別給我，咱們得拿到集上賣錢！」

蘇木一驚。「這個也能賣錢？」

「怎麼不能？這麼好的東西，可比我賣鴨蛋強得多！」蘇婆子讚賞地看向雲實。「石頭，這東西你做了多少？」

「就這兩個。」雲實如實說道。

「多長時間做出來的？費不費工夫？」

實際上，不怎麼費工夫，卻挺費力氣的。

然而，雲實還是搖了搖頭，說：「一天做了兩個，頭一個做得慢，第二個便快了些。若是明日無事，或許能多做出幾個。」

「那敢情好，你盡力，別累著，三日後城隍廟有大集，到時候別管做幾個，咱們都拿過去賣一賣，就算賣不出去也不吃虧。」

蘇婆子說話俐落，叫人十分信服，蘇木不禁期待起來。

第三十八章　搓衣板

說來也是趕上好時候，接連三天李佩蘭都沒出門，雲實便連著得了三天的空閒。

他肯吃苦，把吃飯、歇息的時間都省出來做活，傍晚在蘇木那邊轉了一圈，回去之後繼續就著月光做，一直到大半夜。就這樣緊趕慢趕，到大集當天，竟讓他做出來整整二十個。

雖然木料不同，厚薄也略有差異，但每一個都平整細緻，一看就是用了心的。蘇木看著那一個個搓衣板，既感動又心疼，情不自禁地環住漢子勁瘦的腰。

雲實心滿意足地攬著小娘子柔軟的身子，不著痕跡地把那隻布滿傷痕的手藏到了身後。

其他人也十分努力，天還沒亮，蘇鐵便到集上去占位置。

按照他們提前商量好的，賣搓衣板的地方需選在婦人們時常經過的街口，旁邊最好挨著布疋、木梳之類，別說，還真讓蘇鐵給尋著了。

當蘇老二借了村長家的牛車，把蘇木和蘇婆子連同搓衣板一起拉過去的時候，蘇鐵已經等在那裡，並同周圍的小販聊得火熱。

一齊等著的還有兩個熱氣騰騰的大火燒。

蘇老二咂了咂嘴，樂呵呵地說道：「還有火燒吃啊？可有好多年沒吃過了。」

蘇鐵毫不客氣地踹了他一腳。「邊兒去，這是給阿娘和妹子買的，沒你的分。」

蘇老二訕訕地笑笑，略失望。

實際上，不光是沒蘇老二的分，蘇鐵也沒捨得給自己買。今天是有蘇木在，不然蘇婆子也不會吃，少不得還會罵他一頓。

蘇木把這一切看在眼裡，並沒有過分客套，而是把自個兒的火燒掰成兩半，硬是塞了一半給蘇老二。「二哥，這麼個大火燒我可吃不完，若是硬吃下去，指不定得肚子疼。」

蘇老二原本是怎麼也不肯要的，卻被蘇木這話給堵住了嘴。

蘇婆子瞥了他一眼，把自己的也掰開，扔給蘇鐵。「得了，今兒個沾你們妹子的光，都嚐嚐吧！」

「好吶！」蘇鐵比蘇老二爽快得多，張嘴咬了一大口。「回頭也給老三他們帶倆回去，省得說咱們吃獨食。」

蘇老二這才嘿嘿笑著，小心翼翼地吃了起來。

蘇木一邊吃一邊含糊地說道：「等咱們的藥材賣出去，可著勁兒買一大筐火燒回家吃。」

一家人樂呵呵地笑了起來。

天色漸漸變亮，集市上的人越來越多，蘇鐵和蘇老二還有農活要做，就回去了，說天晚了便來接她們。

蘇婆子擺擺手，自信地說道：「用不著，等不到天黑就能賣完。」

蘇木心裡也充滿了希望。

地方選得確實好，再加上蘇婆子嗓門亮，聲音也好聽，吆喝聲一起，便吸引了不少人。

只是，大夥兒都是頭一回見到搓衣板，只圍著看，並不敢買。蘇婆子陪著笑，好言好語地把它的用法和好處說了。

婦人們聽著倒是心動，然而一問價錢，又紛紛咋舌。「十文能買半斤豬肉了，誰會買塊木頭？」

蘇婆子笑著回道：「豬肉吃完就沒了，這塊木頭能用上一輩子，妳說值不值？」

話雖說得有理，然而大夥兒還是有些猶豫，有幾位大娘起身不聲不響地走了。

蘇木暗自嘆了口氣，有些失望。

蘇婆子依舊熱情十足，耐心地同大夥兒說著。

就在這時，一個打扮俐落的年輕婦人撥開人群蹲在攤子前面。「這東西怎麼賣？」

蘇木乍一看覺得十分眼熟，婦人剛好抬臉對著她露出一個笑。

蘇木腦子裡靈光一閃，突然想起來了，這人是林小江的阿姊——林四妞。

她剛想打招呼，林四妞卻朝她使了個眼色。

蘇木隱隱地察覺到她的用意，連忙閉嘴，裝出一副不認識的模樣。

林四妞低著頭笑笑，暗自讚嘆。真是個聰慧的蘇娘子，想來她家妹子定然也是個好的，配自家那個蠢弟弟，唉，可惜了！

「這東西我還是頭一回碰見，得了，不過十個銅板，拿回家試試，若果真好用便不算虧。」林四妞裝模作樣地說道。

蘇婆子不知道她和蘇木的暗中交流，只當一般客人招待。「娘子大可試試，定然虧不了。」

林四妞也乾脆，交給她十個銅板拎走了一個。

蘇木有些不好意思，覺得這錢怎麼也不該收，然而若是現在還回去定然會穿幫，反而辜負了林四妞的好意，只能等機會了。

攤上的婦人們見有人俐落地買走，多少有些心動。

蘇木瞅見一個小娘子提著精緻的妝奩，看上去像是嫁妝。她轉了轉眼珠，主動同人家搭話。「我家搓衣板也有精緻的款式，光滑平整，雕著好看的花紋，若是添到嫁妝裡定然新鮮又體面。」

小娘子聽到她的話吃了一驚，沒想到蘇木會猜出她即將出閣的事。她拉了拉自家娘親的衣角，央求道：「阿娘，不如買上一個吧，這位妹妹這般聰慧，做出的這樣東西定然好用。」

婦人穿著普通，想來並不富有，十文錢雖不多卻也不想亂花。

蘇婆子乘機說了許多搓衣板的好處，小娘子十分心動，抱著自家娘親的手臂撒嬌。

婦人禁不住女兒的央求，便把錢掏出來，仔仔細細地數出十文，交到蘇婆子手上。「勞您挑一個好的，可別糊弄了我。」

「放心，保管給您挑個好的。」蘇婆子樂呵呵地收了錢，從那一摞搓衣板裡挑了個最大最厚的拿給她。

婦人這才露出幾分笑模樣，走了兩步又回過頭來問蘇木。「小娘子說的那種帶花紋的可還有？」

蘇木連忙應道：「回頭便叫我家哥哥做上一個，您三天後可以去看，若滿意便付錢，不滿意的話也沒關係。」

婦人一聽更加放心。「還真是實誠的手藝人，你們是哪個村的，家在何處？」

蘇木剛要說，蘇婆子卻搶先回道。「杏花村，到村西頭打聽蘇婆子便好。」她笑笑，面上不失熱情。「就是我。」

蘇木把到嘴的話嚥回去，心裡默默感激蘇婆子的警惕和周到。

就這樣，他們不僅賣出去一個「標準版」，還成功推銷了一個「升級版」，幹勁更足了。

後面陸陸續續有不少人過來詢價，就是沒一個人掏錢買。

就在這時，林四妞喜孜孜地回來了，還沒走到攤子前便高聲說道：「方才我把搓衣板拿回家去，正趕上小姑子在河邊洗衣裳，我便拿給她一用，妳猜怎麼著？」

這話勾起人們的好奇心，大夥兒不由問道：「莫不是把衣裳給洗壞了？」

林四妞忍住翻白眼的衝動，揚聲回道：「不僅沒洗壞，還乾淨得很。前日我家二小子往汗褂上抹了一手的瓜汁，用這個搓衣板一搓，一點印子都沒留下！」

婦人們紛紛吃驚。「真這麼好？」

「千真萬確。」林四妞說著，便又數了十個銅錢，不由分說地塞到蘇木手裡。「我小姑子求著我過來給她買一個，生怕來晚就賣完了。」

蘇木無法，只得把錢收下。

有現成的廣告在這裡，方才還在猶豫的幾個人把牙一咬，接二連三掏錢買了。二十個搓衣板，小半天的工夫就賣光了。好笑的是，原本還猶豫不決的兩個人，看到只剩了一個的時候，竟然搶了起來。

蘇婆子揚聲說道：「二位不用搶，今兒個若是沒買上，回頭到杏花村找我，保管妳想要幾個有幾個。」

「妳們下個集還來不？」

「來！」蘇婆子肯定地說道。

婦人們得了這樣的保證，這才滿意地離開。

蘇木看著荷包裡沈甸甸的銅錢，心裡這才真正踏實下來。

雲實想必也會很高興吧？

回去的路上，蘇木看到一個鐵匠鋪子。

地方不大，各種鐵器掛了滿牆，後邊的棚子裡燒著熔爐，只在門口站著便覺一股熱氣撲面而來。

蘇木心頭一動，情不自禁地走了進去。

蘇婆子看了眼滿屋子的鋤頭、鐵鍬，不明所以地問道：「小木，是不是家裡農具不好用了？回頭讓妳鐵子哥磨一磨，不必買新的。」

蘇木有些不好意思地說道：「我想給石頭買套做木活的工具。」

雲實身上只有那麼一個殘破的刀片，全部活計都靠它完成，不僅辛苦，還耽誤工夫。

蘇婆子露出欣慰的笑。她並不會因此而責備蘇木多花錢，相反，孩子們相互心疼、相互體諒，她這個做長輩的才能更放心。

長著一張黑紅面龐的鐵匠，見一個高壯的婦人和一個嬌滴滴的小娘子走了進來，不由一愣，繼而繼續「咣噹咣噹」地做起了活計，就像特意不往這邊瞅似的。

小學徒年紀不大，沒有這些忌諱，甚是機靈地跑到蘇木跟前，殷勤地問道：「姊姊方才說要買做木活的工具？是要一整套，還是單買哪樣？」

蘇木對這個一竅不通，只得問道：「一套怎麼算？都有什麼？」

小學徒也不嫌煩，口齒伶俐地解釋道：「一套的話有鉋子、銼刀、鑿子、刻刀，還有鋸條——這些都是手藝好的木工師傅們人手一份的，另外，個人再有其他稱手的，也可以讓您家漢子交代一聲，咱們一併給您做上。」

蘇木聽到「您家漢子」的說法，不由窘了一下，繼而又有些莫名的歡喜。

蘇婆子拍了拍小學徒的腦門，笑罵道：「渾小子，就知道胡說！」

小學徒捂著腦袋，嘿嘿地笑了兩聲，嘴裡連連告饒。「得罪了，大娘勿怪。姊姊是要一套嗎？」

蘇木略微思索了一下，開口問道：「一套多少錢？」倘若多的話，今天賺的這些錢恐怕不夠。

小學徒似乎猜到她的想法，便友好地說道：「姊姊若要一套的話得現打，依據用料和工夫，約莫在二十兩左右，無須今日付錢，來拿時再付便可。」

「多長時間能做出來？」

「一整套的話，少說得有一旬半。」

蘇木點點頭。「那便要一套吧，做好些，多花些錢也沒關係。」

小學徒連連點頭。「姊姊放心。」

蘇木笑笑，拿眼往鋪子裡瞅了一圈，試探性地問道：「鋪子裡有沒有現成的？先來一、兩件用著。」

小學徒求助似的看向自家師父。

漢子停下手中的動作，從牆上摘下一個模樣奇怪的東西，粗聲道：「這個銼子是南石村的木匠訂下的，有些毛病，若不做精緻家具便沒啥影響，小娘子可以拿去先用著。」

蘇木點了點頭。「多少錢？」

「不必給錢，小娘子過來拿新工具時再還回來便可。」鐵匠說完，也不等蘇木反應，便回到爐邊繼續「咣噹咣噹」地敲打起來。

蘇木很是驚訝地看向小學徒。「真不用付錢嗎？連訂金也不用？」

小學徒一笑，黑瘦黑瘦的臉上露出兩個梨渦。「不用的。」

直到走出好遠，蘇木還在默默地感慨著，古人真淳樸……

還沒感慨完，嫩生生的臉頰就被蘇婆子捏了一把。「妳生怕別人不知道妳好坑是吧，我的傻閨女？」

蘇木嘿嘿一笑，乖巧地倚到蘇婆子的手臂。「知道啦，阿娘。」

蘇婆子原本準備了一大堆教訓的話，這下子卻一個字都說不出來了——罷了、罷了，大不了自個兒多活幾年，能多護她一天便多護一天吧！

蘇木從來沒想過賺了錢怎麼分的問題，因此，當蘇婆子把一大把錢塞到她懷裡的時候，她整個人都懵了。

「乾娘，這錢怎麼給我呀？」

蘇婆子看著她迷糊的樣子，忍不住笑。「不給妳給誰？」

「石頭做的活，您辛苦賣的，我什麼都沒做呀！」蘇木不好意思地說道。

「主意不是妳出的？妳沒幫著賣？」蘇婆子敲了敲她的腦門，笑道。「不必同乾娘分得這般清楚，長輩們賺了錢到底是給小輩們攢著，至於妳和石頭怎麼分，乾娘就不管了。」

蘇婆子不等蘇木反駁，乾脆俐落地走了，留蘇木站在柵欄門前，抱著滿滿一荷包的銅板，好生為難。

雲實悄無聲息地走過去，半拉半抱著把人帶進了院子裡。

蘇木起初嚇了一大跳，看清是雲實後，便像個沒骨頭的小動物似的倚在了他身上。

小娘子毫不掩飾的依賴，讓雲實滿心歡喜。直到回了屋，他才問道：「怎麼站在外面發呆？」

蘇木把手裡的荷包揚了揚，無奈地說：「乾娘一個子兒沒要，全留給你了。」雲實笑笑。「給妳。」

蘇木連忙說道：「可別，我是最不該要的那個。」

蘇丫和蘇娃原本在屋子後面澆藥園，隱隱約約聽到他們的說話聲，便興沖沖地跑了過來。

「阿姊，怎麼樣？賣出去沒？」蘇丫滿臉期待。

蘇木使勁晃了晃荷包，足足二百個銅板叮噹作響。「全賣完了！」

蘇丫眼睛一亮，高興地抓住蘇娃的胳膊，一個勁晃。「我就說雲實哥的手藝定然是沒問題的！」

蘇娃也高興，然而看著蘇丫興奮的模樣，小漢子愣是把心裡的高興勁壓下去，做出一副淡定的姿態。

看著弟弟、妹妹高興的模樣，蘇木切切實實體會到了養家的樂趣。

第三十九章　送神節

晚飯過後，雲實照例留下來和蘇木說話。

蘇木把那包銅板硬塞到他手裡，說道：「既然乾娘不肯要，你便拿著吧，家裡還有幾瓶活血化瘀的藥酒，回頭我給乾娘送過去。」

不等他說話，蘇木又從簍子裡拿出一個怪模怪樣的工具。「還有這個。」

雲實一看便認出來了。「哪來的銼刀？給我的？」他十分珍惜地接到手裡，眼中的喜愛之意幾乎要溢出來了。

看到他喜歡，蘇木十分得意，揚了揚精緻的下巴，狡黠地說道：「借給你用半個月，好好做搓衣板，半月之後記得還給我。」

雲實只當她在說笑，勾了勾嘴角，順從地應下，然後珍而重之地將那把銼刀收了起來，荷包卻是還了回去。

蘇木挑了挑眉。「你不要啊？」

「給妳。」

蘇木不滿地嘟起嘴。「那可不行，乾娘也不要，你也不要，最後反而成了我這個什麼都不做的占了便宜，以後我還怎麼好意思催你做東西？」

「可以催。」雲實眉眼含笑。「我很樂意。」

蘇木鼓了鼓臉，沈溺在小小的幸福之中。她抓著沈甸甸的荷包，塞到雲實的衣襟裡，看著漢子胸前鼓起的包包，樂得前仰後合。

雲實摸摸她的頭，把荷包掏出來，認真地說道：「妳留著吧——我掙的錢，妳都留著。」

又、又被蘇到了！

蘇木臉頰泛紅，一頭扎進男人懷裡。

雲實揉揉她的頭髮，眼中滿含深情。

蘇木冷靜下來，從架上扯出一個空白的帳本，在第一頁一筆一筆地記上：某年某月某日，賣搓衣板二十個，得錢二百文。

「吶，以後這就是咱們的小帳本了，以後不管是掙了錢還是花了錢，咱們都記在上面，好不好？」

雲實盯著上面娟秀的字跡，微微出神。

蘇木眸光一閃，說道：「你想不想學寫字？我可以教你。」

雲實一愣，難以置信地看著她。

蘇木也跟著愣了愣，不解地問道：「幹麼露出這樣的表情？」

「小木願意教我寫字？」雲實的聲音近乎沙啞，閃爍的黑眸中滿是期待。

蘇木理所當然地說道：「對呀，又不是什麼大事，我還怕你不願意呢！」

「願意，我願意！」雲實緊緊抓住她的手，堅定地說道。「我會好好學，一遍學不會，便學十遍。」

蘇木甜甜地一笑，嘴裡卻說著「凶惡」的話。「那你可要認真些，不合格要打手心唷！」

雲實緊緊地把小娘子摟進懷裡，再也不想鬆開。

蘇木軟下身子，心滿意足地享受著這一刻的溫存。

學歷、家世、價值觀，通通見鬼去吧，什麼都沒有彼此的珍惜和相愛來得重要！

兩個人就這樣抱著待了很久，直到蘇木腰都痠了，她才狠下心戳了戳雲實的手臂，他卻裝作沒有發覺，一動不動。

蘇木哼了一聲，一把將他推開。

雲實揚起唇，笑容寵溺。

蘇木扠著腰，趾高氣揚地下命令。「乾娘說了，搓衣板還得繼續做，越多越好，下回讓二哥去賣。」

雲實寵溺地點點頭。「好。」

蘇木繼續繃著臉，小聲嘟囔。「你也別累著。」

雲實揉揉她的頭，笑意更深。

蘇木仰頭看著他，眼中帶著小期待。「芒種那天，你要上工嗎？」

芒種時候梨樹台有送神節，她想叫著雲實一起去。

「若東家准假，我便陪妳。」雲實沒有輕易做出無法保證的承諾。

蘇木喜歡的就是他這種嚴謹的樣子，特意說道：「若不能告假也沒關係，還有二丫和銀娘，不用擔心。」

雲實笑了笑，點頭應下。雖然嘴上這樣答應，他心裡依舊想著，屆時一定要把假請下來，大不了同人換班。

雲實的想法很完美，沒想到意外狀況總是來得猝不及防。

芒種的前一天晚上，秋兒告訴他明天李小姐要出門，還特意囑咐他換一身體面的衣服。既然要求穿得體面，八成是重要的事，雲實張了張嘴，最終把告假的話吞了回去。

芒種這天，蘇家姊妹一大早便起來，早早地去了梨樹台。

雲實特意過來，用小船載著三位小娘子過了河，直到看著她們拐上往梨樹台的小路，他才戀戀不捨地離開。

梨樹台整個村子的面積要比杏花村大上兩倍，往前倒回幾十年，這個村子可以說是整個祁州府最窮的地方。那時候，村裡土地雖然多，但大多是沙質土，種糧食很難高產。不知從什麼時候開始，村民們開始種植果樹，梨樹台這片地方彷彿天生適合果子生長，無論種什麼都能長得又大又好。

因著交通便利，南北商客來來往往總會帶上些應季的果子——四月杏、五月桃、六月李、七月蘋果、八月梨、中秋的石榴、深秋的棗……梨樹台漸漸地有了名氣，村民的生活也好了起來。

所謂「送神節」，就是梨樹台的果農們，為了祭拜花神和果神而設的節日。送神節上要跳送神舞，還要選出花神和果神，可以說是小娘子們最盼望的節目。

村口搭了個大臺子，約莫有一米多高，底下用懷抱粗的木柱子穩穩地撐著，上面嚴絲合縫地鋪著木板，看上去十分結實。

臺子上有許多年輕的漢子忙碌地走來走去，似乎在做著最後的布置。早到的小娘子們便三五成群地圍在一起說說笑笑。

蘇丫冷不丁看到一個白淨的面龐，正伸著脖子往路上張望。

小娘子一愣，悄悄地躲到了自家阿姊身後。她不躲倒好，這樣一躲反而引起了林小江的注意。

年輕漢子黑黑的眼睛一亮，揚起手臂使勁揮。「蘇丫，這邊！」

蘇丫扎著腦袋，一張小臉卻是通紅。

蘇木回頭看看自家妹子，又看了看那個彷彿得了興奮症的年輕漢子，不由挑了挑眉——這兩人什麼時候這麼熟了？居然連名字都叫上了。

蘇丫的態度絲毫沒有打擊到林小江的熱情，傻小子興高采烈地衝過來，臉上掛著大大的笑。「到那邊去吧，我占好了位置，在最前排！」

林小江聲音清亮，語氣又太過歡快，把周圍的注意力全都吸引過來。

蘇丫感受到四面八方匯聚來的目光，腦袋埋得更深——真、真是丟死人了！

相熟的漢子善意調侃。「林小江，後面那個小娘子就是你的心上人嗎？模樣怪俊的！」

這話一出，林小江嫩生生的臉紅了，語氣惡劣地嚷道：「要你管！」

漢子挑眉笑笑，不以為忤。

林小江紅著臉，一雙眼睛死死地黏在蘇丫身上。「蘇丫，剛剛把我急壞了，還怕妳不來呢！」

蘇丫推了他一把，面紅耳赤地說：「快別說了，丟死人了。」

林小江嘿嘿一笑，把懷裡大大小小的紙包一股腦兒塞到小娘子懷裡。「我阿姊買的，都是最好吃的零嘴，給妳吃！」

蘇丫氣得踢了他一腳。「誰要吃啊，快走開！」

林小江撓撓臉，執著地圍著她轉。

蘇木默默地望了望天，不由感嘆，春光正好哇！

老村長站在臺子上，聲情並茂地講述著梨樹台的致富史，本村的年輕人耳朵都聽出繭子來了，紛紛露出不耐煩的神色，唯獨蘇木聽得津津有味。她模樣好，坐的位置也顯眼，老村長一眼便看到了她。

「這位小娘子看著眼生，可是咱們梨樹台的？」長著花白鬍鬚的老村長笑咪咪地問蘇木。

蘇木也不害羞，大大方方地回道：「村長爺爺，我不是梨樹台的，我是杏花村的。」

「哦哦，怪不得乖巧又水靈，原來是杏花村的。」老村長笑呵呵地誇道。

這話一出，惹得下面的小娘子一片噓聲，大夥兒紛紛嚷嚷著。「咱們梨樹台的也乖巧、也水靈！」

漢子們卻是一言不發，而是拿眼不住瞄著蘇家姊妹，就連姚銀娘也收到了不少目光。

這下可把林小江忙壞了，他坐在蘇丫旁邊，左擋右擋，怎麼也擋不住全部視線，一氣之下便大聲嚷道：「趕明兒我就叫阿娘去杏花村提親！」

他喊的聲音非常大，所有人都聽見了，小娘子們忘了剛剛的小不滿，全都哈哈地笑了起來，老村長也在台上呵呵地笑。

林小江紅著臉，認真地看向蘇丫。「我說的是真的。」

蘇丫使勁扎著腦袋，恨不得變成腳底下那片花瓣。

老村長看著年輕人們打打鬧鬧，自個兒心裡也高興，他慈愛地看向蘇木，說道：「杏花村的也沒關係，丫頭，快到臺上來。」

蘇木愣了一下，不明所以。

旁邊的小娘子推了她一把，酸溜溜地說：「還不快去，妳被選為今年的花神了。」

蘇木還是有些不明白，蘇丫卻是一改剛剛的羞窘模樣，興奮地推了她一把。「阿姊快去，這是好事！」

蘇木愣愣地站到臺上，走到老村長身邊，一臉懵樣。

老村長給她戴上用花樹編的花環，披上輕薄的紗衣，衣服上繡滿了花瓣。

蘇木聽到姚銀娘羨慕的聲音。「小木姊姊好漂亮！」

蘇丫揚起下巴，理所當然地應道：「阿姊是最漂亮的！」

林小江在一旁撓著臉小聲說道：「妳……妳也很好看……」

蘇木忍不住笑了起來，她這麼一笑，臺下頓時響起「哇哇」的驚嘆。

這下，就連剛剛還不服氣的小娘子們也不得不承認，這樣的容顏，真是當之無愧的「花神」。

送神節最重要的環節是「送花神，迎果神」。花神每年都由村長當場指定，並沒有統一的標準，只要合眼緣就行。今年，蘇木榮幸地成為了漂亮的小花神。此時，她正戴著花環、披著花衣，坐在鋪滿花瓣的牛車上，被人群簇擁著在果樹林中穿梭。

她需要選出一棵最好看的樹，把頭上的花環和身上的花衣掛到那棵樹上。「送花神」的儀式才算結束。

老村長認真地囑咐了一番，然而蘇木卻十分苦惱——這些樹長得都一樣，怎麼從裡面挑出「最好看」的那棵？

蘇木乾脆自己把範圍縮小，單從杏樹裡面挑。

唔，這個樹幹好別緻，那個樹冠是歪的，那邊還有一個……滿樹的青杏就要把樹枝壓彎了。

蘇木調皮地拍了拍牛屁股，笑嘻嘻地說：「去那邊！」

趕車的漢子樂呵呵地應了一聲，用樹枝輕輕拍打著牛身，嘴裡吆喝了一聲，牛車便緩緩地朝著那邊走去。

人群也紛紛改道，蘇木並沒有發現，許多梨樹台的村民都露出了緊張的神情。靠近之後，蘇木喊了聲「停」，老黃牛又慢吞吞地走了兩步，這才停了下來。

面前剛好是那棵碩果累累的大杏樹。

有人露出失望的表情，也有人緊張地盯著她。蘇木的手一頓，突然有些不知所措。

老村長依舊是那副笑咪咪的模樣。「丫頭，選中了？」

蘇木點了點頭，指了指面前的杏樹。「這棵可以嗎？」

老村長點了點頭。「只要花神覺得好便好。」

蘇木笑了笑，按照老村長教的樣子，把花環和衣服都鄭重地脫下來，恭恭敬敬地掛到樹上。

林小江「嗷——」地一聲，就像瘋了似的圍著那棵樹又蹦又跳，一個勁兒感謝蘇木，感謝村長爺爺，感謝大夥兒。

其他村民心裡原本還有些不是滋味，然而看到他孩子氣的模樣，便又紛紛釋然了，到底是值得高興的事。

一個身材清瘦、目光柔和的婦人來到牛車前面，深深地給蘇木福了一禮。「感謝花神選中我家，今年一秋的果子，我都會挑了最大、最好的給您送到家裡去。」

這個環節老村長提前囑咐過，因此蘇木便假裝成花神的樣子，矜持地點了點頭，嘴裡也多說了一句。「也祝願您家碩果累累、果杏壓枝。」

旁邊有位年輕的漢子說道：「有了花神的選擇，林叔家今年必定是賺得最多的那個。」

「這還用你說？」林小江揚著下巴顯擺道。「花神選中了我家的杏樹，自然是我家最好。」

人們只當他小孩子心性，並不計較。

蘇木看著滿枝的青杏，還有旁邊那個猶自掛著雪白殘花的梨樹，條件反射地唸了一句。

「『昨日梨花白，今朝杏子青』說的便是這個吧！」

「是、是，丫頭說得真好！」老村長高興得滿面紅光。

旁邊有位管事也高興地說道：「沒承想小娘子還是個有學問的，今年咱們的日子必定差不了！」

「可不是嘛！」人們紛紛附和。

蘇木這才鬆了口氣，只要不壞了人家的規矩便好。

就在這時，只聽旁邊有人清清冷冷地唸道：「葉底青青杏子垂，枝頭薄薄柳綿飛。」

聽起來倒是比蘇木那句更加上口。

第四十章 秀恩愛

蘇木循聲望去，一眼便看到那個穿著黑色勁裝的高大身影。

小娘子眼睛陡然一亮，這還是她第一次看見雲實穿上麻衣以外的衣服，真的是……帥呆了！

對方也正看著她，滿目驚豔。

就在兩個人四目相對、深情款款的時候，剛剛的聲音再次響了起來。「年村長，不好意思，我來晚了。」

老村長假裝看不懂年輕人之間的風起雲湧，笑呵呵地擺擺手。「不礙事、不礙事，剛好看到這個杏花村的小娘子，模樣乖巧可愛，又會作詩，著實有幾分花神的顏色。」

李佩蘭險些撕碎手中的錦帕，她費了好大的勁才掩壓下心頭的氣憤——原以為能在送神節上出個風頭，特意晚來一步，沒承想竟生生叫人壓了一頭，竟然還是這個人！

老村長人精似的，怎麼看不出李佩蘭的心思？他只是不想說破罷了。

送神節關係到村民們一年的收成，花神、果神的選擇看似隨意，實際有著很深的緣法。心機重的不找，耍花招的不找，言行有失的也不找——這是祖上定下的規矩，別說是區區的李家小姐，就算縣太爺的閨女來了，若是不合緣法，他們也不將就！

蘇木根本沒將李佩蘭放在眼裡，她瞅著雲實，作勢要從牛車上跳下去。

雲實緊走幾步，親暱地扶住小娘子的胳膊。

「我自己可以。」蘇木晃晃腦袋，一副得了便宜還賣乖的模樣。

雲實拿胳膊一圈，霸道而又不失溫柔地將人抱了下去。人群中傳來陣陣歡呼，年輕漢子們起鬨著叫好。

蘇木又羞又窘，不滿地揚手打他。雲實權當是小娘子撒嬌，俊朗的臉上滿是笑意。

這一幕看在李佩蘭眼裡，氣個半死。更氣的是，她沒有立場去阻止！

秋兒怯怯地看著自家小姐的臉色，重重地咳了一聲，一本正經地說道：「雲車夫，咱們該到村口去了。」

「嗯。」雲實應了一聲，卻沒動，只拿一雙眼睛看向蘇木。

蘇木推了推他，大方地放行。「快去吧，差事要緊。」

雲實這才「嗯」了一聲，臨走前不捨地抱了蘇木一下，再次當著眾人的面宣告主權，大夥又是一陣起鬨。當然，也免不了有人惋惜——這麼好的小娘子竟是有了主的。

林小江像個小護衛似的站到蘇丫身邊，用行動表示，花神的妹妹也是有了主的，你們就別想了！

蘇丫面上羞窘，心裡卻暗暗地生出幾分歡喜。

送花神之後是迎果神。

迎果神的儀式就是在臺子上跳送神舞，雖然叫「送神舞」，實際卻分為兩段，前半段送神，後半段迎神。

村裡的管事專程到祁州府請了有名的歌伎，他們付的錢不多，很多歌伎卻都願意來，一旦關係到農事、儀式，就是體面的大事。據說，這回來的這位歌伎，便是如今祁州城內最當紅的一位，許多風流才子都爭著為她寫歌。她不僅歌唱得好，跳舞也是一絕，而且名聲清貴，是以梨樹台才選了她。

人們回到村口時，歌伎已經等在了那裡。只見她著一身桃紅舞服，身材纖細、面貌可親，旁邊站著個打扮俐落的小姑娘。這一主一僕絲毫沒有勾欄院裡的脂粉氣。

對方察覺到蘇木的視線，衝著她盈盈一笑，頓時如春花綻放，華美非常。

蘇木險些沈淪在美色之中，十分笨拙地點了點頭。

歌伎又是一笑，自然地把頭轉向別處。

蘇木捂著狂亂的小心臟，險些懷疑自己的性向。當然，這只是玩笑。

儀式很快開始，老村長在案前擺上貢品，點燃三炷香，帶著村民朝著西邊恭恭敬敬地磕了三個響頭。

歌伎也面容肅穆地站在臺上，旁邊是赤裸著上身的樂師。

鑼聲一起，兩條長達六尺的水袖倏地甩了出來，繼而是密集的鼓點，歌伎隨著節奏舞動，一轉身、一踏步皆是鏗鏘有力。

蘇木吃了一驚，原本以為會是那種柔柔媚媚的舞蹈，沒承想竟如此肅穆，如此莊重。

這段舞很短，鼓師很快退下，樂器換成了古琴和橫笛。悠揚的笛聲在果園上空響起，歌伎隨之亮開嗓子，唱起了清麗的小調，觀眾的神情也跟著放鬆下來。

歌伎邊唱邊跳，無論是歌聲還是舞步都動人心弦。

古琴加入之後，風格突然一轉，變成了歡快的節奏，歌伎也終於收起嚴肅的表情，帶上甜美的笑容。她把水袖朝著人群中一甩，做出一個邀請的姿勢。

臺下頓時一片騷動，小娘子們妳推我搡，每個人都躍躍欲試，然而又沒有一個人敢於充當第一名。

老村長摸了把鬍鬚，中氣十足地喊道：「丫頭們，大膽些，讓大夥兒看看今年的果神是哪一位！」

蘇木先前就聽說了，如果在送神舞中勝出，被選為果神，整個村子的果子都由她挑，想吃什麼拿什麼。

這時，有個穿著鵝黃衣裙的小娘子脆生生地嚷道：「妳們都是膽小鬼，看我的！」說完，便俐落地跳到了臺上。

歌伎對她露出一個友好的笑，小娘子微微屈膝，行了一禮，一桃紅一鵝黃便在臺上舞動起來。兩個人衣服顏色相配，模樣也都好看，臺下眾人紛紛叫好。

後面又有小娘子不服氣，陸陸續續地走上臺去，臺子上頓時變得熱鬧起來。

不難看出，小娘子們為了今日肯定是特意準備過的，舞姿便不說了，單是那身上的衣服看著就十分養眼。

蘇木一時技癢，要知道她也是會跳古典舞的，那時候剛剛進入大學，同學們都去報名種社團，她便選了古典舞社團——這是唯一一種可以不必花重金買裝備，就能學到手的才藝。

不遠處傳來李佩蘭主僕的對話。

秋兒諂媚地勸道：「小姐，您可比這些人跳得好多了，不如上去試試。」

李佩蘭十分不屑地哼了一聲。「與妓女同臺？妳把我當成什麼了！」

她的聲音不低，該聽見的人都聽見了。

中年模樣的管事臉色一黑，正要說什麼，卻被老村長攔住。

老村長心裡明白，她定然是在為花神的事不忿，這才開口貶低他們的祭禮。

臺上的歌伎剛巧聽到，腳下一個不穩差點跌下舞臺。幸好，旁邊的娘子拉了一把，這才沒有出事。

歌伎露出一個感激的笑，很快調整了節奏，臉上雖然依舊笑著，卻怎麼也掩飾不住眼中的悲涼。

蘇木心裡十分不是滋味，有些人總以為自己高人一等，卻不知除了不可選擇的出身之外，她渾身的德行連人家的一根頭髮絲都比不上！她壓了壓火氣，最後實在壓不住，猛地一下站起來，把旁邊的人嚇了一跳。

「阿、阿姊，妳怎麼了？」蘇丫關切地問道。

其他人也愣愣地看著她，就連李佩蘭也轉過頭，輕描淡寫地掃了她一眼。

蘇木看看這個趾高氣揚的富家千金，又看看臺上那位面容可親的歌伎，重重地「哼」了一聲，動作俐落地跳到臺上。

她知道，李佩蘭這樣的人最怕什麼。她最怕什麼，蘇木便拿什麼來氣她。

「呀！是花神！」人們看到蘇木上臺，激動地喊了起來。

蘇木對著臺下笑笑，然後又對著歌伎禮貌地行了一禮。

歌伎以舞代禮，回得恰到好處。

蘇木心裡的窒悶這才稍稍消減了些。她微微仰起臉，閉上眼睛，心漸漸在悠揚的曲調中變得安寧。隨著笛聲和琴音，她翩翩起舞，烏黑的長髮被風撩動，在一群粉紅嫩綠中，那身素白的衣裳反而吸引了所有人的視線。伸臂，抬腿，跳躍，滑步，每一次轉身、每一個回眸都彷彿牽動著觀眾們的心。

大夥兒忘記了調笑，忘記了叫好，只目不轉睛地看著，整個舞臺彷彿只剩下那麼一個玲瓏的身影。

歌伎默默地退到臺下，看向蘇木的視線中滿是欣賞。其他小娘子也一個接一個地站到臺邊，有人不服氣，也有人暗暗叫好。

有個模樣俊俏的小娘子把手上的彩綢一捲，朝著蘇木便扔了過去。「接著！」

蘇木騰挪之間，自然而然地接到手裡，對著小娘子嫣然一笑。

小娘子捧著心口，誇張地喊道：「天哪，倘若我是漢子，定然要娶她！」

小娘子豪放的言語說出了大夥兒的心聲。

蘇木笑意加深，順勢旋了個身，手腕一振把彩綢抖開。音樂頓時變得激昂起來，蘇木的舞姿帶上了颯爽的韻味。她為了氣死某人，原本還帶著炫技的心思，然而跳著、跳著便漸漸地沈浸其中。

這裡不再是三樓最角落的舞蹈室，灰白的牆壁上沒有大鏡子，鼻翼間沒有木質地板的氣味，身後也沒有老師的誇獎和同齡人的冷嘲熱諷。這裡只有清風，只有曠野，只有一排排果樹，還有一群淳樸的鄉親……還有她的親人，和愛人。這是她決定要好好生活一輩子的地方……

音樂不知道什麼時候停了，蘇木的心緒久久不能平復。

一個高大的身影倏地跳到臺上，手臂一伸便把發呆的小娘子扛到肩上。

蘇木一聲驚呼，條件反射地抓住他的頭髮。

人群中頓時歡騰起來，大夥兒齊聲高喊。「果神！果神！果神！」

中年管事興奮又感慨地說道：「花神和果神選中了同一位娘子，還是第一次發生種事呢！」

「咱們村的好日子要來嘍！」老村長摸著鬍鬚笑咪咪。

蘇木還沒意識到自己將有一年的免費果子可以吃，此時的她正坐在戀人肩上，腰邊是有力的大手，她既羞窘又興奮，柔軟的心被填得滿滿的。她只知道雲實高大、強壯，卻從來沒想過對方只用半邊肩膀就能將她扛起，一股前所未有的安全感油然而生。

雲實就這樣扛著蘇木繞著舞臺走了一圈，全程接收著觀眾們的注目禮。

村民們歡呼、起鬨，小娘子們驚呼、羨慕，年輕漢子們幾乎要用仇恨的目光看向雲實。

蘇木特意看了李佩蘭一眼，此時她被歡鬧的人群擠到邊緣，一張臉黑得幾乎要滴出墨來。

蘇木得意地笑笑，雖然有些過頭，好在她的目的總算達到了。

這種人從來都是高高在上、不可一世，她最怕的便是別人壓過她的風頭、搶了她的尊榮。

蘇木硬是要讓她吃下這個打擊，氣死她！

李佩蘭果然氣得失去了理智，她轉身就走，秋兒顛顛地跟在後面，反而把雲實丟在這裡——少了這個車夫，也不知道那主僕二人是怎麼回去的。

蘇木朝著那對主僕的背影哼了一聲，轉過頭來揪了揪雲實的耳朵。「吶，這下只能嫁你了，你若敢不娶，拆了你們家屋頂！」

「不必拆，一定娶。」雲實沈聲應道。

在這樣熱鬧的氛圍中，梨樹台這一年的果神也選出來了。

在此之前，村民們怎麼也沒有料到，今年的花神和果神竟是同一位小娘子，這是從來沒有過的事。在老村長的特意引導下，大夥兒紛紛討論著，吉利啊，真吉利！

事後，那位歌伎特地找到蘇木道謝。她飽讀詩書、冰雪聰明，自然知道蘇木是在為她解圍。

蘇木大大方方地應下，真心實意地讚美了對方的舞技，雖然沒說任何鼓勵或者同情的話，卻顯得更加尊重。

之後便是迎果神的祭禮，蘇木坐在木凳上，每樣果子都咬了一口，每咬一口就說句吉利話，說到最後她感覺自己的腦袋都要空了。祭禮過後，好不容易鬆了口氣，蘇木又被村民們團團圍了起來，大夥兒紛紛推薦著自家果園，希望她有空一定要去轉轉。

林小江個子小擠不進去，只得拉著蘇丫的手著急地說：「告訴蘇姊姊，一定要先去我們家！」

蘇丫被他拉著，也不說話，一張小臉悄悄地紅了。

不遠處有位打扮俐落的中年婦人，目光慈和地看著她，不住點頭。

蘇丫感受到對方的視線，看著對方同林小江極為相似的五官，羞怯卻不失禮貌地微微屈膝，執晚輩禮。

婦人滿面笑容，微微頷首。

林小江看看這個，看看那個，笑得可傻。

至此，送神節之行畫上了一個圓滿的句號。

第四十一章 種藥材

芒種時節有句農諺。「有芒的麥子快收，有芒的稻子快種。」

芒種之前的幾天通常不會下雨，日頭狠狠地曬上幾天，和暖的風一吹，麥子眼瞅著就黃了。趁著好天氣割麥、脫粒、晾曬，整個過程就像打仗似的，若是慢上一點，麥穗被雨水拍在地裡，一季的收成就毀了。

當杏花村家家戶戶都在昏天暗地地搶收搶種時，有這麼幾戶人家正蹲在蘇木家的小院裡發愁。

李家老漢蹲在地上，一邊吧嗒吧嗒抽著旱煙，一邊皺著臉對姓孫的年輕漢子念叨。「你說，這個當口蘇家娘子把咱們叫過來幹啥？該不會要把地收回去吧？」

姓孫的年輕人搖了搖頭。「我看不像，她家連個能扛鋤頭的人都沒有，把地收回去給誰種？」

後面一個圓臉大娘，邁著大腳板湊過來，小聲說道：「她家沒有壯勞力，西邊那家有啊！你們莫不是忘了，前幾日蘇婆子為啥擺席？」

李老漢倒吸一口涼氣。「哎呀，還真是，那邊可有三個壯漢在家待著！」

圓臉大娘撇撇嘴。「不止呢，再加上河坡上那位……」

經過送神節上那一齣，雲實和蘇木的事在十里八鄉徹底傳開了，兩人訂親是早晚的事。

一時間，三個人都沈默起來，臉上不由帶上愁苦的表情。

只有一個黑黑瘦瘦的婦人看上去十分平靜，她並不和其餘三人搭話，只拿眼看著小院裡的擺設，暗自點頭。

過了好一會兒，屋裡也不見人出來，那仨人又坐不住了。「讓村長把咱們叫過來，怎麼也不見個人影，她家人都到哪兒去了？」

「看來是沒人，屋裡一點動靜也沒有。」圓臉大娘伸著脖子往堂屋裡張望。

話音剛落，牆邊突然傳出一個洪亮的童音。「我在呢！」

大夥兒嚇得一哆嗦，扭頭一瞅，這才發現一個虎頭虎腦的小男娃正坐在一個破舊的小木馬上，繃著小臉冷冷地看著他們。

圓臉婦人誇張地拍拍胸口。「唉唷，我的老天爺，方才進來連瞅沒瞅，我竟以為是隻貓兒呢！」

蘇娃哼了一聲，抓著小木馬的耳朵悠來悠去。

就在這時，院牆外傳來婦人的笑聲，幾人回頭一看，只見蘇婆子帶著兩位俊俏的娘子說說笑笑地走了過來，後面跟著她家那三個孔武有力的兒子。

三人的心頓時涼了。

那位從始至終都沒言語的婦人這時候站了起來，恭恭敬敬地叫了聲「蘇娘子」。

蘇木看著眼生，想到那幾張地契，了然一笑。「您是梨樹台的江家嬸子吧。」

婦人笑著點點頭，樸實地說道：「俺家租您的地已經有二十幾年了，從我公公那輩起就租著。」

圓臉婦人以為她在套近乎，哼了一聲，尖刻地說道：「誰家不是呢，我家也是從何郎中手裡租過來，少說也得二十年。孫小子你也是吧？租地的時候你娘把你生出來沒有？」

「還沒呢！」姓孫的年輕人笑著應了一聲。

江嬸子被人曲解了意思，臉上的表情不大好，小心翼翼地看向蘇木。

蘇木對她露出一個安撫的笑，江嬸子這才安了心。

蘇婆子拿眼瞅了一圈，毫不客氣地說：「都得了吧，比這個有啥用？說正事。」

她在村子裡向來有個剽悍的名聲，此時又有三個人高馬大的兒子站在身後，光看氣勢便沒人敢惹。於是，幾人紛紛坐回自己的小板凳上。

蘇娃邁著小短腿蹬蹬地搬了好幾把椅子出來，正好一人一個。

「真是個好小子，比你鐵子哥幾個機靈多了。」蘇婆子摸著小漢子圓乎乎的腦殼，由衷地誇獎。

躺槍的三個漢子不約而同地摸摸鼻子，哼都不敢哼一聲。

接下來，便說起了正事。

當聽到蘇木說不會收回他們種的地時，四名佃戶全都鬆了口氣，再聽到後面的話時，又忍不住嚷嚷起來。「種草藥？那玩意兒是好種的？俺們可半點不會，種死了怎麼辦？」

「若不種糧食，我們可吃啥？」

「糧食賣不出去我們還能自家吃，藥材若是賣不出去可咋著？」

蘇婆子眉頭一皺，就要嚷起來，蘇木適時握住她的手，安撫地拍拍，好聲好氣地解釋道：「不種糧食不代表會餓死，拿賣藥材得來的錢去買糧食也是一樣的，趕上好年景，還能大賺一筆。」

圓臉大娘哼哼道：「若趕不上好年景咋辦？還不是一樣會餓死。」

蘇木扯了扯嘴角，不鹹不淡地看著她。「不好的年景，種糧食不是一樣沒收成？」

雖然這話有道理，然而幾個人並沒有被說服，依舊梗著脖子不鬆口。

梨樹台那位江嬸子愣愣地看著蘇木，最終咬了咬牙，有些為難地開口道：「蘇娘子說種藥材好，我是信的。只是，如今我家裡那五畝地裡全都種著果樹，眼看著就到了掛果期，若是這麼砍了，著實可惜。」

蘇木聽她說完，懊惱地拍拍頭。「這事怪我，方才沒說清楚。你們家情況特殊，還是以種果樹為主。今天之所以把您也叫過來，是因為我突然想到有種草藥，剛好可以和果樹套種。」

蘇木說的這種藥材叫「旱半夏」，以根莖入藥，具有燥濕化痰、降逆止嘔的功能，生命力十分頑強，對土壤的要求也低。

蘇木把這種草藥的特性以及套種的方法一五一十地跟她說了。江嬸子極為認真地聽著，同時也大大地鬆了口氣——只要不砍樹就好！

蘇木想了想，補充道：「等著收了藥材，果木之間的空檔也不必白放著，立秋時種下些水蘿蔔、雪裡紅，下了霜再撒上些小青菜的種子，不都是收成？」

江嬸子眼睛一亮，立時應下。「成，就按蘇娘子說的辦。」
蘇木鬆了口氣，微微一笑。「回頭讓我家哥哥把種子給您送過去。」
「不用、不用，您找人捎個口信，我家當家的過來拿就成。」江嬸子連連擺手，臨出院門，她又忍不住轉過身，神情有些不好意思。「何時您得了空還請去果園裡轉轉，大夥兒可都盼著呢！」
蘇木無奈地笑了起來。她並不知道，江姓婦人之所以對她多了一份信任和尊敬，有很大一部分原因，是她花神並果神的身分。
每年梨樹台選出來的花神、果神都不是鬧著玩的，必定是有福氣的小娘子，村民們都信這個。
蘇木看著剩餘三人，頗為無奈。
蘇鐵冷聲冷氣地說道：「我說，小木妳就是心軟，還不如聽了哥的，他們愛種不種，若是不種，大不了把地收回來，不過十五畝，妳這仨哥哥就能給妳挑起來！」
李老漢一聽，當即就瞪圓了眼。「蘇家小子，我就知道你沒安好心！」
其餘二人臉上也是氣憤不已。
「你們既然不想種，還不給別人種了？」蘇鐵晃晃腦袋，特意做出一副不屑的樣子。
蘇婆子不僅不向著他，還斥責道：「你個兔崽子哪知道尋口飯吃的艱辛？若是沒了那五畝地，叫你李叔一家十幾口怎麼活？」
娘倆一個扮黑臉，一個扮白臉，把整臺戲都唱圓了。

蘇木大抵也知道這些人的擔心，別說他們，就連蘇婆子心裡也是忐忑，只是沒有說出口罷了，她扭頭給蘇丫遞了個眼色。

蘇丫面上一整，重重地點了點頭。

幾人看著姊妹兩個在那裡暗中交流，心裡不由得緊張起來——別是又有什麼大招等著他們吧？

三雙眼睛巴巴地瞅著蘇丫進了屋子，就連蘇婆子和蘇家兄弟臉上都帶著疑惑之色。

蘇丫很快便出來了，看向自家阿姊。她的手上多了個托盤，盤上蒙著一層紅布。

蘇木對她點了點頭，臉上帶著淡淡的笑。蘇丫這才把托盤放下，順手掀開上面的紅布。

待看清盤內之物，在場之人的眼睛倏地睜大。

「這、這……」圓臉大娘抖著手指著桌上的東西。

孫姓漢子揉了揉眼，喃喃地說道：「我的天，長這麼大都沒見過這麼多銀子……」

李老漢一巴掌拍在他後腦丸上。「別說你沒見過，你李叔比你多活幾十年都沒見過！」

「小木，妳這是做啥？」蘇婆子面露不解。

這事蘇木並沒有跟蘇婆子提前商量，因為怕她不同意，此時瞞不住了，便如實說道：「家裡有些餘錢，暫時並無急用。不如咱們來做個約定，今年你們把藥材種下去，到了收成的季節，別管好壞我都會按照糧食的價錢收回來，保管叫你們賠不了。」

之所以把真金白銀擺在這裡，並不是為了擺闊，而是為了讓大夥兒看到她的決心。這幾錠白花花的銀子就是最好的證明，她蘇木，有這個能力做出這樣的保證。

不得不說，蘇木的這招著實管用。在金錢的保障下，幾個佃農很快決定好了，選了心儀的藥材回去栽種。

到了播種的時候，蘇木親自到田裡指導，盡職盡責。

小娘子的出現自然引起鄉親們的注意，連帶著，大夥兒很快便注意到李老漢他們種的竟然不是糧食，而是見都沒見過的藥材種子。

蘇木也不瞞著，大大方方地告訴大夥兒他們今年要種藥材。

所有人第一反應都是連連搖頭——種藥材？這不是瞎胡鬧嘛！賣不賣得出去暫且不提，能不能種活都是兩說。你看李家藥園，傳承了上百年的醫藥世家，聽說他們家的藥園子裡每年都有發不了芽、結不了種的，這藥材哪是誰想種就能種的？

別說旁人，就連李老漢幾個當事人整日裡都是唉聲嘆氣，一點信心都沒有。接連好些日子，人們茶餘飯後都在談論蘇家佃戶地裡種藥材的事。這話傳得多了，自然便傳到了李家藥園的耳朵裡。

李大江因著上次開除雲實的事挨了訓斥，心裡一直窩著火，就想找個機會討回來。這回聽到這個消息，大中午的飯都沒吃，便跑到李佩蘭跟前告狀。

李佩蘭原本不想理他，一聽是雲實的事，想了想還是從床上爬起來，坐到涼亭裡聽他說話。

李大江添油加醋地說道：「不知道大小姐聽說了沒有，外面可都傳遍了，杏花村有幾戶人家正經糧食不種，全在地裡種上了藥材！」

李佩蘭眉頭微蹙。「真有這等事？」

「千真萬確。」李大江見她感興趣，說得更加起勁。「小的叫人打聽清楚了，您猜怎麼著，那幾家種藥材的全是蘇家的佃戶！」

「蘇家？」李佩蘭眼前不由浮現出送神節上那個嬌豔的身影，兩道秀眉微微蹙起。

李大江哼了一聲，不屑地說道：「那個蘇家娘子不過是個無父無母的孤女，自然掀不起什麼浪花，不過……」

李佩蘭淡淡地瞥了他一眼。「李管事，有話直說。」

李大江暗笑一聲，適時說道：「大小姐可能不知道，您手下那個車夫同她關係匪淺，聽說已經訂了口頭婚約。」

「你說的，可是挨近杏樹坡的蘇木家？」李佩蘭忍著怒意，故作平靜地問道。

李大江訕笑兩聲，諂媚地點點頭。「看來大小姐已經知道了。」

「你是說，蘇木家的佃戶在種藥材？」李佩蘭沈吟道。

「小的親自到地頭上看了，的確是藥材種子。」李大江小心地觀察著李佩蘭的臉色，試探性地說道：「如今她家連個大人都沒有，她一個小娘子如何懂得種藥材？小的以為，必定是雲實那小子教的！」

李佩蘭吃了一驚。「雲實會種藥材？」

李大江咬了咬牙，違心地說道：「那小子從五歲起就在咱們園子裡晃蕩，光是看也看會了。」

李佩蘭瞅了他一眼，狐疑地說道：「咱們李家最忌諱這個，每年春秋兩季都是請了專門的藥園師傅過來打理，別說雲實，就連李管事你都沒法子偷師吧？」

李大江面上一僵，又很快說道：「小的對藥園忠心耿耿，自然不會做出這樣的事，姓雲的那小子卻不一定，大小姐來的時間短，可能不清楚，那個傢伙看著不言不語，實則人精似的！」

李大江毫無顧忌地往雲實身上潑髒水。

李佩蘭沈著一張臉，不知道在想什麼。

李大江心裡忐忑，不由出聲喚道：「大小姐，您看……」

「這件事我自有定奪，你先下去吧。」李佩蘭不冷不熱地說道。

「是。」李大江恭敬地退了下去，轉出月亮門後，卻狠狠地呸了一口。「什麼東西！不過一個娘子，早晚都要嫁出去，還真拿自己當正經李家人了！」

另一邊，李佩蘭自然不知道李大江心內所想，只沈著心思問道：「秋兒，這事妳怎麼看？」

秋兒原本對雲實便有些不喜，此時見李佩蘭來問，便就著李大江的話頭說道：「我也覺得這岔子八成出在雲車夫身上，不然為何不是別家，偏偏是和他有婚約的蘇娘子家？」

李佩蘭不著痕跡地皺了皺眉，強調道：「他們並沒有訂親。」

秋兒抿了抿嘴，鼓足勇氣，說道：「小姐，您別怪奴婢多嘴，如您這樣的身分若想招贅，多少人上趕著來，為何偏偏看中了他？」

李佩蘭眼前不禁浮現出雲實飛身上馬的風姿，他的背影那般高大、那般堅定，想必也十分可靠吧？

秋兒觀察著她的神色，緩緩說道：「小姐，倘若這件事真和他有關係，咱們無論如何都不能留他了。」

李佩蘭點了點頭。「容我想想吧。」

第四十二章　忽悠

芒種過後的第五天，地裡的藥材種子才全部種完。

也是上天垂憐，當晚便下了場不大不小的雨，剛好能把地澆透。

蘇丫只穿著中衣從西邊屋子跑過來，興沖沖地嚷道：「阿姊，下雨了，地裡的藥材種子一準都能長出來！」

看著蘇丫難得顯露出來的真性情，蘇木心頭湧上淡淡的暖意——雖然嘴上不說，他們到底是擔心的吧！

實際上，就連蘇木心裡都難免忐忑，說到底，她所有的經驗都來自小蘇木，自己親身實踐還是頭一回。不過，管它呢，就試試唄，一次不行就兩次，總有成功的一天。

至於李佩蘭那裡也終於作出了決定。

李大江想要徹查蘇家佃戶種藥材的事，卻被李佩蘭壓了下來。

秋兒起初不解，以為她是看在雲實的面子上不追究。實際上，李佩蘭卻有更深層的想法——她要選個更加合適的時候，讓蘇木丟臉，讓她吃不了兜著走。

雲實接到被辭工的消息，心情十分平靜。

蘇木甚至偷偷樂了好一會兒，正好，做木活兒的工具也快打出來了，以後雲實可以把全部精力都用在上面，再也不用去別人手下受委屈。

最近一段時間，雲實起早貪黑做出不少搓衣板，蘇老二拿到集上去賣，可比第一回順利多了。說到底還是因為這東西好用，買的人漸漸多了起來。

那位嫁女兒的婦人如約來到杏花村，蘇婆子把升級版的搓衣板交給她。

「呀，這個……果真是好手藝！」婦人毫不掩飾臉上的驚喜，這可比她想像中的好太多了！

蘇婆子爽朗地笑笑，早在看到成品的那一刻，她就料到了婦人的反應。

不得不說，這其中還有蘇木一份功勞。雲實有了新銼刀，也下了真功夫。做出來的搓衣板不僅邊角圓潤、溝壑分明，就連上面的畫紋都像用模子比出來的，真是半分瑕疵都沒有。蘇木還專門找來木賊草，用水泡開了，在搓衣板上細細打磨，原本就沒多少毛刺的表面更為光滑細膩，還隱隱地泛著光，彷彿上了層漆似的。

按照兩人提前商量好的，雲實在頂頭平滑的地方刻上了他們自創的「商標」——六片銅錢草葉子圍成半圈，托著一個「雲」字。

婦人抱著搓衣板捨不得撒手。「怪不得小娘子說這個東西能做嫁妝，我原本還不大信，現在一看，這模樣竟半點不比那些大件家具差。」

蘇婆子笑笑，和氣地說：「您也看到了，我家那孩子確實是用了心的，價錢便不能按十文算了。」

「那是自然，您說多少吧！」婦人拿手摩挲著，絲毫不掩飾自己的喜愛。

蘇婆子最敬重這樣的實誠人，便說道：「您是頭一個，也肯信我們，大老遠跑過來，便收您三十文吧，再來人少說得賣五十文。」

婦人一聽臉上便帶了笑。「便宜得太多了。」

「沒啥，您到時候多給介紹些人來就行！」蘇婆子爽快地說道。

婦人點了點頭。「這木工師傅姓啥叫啥？跟著哪位師傅學的手藝？回去了我也好跟大夥兒念叨、念叨。」

蘇婆子愣了一瞬，繼而很快反應過來，理直氣壯地說道：「我們家那個小子從五歲上便在藥園裡住，從小看著譚師傅做，自己漸漸地學會了。」

婦人一聽，驚訝道：「怪不得手藝這般好，竟是譚木匠的徒弟。這樣一說，倒和南石村的閆木匠是一個師父教出來的，我家閨女的梳妝檯和躺櫃就是在閆木匠那裡做的。」

閆木匠嗎？

蘇木暗暗地把這個名字記下來。

和鐵匠鋪子約定的時間很快就到了，蘇木和雲實一起去取工具。

蘇木之前告訴雲實那個銼子是借用的，雲實只當她是開玩笑，直到蘇木伸手朝他要時，雲實臉都黑了。

「你幹麼，表情好可怕。」蘇木揚起手，親暱地捏了捏他的臉。

雲實依舊沒個笑模樣，霸道地說道：「買下來。」

蘇木無奈極了。「我不是說了，那把銼刀有瑕疵，人家不賣。」

雲實捉住她的手，把人往懷裡帶了帶，直接對小學徒說：「多少錢？我們買下來。」

小學徒眨巴著細細的眼睛看著他們，根本沒聽到雲實的問話，反而驢唇不對馬嘴地喃喃道：「二位感情真好……」

雲實：「……」

蘇木扶著他硬實的手臂，笑得十分愉悅。

鐵匠師傅看了雲實一眼，突然說道：「你若真想要，也不必另外付錢，權當添頭。只是有一點，以後若有人問起來，須得說明是我做壞的。」

要知道，這年頭，對於手藝人來說，名聲永遠比利益重要得多。

雲實明白他的意思，毫不猶豫地點頭應下。

回去的路上，蘇木忍不住問：「你幹麼對那個銼刀那麼執著？這不是有新的嗎，肯定比那個好使。」

雲實一手提著工具箱，一手拉著她，悶頭往前走。

蘇木眨眨眼，歪著腦袋看他——這傢伙是不是在生悶氣？可是，為什麼呢？

雲實不理她，蘇木反而更來勁，又是撒嬌又是威脅，死活都要問出來。

雲實感覺快要招架不住的時候，乾脆打開剛剛偷買的油紙包，揀出一塊綠豆糕塞到她嘴裡。

蘇木正說得起勁，一不小心吞下大半塊，差點沒噎死。

看著蘇木一邊咳嗽一邊打他的可愛樣子，雲實終於露出一個笑模樣。他下意識地掂了掂新到手的工具箱，一顆心被裝得滿滿的。

蘇木或許永遠都不會知道，雲實之所以不願意把那把銼刀還回去，是因為那是她送給他的第一件禮物，他打算收藏一輩子。

從祁州府回杏花村需要渡過孟良河。

雲實船尾撐著船，蘇木特意跑到船頭，離他老遠，用行動表明自己還在生氣。

雲實嘴上沒有多說，心裡卻默默地做著打算——待會兒帶小木到蘆葦蕩裡玩吧，那幾隻白鵠蛋孵出來了，灰撲撲的小白鵠看上去笨笨的，小木一定喜歡。

這樣想著，便到了河岸。

雲實遠遠地便看見一個胖乎乎的漢子站在自家茅屋前，瞧著有些眼熟。他把船停在岸邊，不等蘇木反對便把她抱了下去。

蘇木鼓了鼓臉，暗地擰了他一把。

坡上那人看到雲實，急匆匆地走了過來，臉上的表情看上去不大友善。

雲實認出那人，疑惑道：「三叔怎麼來了？」

他雖叫聲「三叔」，這人卻不是雲家人，而是譚木匠的三徒弟，姓閆。

蘇木想起近來關於雲實手藝的傳言，約莫猜到來人的身分，略心虛。

「我到藥園去找你，他們告訴我你搬家了，我一路打聽著才找到這裡。」那人說話慢吞吞的，聽上去不急不躁。

雲實點了點頭，想引著他坐到屋裡。

「就在這裡說吧。」閆老三擺了擺手，面色不大好。

雲實「嗯」了一聲，沒再客氣。

蘇木站在他身後，探出一個腦袋，好奇地打量著閆老三。

閆老三冷不丁看到一個這麼俊俏的小娘子，表情多少有些不自然。他把視線移開，開門見山地說：「我聽別人說杏花村出了個姓雲的木匠，做出來一樣叫搓衣板的新鮮物件，是我師父的徒弟，我今日來就想問問他們說的是不是你？」

雲實眉頭不自覺地皺了起來——做搓衣板的確實是他，然而他卻從未以老木匠的小徒弟自居過。

蘇木轉了轉眼珠，搶著回道：「我們沒說雲實是譚木匠的徒弟，只說他的手藝是跟著老人家學的。」

「那也不行！」閆木匠看上去十分生氣。「我師父一輩子就收了三個徒弟，大師兄前年得病走了，二師兄去了南邊，只剩我一個留下來。雲小子，你想做木工活我不攔著，卻不能打著我師父的名號，枉費我師父疼你一場！」

閆木匠情緒激動，活說得有些重了。

雲實握了握拳，脹紅著臉，思索著該如何補救。

看著對方得理不饒人的模樣，蘇木生氣了，她心疼地握了握雲實的手，不服氣地說道：「你也說了，譚木匠那麼疼雲實，生前便想過要他做徒弟，不然也不會把手藝教給他。」

閆木匠吃了一驚。「我怎麼不知道？」

蘇木還要繼續編，卻被雲實攔住。

他抿了抿唇，鄭重地說道：「以後再有人來，我會解釋清楚，你回去吧。」

蘇木卻不願意了，她抓著雲實的衣服，急匆匆地說道：「你不是想學怎麼做大件家具嗎？正好可以跟著這位……這位師兄學呀！」

蘇婆子早就幫他們打聽好了，整個博陵鎮就這麼一個手藝好的木匠，剛好還算師出同門，雲實要想有所精進，必定繞不開他。

蘇木勸完雲實，又轉過來跟閆木匠說：「你這個做人家師兄的，不僅不教師弟本事，難道還要埋怨他嗎？」

閆木匠明知她強辭奪理，卻又無言以對。

雲實轉過身，抓著蘇木的肩膀，低聲責備。「小木，不許亂講。」

蘇木吐吐舌頭，暗自想道：我若是不亂講，你怎麼能學上手藝？

她也不管雲實的黑臉，繼續說道：「我知道你家有個兒子，滿七歲了還沒能進學，我父親生前是秀才，我外公也是有名的郎中，我從小跟著他們唸書，學問不敢說有多大，教孩子識字足夠了——你若認下雲實這個師弟，我便教你兒子唸書，你看怎樣？」

多虧了蘇婆子多方打聽，不然蘇木也不會知道這麼多。她說前半句時，閆木匠還有些疑惑，等到後面的交換條件一出來，他整個人都怔住了。

大周朝的規矩，正經夫子多出自耕讀之家，收的弟子也從士、農兩個階層選擇，手藝人、商人家的子弟大多是沒有機會讀書的。

閆木匠作夢都想讓自家兒子唸書識字，不得不說，蘇木的這個提議實實在在說到了他的心坎裡。說到底，閆木匠也有自己的心思，因此兩人默契地忽略了雲實的意見，就這樣愉快地做出決定。

雲實從下旬開始，可以去南石村跟著閆木匠學手藝，不用重新拜師，兩人只當是師兄弟的關係。

閆小咚也是從下旬開始來蘇木這裡學字，在閆木匠的堅持下，小傢伙須得行正式的啟蒙禮，認蘇木為求學生涯的第一位先生。

這就不得不說一下大周朝的學風，這裡並沒有「女子無才便是德」的講究，反而是有學問的小娘子更受人尊敬。家世條件較好的人家，都會讓家裡的女娃到書院讀書，許多書院裡不僅有男先生，也有女先生。

蘇木的父親是秀才，外公是德高望重的名醫，可以說是正正經經的書香門第，閆秀才能給自家兒子找個這樣的啟蒙老師，誇張點說，還真是燒了高香。

閆木匠原本是來興師問罪的，沒承想還能有這樣的意外收穫，再三跟蘇木確定過後，才心情激動地走了。

留下蘇木和雲實兩個，表情不大自然。

當然，不自然的只有雲實一個人，蘇木完全沒有在意。她在和蘇婆子商量這件事的時候就想過，這個古板的傢伙一定會鬧彆扭，然而她卻沒想到，雲實的彆扭鬧得還挺認真。

當天晚上，雲實沒留下來吃飯。蘇木沒拿著當事，甚至還當個笑話似的跟蘇ㄚ說了說。

第二天，雲實一大早過來，澆完藥園之後就走了。

蘇木迷迷糊糊地從床上爬起來，原本還想著跟他說一會兒話，然而雲實連她的房門邊都沒有踏。

晚上的時候，雲實又來了，然而他放下手裡的兩條魚就又走了。即使蘇木拉著他說話，他也還是那樣冷冷淡淡的樣子。

蘇木哪裡見過這樣的雲實？或者說，雲實哪裡這樣對過她？

於是，蘇木也生氣了，她把那兩條魚往院子裡一扔，紅著眼睛說：「你若當真不想理我了，這魚也不必送了，這個院子也不必進了！」說完，便跑進屋子裡去了。

雲實下意識地往前走了兩步，卻被蘇娃攔住。

小漢子氣哼哼地瞪著他。「拿上你的魚，走！」

蘇ㄚ也哼了一聲，便跟回屋裡哄蘇木去了。

雲實到底沒拿魚，只是把那兩條已經開過膛、破過肚並且洗得十分乾淨的大草魚放到廚房裡，然後又深深地朝著蘇木的窗戶看了一眼，這才一臉複雜地走了。

蘇木透過窗子看著他，氣得摔掉了好幾個木雕。摔完之後又有些心疼，又自個兒貓著腰一個一個撿回來。

蘇ㄚ端著紅糖水進屋的時候，恰好看到這一幕，想笑又不敢，憋得十分辛苦。

蘇木皺著臉瞅了她一眼，嘟囔道：「氣得我胃疼！」

蘇丫也覺得雲實這次有點「好心不識驢肝肺」。
哼，一定得給他個教訓才行！姊妹兩人不約而同地想道。

第四十三章 鬧彆扭

第二日，胖三用乾淨的荷葉包著兩方豬肉來請蘇木。

這已經不是胖叔、胖嬸第一次送肉給他們吃了，蘇木也不跟他客氣，直接打開一看，恰好是一肥一瘦，正新鮮。

蘇木玩笑道：「三叔，這麼大禮我可不敢接，您得先跟我說說是什麼事。」

胖三抓了抓頭，似乎是不好意思開口，半晌才訕訕地說道：「妳嬸子身上不大舒坦，小木若是有空，能不能過去看看？」

蘇木一聽，忙收了玩笑的心思，藥箱一揹，便往外走。

胖嬸平日裡最疼蘇娃，小漢子一聽也要跟去。

胖叔卻把他攔了下來。「小娃留下來看家吧，你嬸子沒事，一會兒就讓她烙肉餅給你吃。」

蘇娃雖然著急，卻還是聽話地留了下來，只是小大人似的囑咐道：「若有事，要喊我。」

「曉得了。」胖叔欣慰地摸摸他的頭，便和蘇木一同出去了。

蘇木邊走邊問：「嬸子是怎麼個症狀？可有發熱，或者拉肚子？」

胖三臉上的表情有些怪異，甚至還紅了臉。「小木還是待會兒問妳嬸子吧！」

蘇木挑了挑眉，更加不解，只得加快腳步，生怕耽擱了。

再說蘇家這邊，蘇木前腳剛走，雲實後腳便到了。他昨夜回去想了一夜，雖然蘇木的做法讓他無法接受，卻也知道蘇木到底是為了他好。

最重要的是，一天的「冷戰」已經耗盡了他所有的心力，他人雖坐在茅屋裡，心早就飛到蘇家小院，想要聽聽小木的聲音，想要摸摸她長長的頭髮，想要親親她的小臉，想要抱抱她……

雲實一大早便下到河裡，挖了一大捆白茅根，每一根都是白生生、甜絲絲，想要拿來討好蘇木。沒承想，興致勃勃地過來，卻只看到蘇娃一個人在家。

「你阿姊呢？」

「蘇丫啊？」

雲實一噎——隱隱感覺這樣的對話似曾相識。

面對未來小舅子，雲實唯有好聲好氣地求著。「你長姊去哪兒了？」

「看病去了。」蘇娃十分平靜地回道。

雲實一聽，身子一震。「小木病了？」

蘇娃捋狗毛的手一頓，心知雲實這是想岔了。小漢子眼珠一轉，不說是，也不說不是，只耷拉著眼皮繼續順毛。

雲實登時急了，淡定穩重的形象瞬間崩塌。「小木去哪兒看病了？有誰陪著她？」

蘇娃也不抬頭，只伸出小手朝著門外隨便指了指。

雲實想像力也是豐富，他拿眼一看，河邊？

祁州！小木竟病得這樣重嗎，自己看不了，還得到祁州去？

雲實一顆心就像放在火上煎似的，他也不多問了，撒開腿朝著河邊跑去。然而，直到跑到河灣那邊他才想起來，他的船一早便被蘇老二划走了。

雲實想也沒想便「撲通」一聲跳進水裡。

蘇娃站在杏樹坡上，遠遠地望見這一幕，心裡只小小地驚訝了一下，然後又很快釋然——雲實哥水性好，下水泡泡剛好醒醒腦子。

就這樣，雲實懷著愧疚、自責、擔憂、悔恨種種複雜的情緒，在河裡嘩啦嘩啦游著。其間碰上那兩隻在蘆葦蕩附近安家落戶的白天鵝，夫妻兩個正帶著剛剛學會游水的小鵝崽悠哉悠哉地在水上滑。

雲實心裡更加難受——還說帶小木來看小鵝崽，沒承想她竟病了……都怪自己！小木一定是被自己氣病的！

雲實的一顆心難耐地煎熬著，就這樣從孟良河的北岸游到南岸，少說也得有三百米的距離，他卻一刻沒停，根本沒有心思考慮蘇木姊妹兩個是怎麼過河的。

他只知道，他的小娘子異常聰慧，若想過河，便一定能過河。同時，他又十分痛苦，小木身子不適為何不來找他？小木想要過河，為何不來尋他？

雲實就這樣沈浸在痛苦與自責的無限循環中。等他從河裡上去的時候，渾身上下全都濕了，鞋也丟了一只。

雲實根本來不及理會，此時他腦子裡滿滿全是蘇木生病的樣子——臉色蒼白，昏迷不醒，喝不下藥，甚至……氣若游絲。

想到這裡，雲實幾乎要瘋了，他心裡只有一個念頭，快點找到蘇木，必須在她身邊！

他進城的時候拉著守城的兵卒問了一通。「有沒有一大一小兩位娘子進城？大的好像生了病……」

說來也是趕巧了，那位守門的小兵還真看到過這樣一對姊妹。然而，他也只是看到過，姊妹兩個進了城之後，具體去了哪家醫館，他卻說不上來。

雲實只得從最近的醫館開始，一家一家地找。他一路從河邊跑過來，不僅丟了一只鞋，渾身上下還和著泥土、汗水，還有河裡的水草，原本被河水泡透的衣服漸漸被風吹乾，之後又被他的汗水打濕，然後又吹乾，又打濕……

他就這樣心急火燎地跑在大街上，十個人裡有八個把他當成了乞丐，當他走進醫館的時候，雖然沒有被趕出來，卻也遭到許多白眼。

雲實就這樣光著一隻腳，從天亮一直找到天黑，一家挨一家地問，一家挨一家地找，幾乎要把整個祁州城的大小醫館全都跑遍。

若不是在街上遇見了蘇老二，他恐怕會這樣一直找下去。

蘇老二一把拉住他，勸道：「你也別找了，就算小木真來城裡看病，這個時辰也早該回去了。咱們還是先去家裡看看吧，若沒有再出來找也不遲。」

蘇老二的話就像給了雲實一線希望。

當他下了船，一口氣跑到杏樹坡上，遠遠地看到蘇家小院裡那個熟悉的身影時，雲實終於支撐不住，眼前一黑，栽到地上。

雲實畢竟不是嬌弱的小娘子，一時急火攻心暈了過去，很快便清醒過來。

蘇木急匆匆地衝過去，下意識地搭上他的手腕，雲實卻猛地抓住她，力氣大得彷彿要把小娘子的骨頭捏碎。

「唔……」蘇木皺著臉，發出難耐的輕哼。

雲實卻沒放開，充血的眼睛死死地盯在她臉上，聲音彷彿破鑼敲出來的，嘶啞難聽。

「小木……」

聽他反反覆覆地唸著，蘇木跪坐在地上，濕著眼睛，重重地嘆了口氣——何苦來著！

蘇娃大方地把自己的小床貢獻出來給雲實躺。

蘇木端來熱水，給他處理著腳上的傷。

雲實躲閃著，不想讓她動手，蘇木卻虎著臉，冷冷地說道：「你再亂動我生氣了。」

雲實瞬間老實如木雞。

蘇木握著漢子粗大的腳踝，看著腳上被石子、草葉割開的一道道傷口，眼淚再也抑制不住，啪嗒啪嗒地掉了下來。

雲實心裡一片慌亂，連忙坐起來，把人摟到懷裡，小心翼翼地哄著。「小木別哭，都怪我，我不該胡亂生氣，別哭……」

蘇木哭得更凶。

聽著小娘子的哭聲，雲實的心都碎了。他若是個有心計的，這時候就該裝著些，好乘機博取同情。偏生他又不是，不僅不賣慘，反而愣是作出一副堅強的樣子來——他不想讓蘇木擔心。

蘇木一邊哭一邊自責。

妳喜歡的不就是這樣一個人嗎？既然如此，前面又何苦生氣！

叫他受了這麼大罪，到頭來心疼的還是自己。

「咱們……咱們說好……」蘇木哽咽道。「從今往後，無論有什麼事都不許……不許憋在心裡，也……也不許鬧彆扭，有什麼話咱們當面說。」

「曉得了、曉得了。」雲實忙不迭地點頭。

再也不會有下次了！

經過了白天的擔憂和慌亂，他已經徹底看清了，除了蘇木，他還有什麼可在乎的？

雲實緊緊地抱著懷裡的小娘子，只有這樣他的心才能稍稍安定下來。

「若是再像之前那樣，我就不嫁你！」蘇木胡亂抹了把眼淚，賭氣說道。

雲實臉色一黑，一把捂住她的嘴。「不許亂說。」

蘇木撇嘴，故意做出一副委屈的樣子。

儘管她什麼都沒說，只睜著一雙黑白分明的眼睛控訴般看著雲實，高大的漢子便已經矮了三分。

經過這件事，蘇木反而想明白了，觀念不同不是問題，不肯面對、不肯解決才是真正的問題。

兩個人膩在一起說了好一會兒話，蘇木又哭了一通，後來半是疲累半是撒嬌般歪在雲實身上，就那麼懶洋洋地待著。

雲實經歷過一次不亞於「失而復得」的悲喜心路，更是不肯讓蘇木離開自己的視線。

蘇木歇夠了，便挽起袖子，親手將他腳上的傷處理好了。

雲實靜靜地看著他，複雜的心情根本無法用語言形容。他長這麼大都沒有被人如此精心地對待過。

春日裡乾裂，冬天生凍瘡，加之種種幹活磨出一層層的老繭，他早就習慣了。誰能想到，他的生命中會出現一個蘇木。

雲實握了握拳，暗暗發誓，今生今世都不會再讓她受委屈，再也不會！

趁著蘇木去熬藥的工夫，蘇丫冷著一張小臉進了屋，旁邊還跟著同樣冷著小臉的蘇娃。

蘇丫拿眼看著雲實，深吸一口氣，一本正經地說道：「雲實哥，有些話按理不該我這個做妹妹的說，然而，若是我不說，便沒有人說了，若是我說得不對，也請雲實哥多包涵。」

雲實拿眼看著她，平靜地點了點頭。

蘇丫鄭重地說道：「原本我以為雲實哥是個知冷知熱的，沒承想倒是我想岔了。就拿眼下這件事來說，你大約是責怪我阿姊說了大話吧？你只知道自己生氣，卻不想想，我阿姊那樣做難道是為了她自己嗎？別管你想不想要，都不該是那個態度。」

蘇丫越說越激動，最後，乾脆賭氣似的說道：「你若當真不想去，我便去跟阿姊說，讓三娃去！」

蘇娃原本站在蘇丫身邊給她撐腰，一聽這話，立馬嚷道：「姊，我不去！」

蘇丫狠狠地瞪了他一眼，轉身走了。蘇娃委屈地嘟起嘴，走到牆根底下玩木馬去了。

雲實看著這姊弟兩個的背影，眼睛裡滿是歉疚。

之後，蘇婆子又來了一趟。

蘇木顯得比雲實還要擔心，一直圍在蘇婆子身邊說好話，生怕她把雲實大罵一頓。

蘇婆子原本確實準備了一籮筐罵女婿的話，結果讓這個「不爭氣」的閨女給攪和得啥都說不出來了，最後，只撂下一句。「那主意是我給小木出的，話也是我教她說的，你若當真氣不順，便衝著我來吧！」

雲實怎麼敢，他從小沒少跟著蘇婆子吃飯，沒少穿她補的衣服，這時候也不覺得有半點委屈，只得恭敬地做出保證。

就連蘇鐵和蘇老三都來了一趟。

蘇老三當真是來替自家妹子撐腰的，然而被蘇木三兩句話哄到地裡看藥苗去了；蘇鐵完全就是來看笑話的，當然，結果並沒有讓他失望，這個笑話他還看成了。

「石頭啊石頭，沒想到你也有今天？」蘇鐵四仰八叉地坐在太師椅上，看著雲實蔫頭耷腦的模樣，一個勁笑。

雲實瞅了他一眼，木著臉說：「你連今天都沒有。」

蘇鐵：「……」

你贏了。

後來，蘇木特意去找了閆木匠一趟，把事情原原本本地跟他解釋清楚，並鄭重地道了歉。

實際上，蘇木用來忽悠他的話，閆木匠壓根兒就沒信，他之所以會同意只是為了讓自家兒子能唸書識字。

兩個人一合計，想了個折中的法子——若再有人問起，雲實便說是跟著閆木匠學的，也算是名副其實。

至此，雲實心裡的大石頭這才徹底放下。蘇木的這一舉動讓他更加感動、更為珍惜。

蘇娃大概是出於愧疚，從那之後對雲實更加親近，尤其當雲實給他做了一個新的、更加高大的木馬之後。

蘇丫雖然那天在雲實面前表現得十分強勢，也只是出於替自家阿姊撐腰的目的。之後的這些日子，她又回到從前時候，對雲實崇拜而尊敬。

總之，這件事不僅增進了彼此的關係，還讓每個人都得到了成長，也算是因禍得福。

這段日子，雲實白天去南石村學木工，中午也在那邊吃飯。

閆木匠的兒子閆小咚比蘇娃要大上一歲，模樣卻比蘇娃要清瘦許多。這個小漢子性子溫和，人也勤奮，雖然學東西慢些，卻不驕不躁，讓蘇木十分稱心。

傍晚，蘇木差不多把晚飯做好的時候，雲實也剛好划著船回來。等他把閆小咚送到河對面，一家人便能坐在一起有說有笑地吃晚飯。

飯後的消食活動就是給藥園澆水。四個人也不急，從蘇木家屋子後邊開始，到茅草屋旁的河坡上，二畝多地，每天澆一些，正好五、六天能輪一圈。

澆完地後四個人便坐在書桌旁識字、唸書。

雲實已經讀完了小半本《千字文》，不知道他什麼時候下的功夫，凡是蘇木教過的字，他之後便從來沒有讀錯過。

日子便這樣不緊不慢地走到了五月末。

第四十四章　不孕

杏子成熟的季節，蘇木家天天能收到梨樹台的邀請。她大多會選在傍晚去，有時候也會帶著蘇娃和閆小咚一起，別管去了誰家，都會受到熱烈的歡迎。

林小江總會找各種理由跑來他們家，不是送杏子，就是送果脯，實在沒得送了就說他們村裡人讓他捎搓衣板。

蘇木約略算著，若是他再這樣「捎」下去，估計他們村的搓衣板可能要人手一個了。

這天，蘇木算著差不多又到了林小江來看望蘇丫的日子，她乾脆躲了出去，把空間留給這對小情人。結果，剛在杏樹坡站定，她便遠遠地看到蘇娃急匆匆地跑了過來。

蘇木可從來沒見過他們家小漢子這種模樣，於是連忙往前迎了幾步。「三娃，跑這麼急做什麼？」

「阿……阿姊，妳快去看看，三嬸……三嬸暈過去了！」蘇娃邊哭邊說。

蘇木心裡一咯噔，竟然暈過去了？

前幾天她去給胖嬸診脈，不過是經期有些勞累過度，再加上宮寒嚴重，這才表現出腹痛、經血發黑的症狀。除此之外並無大礙，怎麼突然就暈過去了？

蘇木也不耽擱，叫蘇娃回家去拿她的藥箱，她自己則是直接去了村西頭的胖嬸家。

蘇木到的時候，胖三正站在床邊急得團團轉，胖嬸閉著眼躺在床上，臉色青白，她身上還圍著圍裙，上面一大灘油漬，想來原本正在幹活，突然就這麼暈了過去。

「小木，快來看看，前幾日吃了妳開的藥，原本已經好了，怎麼剛一不吃，就又這樣了？」胖三看到蘇木就像看到救星似的。

「三叔，您先別著急，我看看。」蘇木一邊拿話安慰著胖三，一邊拉過胖嬸的手切脈。

胖三並非不信任蘇木，然而他還是擔憂地說道：「從前的時候她只說肚子疼，身上沒勁兒，卻從來沒暈過……妳說，她若是有個三長兩短，可叫我怎麼活？」

蘇木切完脈之後，反而鬆了口氣。她聽著胖三的話，不由生出諸多感慨。

村裡的男人大多被女人依賴著，即使背地裡怕媳婦的，在人前也要極力做出一副頂天立地的姿態。像胖叔這樣公開表示離不開媳婦的，還是頭一個。

蘇木聽蘇婆子說過，胖叔家條件一直不錯，當年村裡的小娘子們任他挑，結果他就看上了胖嬸，就算這麼多年沒有孩子，他都不曾起過二心。

蘇木心頭一動。說到孩子……或許，可以試試。

這時候，蘇娃也揹著藥箱氣喘吁吁地跑來了。對大人來說可以側揹的藥箱，到了他這兒幾乎要拖到地上，小漢子為了跑得快，乾脆半彎著腰，用背馱著，還不忘把兩隻小手背過去，小心地護著。好不容易馱進門，小傢伙脖子都給勒紅了。

胖三心疼壞了，連忙把藥箱接過去，捲起油乎乎的袖子給小傢伙擦汗。

蘇木默默地想著，胖三和胖嬸對蘇娃的喜愛，遠遠超過鄰里之誼，他們若有自己的孩子必定也會十分疼愛吧！

蘇娃對胖嬸的關心也是實實在在的，孩子的態度作不得假，倘若不是胖嬸真心疼他，無論用怎樣的手段也拉攏不了小孩子的心。

想到這裡，蘇木更加堅定了決心，她深吸一口氣，打開藥箱，從最底層翻出一個捲成圓筒的布包。布包裡面還有一條黑色的緞面布袋，上面放著形狀各異的九種針具，按照不同的規質分門別類，密密麻麻地鋪了一層。

蘇木不敢托大，只捏起一根慣用的毫針，照著胖嬸的人中扎了下去。

胖三著實吃了一驚，他不曾想到，蘇木小小年紀竟然學會了用針。

想當年，何郎中就是憑著這身本事救治了無數病患，成為了令人敬仰的一代名醫。

胖嬸長舒一口氣，悠悠醒轉，睜開眼的那一刻，向來堅強的女人不由得淚流滿面。「我以為我要死了……」

胖三湊到炕沿上，抓住自家媳婦的手，同樣淚眼矇矓。「妳若死了，便把我也帶走吧，省得留下我一個人提心吊膽。」

「胡說什麼，我若不在了，正好沒人連累你……」胖嬸又是一通哭。

夫妻兩個黏乎乎地哭了一通，胖嬸才把胖叔趕走，從炕上坐起來同蘇木說話。

蘇娃趴在胖嬸身上待了一會兒，便被蘇木趕了出去。

蘇木也不拐彎抹角，直白地問道：「嬸子，上次我就想問了，您月信可正常？」

胖嬸面色一紅，輕聲斥道：「妳一個未出閣的小娘子，問這個做什麼？」

蘇木無奈地笑笑。「嬸子，我現在是大夫。」

胖嬸狐疑地看著她，還是不想說。

蘇木只得引誘道：「您若告訴我，我便用一個天大的好消息跟您交換。」

「什麼好消息？」胖嬸立即問道。

見蘇木但笑不語，胖嬸嘆了口氣，她心裡清楚蘇木定然是為了她好，不過，她終歸考慮到蘇木是個小娘子，便不想教「壞」她。

蘇木只得勸道：「嬸子無須多慮，我從小跟隨外公學醫，人體穴位、經絡自幼都是研究透的，別說娘子，就連漢子——」

「快別說了。」胖嬸連忙打斷她，一本正經地囑咐道：「傻孩子，這話咱們自家人說說也就罷了，即便是真的，妳也不能出去說，記住沒？」

蘇木看著她一臉擔憂的模樣，只得點了點頭。

胖嬸這才鬆了口氣，似乎是生怕蘇木再說出什麼驚世駭俗的話，她便坦白地說道：「有時一月一次，有時三、五月不來，有時在這天，有時在那天，我也不知這是否正常。」

當然不正常！蘇木在心裡大聲說道。關鍵是，不正常了這麼多年，她竟沒有向任何人提過嗎？

蘇木不由得嘆了口氣，再次問道：「您母家那邊有無兄弟姊妹？」

「加上我在內，一共有五個。」胖嬸忍不住問道：「小木，妳問這個做什麼？」

「待會兒您就知道了，我想您肯定高興。」蘇木心裡差不多已經有了答案，但還是再次確認道。「嬸子，您可有叔伯姑姑？」

胖嬸點了點頭。「我有兩個大伯、三個姑姑，我爹最小，前年我大伯剛走。」

蘇木笑笑，抓著她的手說：「嬸子，您信不信我？」

胖嬸下意識地點了點頭。「我自然是信妳的。小木，妳別嚇我，妳實話告訴我，我是不是活不成了？」

蘇木也不再賣關子，乾脆地說道：「嬸子，您應該知道，我外公當年在時有門手藝……」

「何郎中的手藝多了去，小木妳指的……」胖嬸突然想到什麼，身子猛地一震。「妳是說……那個？」

蘇木注視著她的眼睛，笑著點了點頭。

胖嬸一下子攥緊她的手，雙唇哆哆嗦嗦幾乎說不出話來。「小……小木，妳怎麼、怎麼突然說起這個？」

蘇木指了指炕沿上的黑緞布，還有上面一溜排開的銀針，緩緩說道：「我從五歲就跟著外公學手藝，到如今剛好滿十載。」

胖嬸倏地睜大眼睛，難以置信地看著她，徹底說不出話來。

蘇木動了動瘆疼的手，卻被胖嬸抓得更緊。原本爽快的婦人此時就像溺水之人，把她當成了那塊浮木。

蘇木心裡不由生出一股莫名的壓力。她面色一整，認真地說道：「嬸子，我想跟您說明的是，您並非先天不育，因此有治癒的可能，但是也有治不好的可能。」
胖嬸就像被按開了機關似的，再次活了過來，猛點頭。「我知道、我知道，小木，嬸子信妳、嬸子信妳……就算還是不行……我也認了！」
蘇木笑了笑，同時也鬆了口氣，她能有這樣的心態再好不過。
接下來，便是漫長的治療過程。
按照外公所說：「腎為後天之本，女子體弱，衝任二脈血氣不充，陰陽不和，難以受孕。」也就是說，腎脈虛弱，便是難孕之兆。
實際上，胖嬸不過二十八歲，放在現代是最好的生育年齡，即使古人和現代人體質有些差異，卻也絕對到不了影響生育的地步。
治療不孕之症一般採用兩種方法，一是吃藥調理體質，藥方中加入補骨脂、地黃、黃精之類，補益腎氣、益精填髓；二是針灸刺激任脈、衝脈、督脈等穴位，如此交替進行，從理論上來講，最多三到五月便能成功受孕。
這一刻，蘇木的記憶變得無比清晰，她不僅記起外公說過的每一句話，同樣記起他們當年四處行醫時，那些人的欣喜和對外公的感激。
外公雖說各科均有涉獵，最擅長的還是婦科和兒科。當年，小蘇木跟隨外公學針灸之時，外公便常常誇讚，小蘇木的針感很好，遠勝其母。此時，這份天賦完美地傳承到蘇木身上。
起初她還有些忐忑，然而當她的手觸到銀針之時，所有的動作便成了本能，穴位的選擇、入針的角度、提插撚轉的力度，一切都像練習過千萬遍，毫不誇張地說，即使閉著眼都能進行。

每次行針之前，蘇木都要細細叮囑，不要劇烈運動，一日三餐須飲食均衡，不能只吃肉食。行針之後，她又會例行說一遍，針孔不能碰水，不能洗澡，保持乾淨。

胖三夫妻皆是認真應下，態度近乎虔誠，這讓蘇木由衷地生出了一種使命感。

蘇木天天往胖嬸家跑，終歸瞞不過村裡人的眼睛。再加上胖叔屋後倒掉的那些藥渣，總有一些「高手」能夠猜到真相。

漸漸地，流言便出來了，有笑話胖嬸癡心妄想的，也有說蘇木自不量力的，還有些更難聽的話，在一眾人的重重封鎖下，才沒進入蘇木的耳朵。

胖嬸自覺連累了蘇木，說什麼也不肯治了。蘇木好言好語地勸說沒用，胖三哭著、求著沒用，最後還是蘇娃撒嬌打滾著說要弟弟，才讓胖嬸勉強同意繼續治療。

胖嬸心裡愧疚，蘇木心裡卻坦蕩得很，然而架不住別人把話說得愈加難聽。因為此事，蘇婆子背地裡不知道跟別人吵過多少場架，就連桂花大娘都跟別人打了起來。

那天桂花大娘原本在酒廬裡做著生意，遠遠地聽到一個婆子在大碾子旁邊長聲短聲地說著什麼，旁邊還坐著些人，一邊縫著鞋幫子，一邊聽她胡侃。

桂花大娘凝神一看，這個人不是別人，正是何田露跟前的李婆子。

何田露在退親一事上在蘇木這裡吃了虧，原本心裡是十分不忿的，只是後來一心撲在石楠的科舉一事上，這才沒顧得上找蘇木的麻煩。

李婆子好不容易抓住這個機會，為了討好主子，可著勁兒地四處宣揚，說什麼蘇木一個小娘子竟學了些骯髒事，她家主子早就知道，只是心善不往外說，不然也不會把婚給退了等等，總之是胡編濫造，十分難聽。

桂花大娘一聽竟和蘇木相關，提著掃帚便迎了過去。

起初桂花大娘還算冷靜，只是提醒道：「李婆子，妳忙閉嘴吧，權當給咱們這些有閨女的人家積點德，若是妳家閨女被人這樣編排，妳作何感想？」

李婆子不僅沒有絲毫動容，反而冷嘲熱諷道：「我家閨女可與妳家閨女不同，更與那蘇家小浪蹄子不同，我家閨女——」

桂花大娘一聽就火了。「妳說誰是小浪蹄子？」

「我說妳呢！說妳閨女呢！說那姓蘇的呢！我——」

桂花大娘揚起掃帚，「砰」地一下打在她腦袋上。李婆子登時就懵了，抓起一根樹枝就還了回去。

桂花大娘才不怕她，一根掃帚揮得虎虎生風。

周圍的人別管真心的還是假意的，紛紛圍上來勸架，這倒方便了桂花大娘，拿著掃帚一通亂打。

李婆子手裡只有細細短短一根樹枝，在眾人的轉攏下根本摸不著她，只能眼巴巴地受著，疼得嗷嗷叫。

桂花大娘也是使了狠勁，誰攔都不好使，只認準了李婆子使勁地捶。

蘇婆子聽說了這邊的事，把鋤頭一扔便邁著大腳板跑了過來——那架勢，簡直比當街撿錢還要積極。

兩位大娘暫時冰釋前嫌，強強聯手，幾乎把那李婆子打得親閨女都不認得。

姚貴遠遠地在酒盧裡坐著，看著自家老伴的威風模樣，無奈地搖搖頭。「娘的，還不知道這女人下手這麼狠……真他娘的……」

話裡雖是帶著髒字，臉上的表情卻是自豪得很。

第四十五章　訂親

雲實是後來才知道這件事的。

那天，劉蘭專程跑到河坡上對著他一通冷嘲熱諷。「喲，這不是雲老頭的大孫子嗎？聽說你打算向蘇家小娘子提親呢？什麼時候能喝上你們的喜酒啊？不過，你也不用急，那位小娘子這下恐怕難嫁了，正好給你留著……」

劉蘭巴拉巴拉一通說，把近日來村裡人的閒話，添油加醋地全說給雲實聽。她費這麼大勁，實際對她自己一點好處都沒有，不過痛快、痛快嘴罷了。

雲實默不作聲地把前因後果都聽明白了，拍了拍小黑的腦袋，面無表情地說：「咬她。」

小黑耳朵一豎，嗖地竄了出去。

劉蘭原本還維持著比手劃腳的姿勢，沒料到那隻一直搖晃著尾巴、看上去十分傻白甜的小黑狗，就這麼突然衝了過來。

「啊！天殺的小畜生！」劉蘭尖叫著躲閃，到這個節骨眼上，嘴裡還不乾不淨。

雲實抱著手臂站在一旁，眼中平靜無波。

劉蘭這才真正意識到，她真是小看了雲實，這些年來，這個人不是好欺負，只是不願計較罷了。

劉蘭眼中閃過複雜的神色，邊跑邊尖叫，足足被小黑追了大半個村子。

從那天起，雲實便開始雷打不動地接送蘇木。

每天清晨和傍晚，蘇木都會從家裡出發，穿過村子中間的大碾子，到西頭的胖嬸家去，她的身邊多了一個身姿筆挺的漢子，默默地提著藥箱。

等蘇木診完脈或行完針之後，雲實又早早地等在胖三家門口。一天兩個來回，風雨無阻。

村裡人每天看到他們同進同出，都老老實實地閉嘴——畢竟，傳閒話之前都要掂量、掂量桂花大娘和蘇婆子二人合成的殺傷力。

時間很快走到六月末。

蘇木暫時停了胖嬸那邊的針灸，只開了個固腎氣的方子，讓她每天服上一劑藥便好。為了緩解胖嬸的緊張情緒，蘇木約好以後每月診脈一次，平日注意飲食，適當運動，放鬆心情。

胖嬸在蘇娃的陪伴下開始減肥，一大一小每日相約一起出門，身邊跟著小黑狗、小黑豬和大白鵝，在河邊蹓躂一圈之後再樂呵呵地回來。

胖嬸心情舒暢，體重也明顯減輕。

有一天，她被蘇娃做出來的怪模怪樣逗得哈哈大笑，回頭便對蘇木說：「若是日子能一直這樣下去，有沒有娃又有什麼關係呢？」

蘇木這才鬆了口氣——只有胖嬸的心態徹底放鬆下來，好事才能慢慢靠近。

蘇木剛一出百日孝期，雲實當即請了一位實在又和善的媒人到蘇婆子家提親。

當地的規矩，男方提親時女方需得先說些刁難、推拒的話來考驗對方誠意，之後才能應下。

蘇婆子原本還想端著些的，沒承想雲實不僅把登門禮準備齊了，且是奉上足足三倍的重禮，還叫媒人帶話。「因為小木都值得。」

蘇婆子一聽，為難人的話一句也說不出來了。

蘇木半點害羞都沒有，反而主動求著蘇婆子趕緊答應下來，小娘子的理由也很充足。「趕在秋天之前答應下來，不僅秋收有人幫忙幹活，八月十五和過年這兩個節日，咱們還能收到兩份大禮。」

於是乎，為了兩份「大禮」，蘇木就把自己給賣了。

那天剛好是七月初七，牛郎織女相會的日子。

雲實在河坡上擺了十幾桌好酒好菜，舉行訂親宴。除了雲家人忙前忙後地張羅，梨樹台的姑奶奶也帶著家裡的小輩們來了。

姑奶奶拉著蘇木的手，不住嘴地誇，誇完之後又給了個大大的紅包。

蘇木大大方方地把紅包接到手裡，轉身遞給雲實。雲實十分自然地塞到隨身的荷包裡——反正都是小木的。

小情人間親密而自然的互動看在一干長輩們眼裡，又是一通善意的調侃。

說起來，那個荷包的模樣那叫一個醜，裡襯綯綯巴巴不說，針腳還有大有小，然而這已經是蘇木的最好成績了。

這是蘇木最為痛恨的一條「規矩」，為何在訂親之時，小娘子必須親手繡個荷包送給未來夫婿？無論是她還是小蘇木，都沒有這份天賦。

她原本偷偷從蘇丫屋裡拿了一個，打算蒙混過去，然而，沒等送到雲實手上，就被蘇婆子發現了。

蘇婆子的話說得毫不留情。「妳是想自己和他圓滿，還是想讓二丫和他圓滿？」

這話就誅心了。

蘇木再也不敢投機取巧，只得從蘇丫那裡借來針線，還拆了那個偷來的荷包，一點一點照著縫了起來。其間扎過多少回手指就不必說了，最後還是雲實看不過眼，幫她一起做好的。

蘇木看了之後氣得不行。「你縫的都比我縫得好！」

雲實只是寵溺地笑，咬斷線頭後自個兒掛到了腰上。

然而，真的太醜了，蘇木強迫他塞到衣服裡，不許給別人看到。

「回頭我一定做一個超級好看的給你。」蘇木毫不負責地誇下海口。

「這個就很好。」雲實十分現實地回應道。

蘇木假裝聽不出裡面的深層涵義，轉頭就把這件事兒給忘了。因此，直到訂親宴這天，雲實配戴的還是這個獨一無二的醜荷包。

「石頭，你手上那是啥呀？」胖嬸不明真相，耿直地問道。

蘇婆子噗哧一笑，意有所指地看向蘇木。

雲實捏了捏荷包，剛想說什麼，卻被蘇木截了話。

「那個……嬸子，我突然想起來，今兒個是不是該診脈了？」

胖嬸擺擺手，直爽地回道：「這大好的日子，別說這個。嬸子想通了，命裡有時終須有，命裡無時莫強求，這脈啊，診不診也罷。」

蘇木的目的原本也不是診脈，她見胖嬸的注意力不再放在荷包上面，連忙給雲實使了個眼色。雲實這才不慌不忙地把荷包收了起來，那樣子看上去頗為遺憾。

席上的最後一道菜是滋補魚湯，是蘇木自己研究出來的新菜式。先把草魚骨頭剔出來熬成濃濃的白湯，然後加上幾樣適合夏季補身的藥材，腥味與苦味一中和，藥湯沸騰之後，再把片好的魚肉放進去，大火涮開，便可盛出來上桌。

這種做法對古代人來說頗為新鮮，雲家幾個幫忙的嬸子先在蘇木家裡學會了，再決定要不要用在宴席上。

那天她們見識到蘇木灶上的手藝，頓時便對蘇木的印象好了三分。能把菜做得這麼美味，還有治病救人的手藝，誰家不搶著娶？想到以後便是一家人了，嬸子們心裡甚至有些小小的自豪。

當魚湯往桌上端的時候，隨著年輕漢子們的穿梭走動，一陣陣香味飄散到大夥兒面前，席上之人紛紛問道：「這是什麼菜？真香！」

唯有胖嬸皺了皺眉，似乎有些不舒服。大夥兒都在招呼著挾菜、盛湯，沒有人注意到她的動作。

胖嬸自己也沒在意，然而，當桂花大娘把盛了魚湯的碗遞到她面前的時候，她終於忍耐不住，劇烈地乾嘔起來。

桂花大娘連忙放下湯碗，小心地拍打著她的後背。

胖嬸一邊嘔一邊指著那碗湯。「拿遠點，拿遠點……」

直到席上所有的魚湯都拿到離她最遠的位置，胖嬸才好受了些。然而，精神頭看上去依舊不大好。

席上之人全都驚愕地看著她，以為她得了什麼病。

蘇木想到一種可能，心下一動，下意識地抓住胖嬸的手腕。

這樣的動作蘇木已經做過無數遍，胖嬸不由得愣住了。

一次次地期待，又是一次次地失望……這次，又是怎麼樣呢？

雲家負責管事的一位大娘走過來，關切地問道：「是不是身子不適？要不要去看大夫？」

蘇婆子一聽，臉明顯拉了下來，冷聲冷氣地說：「我們家小木就是大夫。」

說話的大娘一臉尷尬，蘇木卻沒空照顧她的心情，此時，她正靜靜地感受著胖嬸的脈象，胖嬸也是一臉緊張地看著她。

旁邊，一眾知情人士也終於反應過來，或驚訝或期待地等著結果。

似乎過了一個世紀那麼長，蘇木才終於把手拿開，笑咪咪地說道：「確實應該去找個大夫確認一下。」

胖嬸倏地睜大眼睛，顫抖著聲音說：「小木，妳是說……」

蘇木笑著點了點頭，胖嬸瞬間僵住。

不難想像，接下來注定是一場兵荒馬亂。

胖三當時就在男席上，接到這邊的信兒之後，飛也似地跑到鄰村去請大夫，中間由於太過高興，而整個人滾到山坡下面，惹得大夥兒哈哈大笑。

婦人們也把胖嬸當個瓷娃娃似地供了起來，扶著她挪到雲實的茅草屋裡。

稍晚，胖三請來的郎中是一位花白鬍鬚的老大夫。

老大夫已經許多年不出診了，大多時候都是病患到他家裡去，或者他把自己的徒弟派出來。然而一聽這次是位二十八歲的「高齡」孕婦，懷的還是頭胎，老大夫驚奇之下，便帶著自己的三個徒弟全都過來了。

四個經驗豐富的大夫圍在胖嬸周圍輪流診脈，老大夫還算沈得住氣，他那幾個已近中年的徒弟卻忍不住連連稱奇。等到四人全部診斷完畢，相互交換了一個眼神，這才由老大夫開口，向胖三宣布了這一喜訊。

「尊夫人確已懷有一個月的身孕，雖脈息稍顯微弱，卻並無大礙，只須後天多加調理便可。」

這話一出，胖三和胖嬸的反應還算平靜——早在蘇木點頭的時候，他們就已經信了——反而是周圍的人，紛紛倒吸一口涼氣。有人依舊難以置信，也有人很快反應過來，連聲說著恭喜。

胖嬸嘴裡一個勁兒地說著。「多虧了小木，若是沒有小木，我這一輩子恐怕都沒有子孫緣了……」

人們又紛紛轉過來誇讚蘇木，其中不乏曾經在背後念叨過閒話的。

蘇木倒是沒說什麼，蘇婆子卻立馬挺直了腰板，半開玩笑半是認真地說道：「看你們一個個還敢不敢在背後編排我家閨女！」

老大夫原本已經打算告辭離開了，聽到這話，忍不住停下腳步。蘇木禮貌地行了個晚輩禮。

老大夫疑惑道：「老夫若是沒聽錯，莫非這位夫人能夠懷子是小娘子的功勞？」

蘇木謙虛地回道：「終歸是嬸子有這個底子，我不過稍加調理而已。」

老大夫讚賞地點點頭。「敢問小娘子出自哪位名師之門？」

「小女子自幼跟隨外祖父學習針灸之術，到如今不過十年而已，尚不算出師。」

蘇木的回答十分得體，老大夫捋著鬍鬚連連點頭。

胖三同這位老大夫相熟，在一旁補充道：「蘇小娘子的外祖便是我們村的何郎中。」

老大夫面容一整，恍然道：「原來是何大夫的後人，難怪！」

蘇木微笑著行了一禮。

老先生滿意地笑了笑，這才帶著自己的三個徒弟走了。

不出一天，胖嬸懷了孩子的消息，就像長了翅膀似的傳遍整個杏花村。

雲實和蘇木的訂親宴實實在在地變成雙重喜宴。

胖三乾脆就著雲實家的場地和對象又開了一席，整個村子的人從中午一直吃到晚上，比過年還熱鬧。

蘇木的本事就這麼傳了出去，暗地裡不知道氣歪了多少人的鼻子。

不管怎麼說，蘇木確確實實地出了名。

有人說三道四，有人將信將疑，也有人明裡暗裡地過來求子。一時間，蘇木成了整個村子裡最忙的人。

不知道什麼時候，全家人達成了默契，若有人到家裡來求診，蘇娃必定像個飛毛腿似的去通知蘇婆子，蘇婆子當時不管在做什麼都會立刻停下，過來陪著蘇木，生怕她受到半點委屈。若是情況特殊，需要蘇木出診，雲實便會雷打不動地陪著，幸好他不算是閆木匠的正式徒弟，是以對方才能對他三天兩頭的「曠課」睜一隻眼閉一隻眼。

與此同時，蘇木也在利用一切時間學習，何郎中留下的那些醫書都要被她翻爛了。她見的病號多了，經驗也漸漸積累起來，那些年紀不大、身子也好的，很快便懷上了，這又無形中增添了她的名氣。

隨之而來的，還有不菲的收入。

蘇木努力工作的勁頭，不知不覺中影響了家裡的其他人。蘇娃更加用功讀書，蘇丫變得更為自信，雲實就不用說了，除了在刨製搓衣板方面精益求精外，還利用這些日子在閆木匠那兒學來的經驗，做出了好幾樣實用且暢銷的小東西，一時間也漸漸有了名氣，積累了一批客源。不得不說，雲實在這方面的確有天賦。就拿他做的鑲著鏡面的梳妝盒來說，哪怕用後世的眼光來看，都是極好的。

蘇婆子看到閨女和未來女婿都如此爭氣，回家便拎著雞毛撣子督促三個兒子。

蘇鐵兄弟三個面上叫苦不迭，心裡卻也暗自使勁，不僅把藥園侍弄得更好，同時還積極地幫雲實打開銷路。

總之，這段時間，所有人都在積極上進，所有的事都順風順水。

第四十六章 善緣

這天，蘇木送走一位前來求診的婦人，剛要回屋，便聽到一陣急促的馬蹄聲，緊接著，一輛帶篷的馬車停在她家門前。

蘇木笑了笑，這還是第一位坐著馬車前來問診的人——看來，她的名聲已經傳到了某些「大戶人家」。不得不說，她心裡還是有些小得意的。

等到看清駕車之人的模樣之後，蘇木不由笑了——竟是位熟人。

孫亭宣是墨香街書閣的掌櫃，蘇木每隔一段時間都要給蘇丫、蘇娃買些筆墨，後來又加上了雲實，一來二去和孫亭宣也算熟識起來。

孫亭宣從車上跳下來，神態自若地對著蘇木笑了笑，臉上沒有半點驚訝。

「蘇娘子有禮。」孫亭宣揚手，執同窗禮。

蘇木也從善如流，揖道：「孫掌櫃有禮。」

孫亭宣爽朗一笑，不等蘇木開口，便主動說道：「蘇娘子不要誤會，我們前來問病，並非求子。」

蘇木了然一笑。「皆可。」

車上下來一位面容和善的中年婦人，看著蘇木，笑盈盈地說道：「果真是模樣俊俏又惹人疼愛。」

蘇木不好意思地笑笑。「二位裡面請。」

婦人微微一笑，率先跨進了院子，孫亭宣則落後一步。

蘇娃已經不止一次見過孫亭宣了，他猶豫著要不要把對方劃到「陌生人」的圈圈裡，這關係到他需不需要跑去找蘇婆子。

蘇木看出他的心思，點了點他的小腦袋，笑道：「見著孫掌櫃也不知道行禮，虧得他每次都送你許多毛邊紙。」

蘇娃這才放鬆下來，恭恭敬敬地行了一禮。「見過夫人，見過孫掌櫃。」

「真是個好孩子。」孫夫人說著，便從袖兜裡摸出幾個銀豆子，笑容滿面地塞到蘇娃手裡。「一直聽亭宣念叨這個機靈的小子，今日總算見到了。」

蘇娃見對方上來就給自己塞東西，連忙把手背過去，並不肯收。

蘇木禮貌地婉拒道：「夫人的心意晚輩領了，這對孩子來說太過貴重，還請您收回去吧。」

孫夫人見蘇木態度堅決，便沒強求。

蘇木這才鬆了口氣，蘇娃臉上也沒有絲毫渴望或遺憾的神色。姊弟兩個的表現無疑又讓人高看一眼。

雖然禮沒送成，然而孫夫人溝通感情的目的卻達到了。雙方在堂屋落坐，言談間少了許多陌生感。孫亭宣特意留在院子裡，方便孫夫人和蘇木說話。

省去諸多寒暄，孫夫人言簡意賅地說明來意。原來，孫亭宣的夫人剛剛產子，到今日不過十二天，她卻一直沒有胃口，整個人日漸消瘦不說，小嬰孩也跟著上了火。

他們請了許多大夫都沒有什麼用，最近打聽到蘇木的手藝，恰好孫亭宣又算是認識，母子兩個這才找了過來。

蘇木一聽是產婦的護理，心裡便有了些底。不過，具體情況如何，還要親自看過之後才知道。

孫夫人有些為難地說道：「我聽聞蘇娘子從不輕易出診，然而我家兒媳又實在不方便，不知可否通融一二？」

蘇木連忙說道：「您多慮了，沒有『從不出診』一說。」

當初之所以會傳出這樣的說法，是因為蘇木不想總讓雲實耽誤時間。

「少夫人的情況，我要看過再說，您看什麼時候方便？」

孫夫人沒想到蘇木會這麼痛快地應下，面上又驚又喜，連忙說道：「看娘子方便吧，孫府的馬車隨時恭候。」

實際上，以孫家在博陵的地位，孫夫人有無數種方法可以逼她就範，對方卻採用最禮貌的一種，哪怕是為了這份尊重，蘇木也願意走這一趟。

孫少夫人是位溫柔內斂的娘子，然而，也是因為她太內斂了，所以即使身子不適也一直不好意思開口。因此，蘇木來到孫家之後，遇到的最大困難不是疑難雜症，而是孫少夫人的不配合。

蘇木只得把屋裡伺候的人全都請了出去，只剩她與孫少夫人兩個。

「我是大夫，妳對我不必有所隱瞞，也不必害羞，我只有瞭解清楚妳的病情才能徹底根治，不是嗎？妳能快點好起來，才能不讓孫夫人擔憂，這也算是盡孝道吧！」蘇木耐著性子循循善誘。

孫少夫人用一雙溫潤的眸子看著她，半晌，才溫聲說道：「從前常聽夫君提起小娘子的聰慧博學，原以為是誇大了，今日一見，果真如此。」

蘇木挑了挑眉，玩笑般說道：「即使妳再誇獎我，該問的我還是要問。」

孫少夫人臉色微微一紅，面露難色。

蘇木觀察著她略顯浮腫的臉，試探性地問道：「妳是受便祕所擾？」

孫少夫人一愣，隨即脹紅著臉，微不可察地點了點頭。

「是否還有痔瘡？」蘇木繼而又問。

孫少夫人露出訝異之色，一雙眼睛直直地看向蘇木。

蘇木眨眨眼。「不用吃驚，便祕在產婦中十分常見，便祕時日久了很容易引發痔瘡。我方才聽妳的貼身丫鬟說妳惡露中尚有血色，便猜到了這一點。」

孫少夫人咬了咬下唇，低聲說道：「不料妳一個未出閣的小娘子，竟然懂得如此多。」

蘇木嘆了口氣。「別忘了，我可是大夫。」

孫少夫人笑著應道：「聽說，還是位名醫。」

蘇木挑了挑眉，故意顯出一臉得意的模樣。孫少夫人忍不住，輕聲笑了起來。

經過這個小小的玩笑，兩個人顯得親近了許多。孫夫人也不再羞於開口，在蘇木的刻意引導下，她便一五一十地把這些天的排便狀況與飲食情況細細地說了。

蘇木聽完，不禁打趣道：「妳看，妳若是早說，便不用受這麼多罪了。」

「可不是，也不用連累母親與夫人為我奔波。」孫少夫人溫聲說道。

「沒關係，現在好好配合治療，也能早早地好起來。」蘇木爽快地安慰道。

經過同孫少夫人的溝通，再加上對方的脈象，蘇木判斷她便祕的狀況已經十分嚴重，好在痔瘡屬於初發階段，並不難治。她又詢問了孫少夫人的飲食禁忌，最終決定三管齊下。一來，從飲食上防止便祕；二來，用藥物治療便祕；同時，採用藥酒盆浴的方式消除痔瘡。

之後的事，蘇木只須囑咐給少夫人身邊伺候的人便好。她一邊在紙上開著方子，一邊對侍奉的人說著今後的注意事項。

不僅是伺候的下人，就連孫夫人和孫亭宣也在一旁認真聽著，蘇木每囑咐一樣，他們便受教般點點頭，讓人看著愈加佩服。

這便是書香世家的教養吧！

蘇木笑意更深，把紙恭敬地交到孫夫人手上，溫聲說道：「實際上，生產兩日過後便可適當翻身或者下床活動，只要不累著便好，一味窩在床上反而會添出許多病來。」

她年紀雖輕，卻說得頭頭是道，就連先前有些懷疑的人也不由得信服起來。

孫家重視，下人們盡心，孫少夫人的症狀很快便得到緩解。之後又按照蘇木的方子一連用了十來天，就連先前的痔瘡也明顯見效了。

孫家分支眾多，由於孫博文先生乃名聲顯赫的一代鴻儒，他們家的一舉一動不知道被多少人看著。不用孫夫人特意宣傳，蘇木治好孫少夫人「頑疾」的消息，便被內宅婦人們傳得沸沸揚揚。

蘇木先前雖然出了名，卻僅限於杏花村附近的十里八鄉，這次卻是真正走出村子，傳到了士人階層。

很快，第二單生意便找上門來，又是一位熟人。

蘇木怎麼也沒料到，何田露會找到自己頭上。

自從在蘇木這裡連續兩次受挫，何田露再也沒有登過蘇家的門邊。這次她能拉下臉過來，想來是遇上什麼了不得的大事。

同上次一樣，蘇娃冷著一張小臉把她攔在門口，愣是不讓進。

蘇木在屋裡聽到了，特意賭著一口氣不出來，不為別的，單為上次她手下的李婆子同蘇婆子和桂花大娘打架的事，就夠蘇木記上她一筆。

她才不管誰勝誰負，兩位大娘還累了手呢！

蘇丫原本就在院子裡，然而小娘子眼睛裡就像沒她這個人似的，該做什麼依舊做什麼。何田露的尷尬可想而知。要按著她平日裡的性子，早該甩手走人了，然而這次，不知有怎樣的動力支撐著，她愣是擺出一張笑臉，朝著屋子裡叫道：「小木，方便出來一下嗎？姨母有件事想求妳幫忙。」

蘇木挑了挑眉，這人竟然連「求」字都用上了，這得是多麼嚴重的事？她也不再端著，從屋子裡走了出來。

何田露明顯鬆了口氣，擺出自認為最熱情可親的笑，說道：「小木啊，這些日子家裡的事是一件接著一件，也沒時間過來看看妳，妳可還好？」

所謂「伸手不打笑臉人」，蘇木也便笑著應了一聲。「好。」

至於她家「一件接著一件」的事，蘇木也約略聽聞了，不過就是石楠尋到了名師，石家擺了整整一天的流水席；前幾日何田露的大女兒還生了個小子，據說還挺胖。

蘇木也不說請她去屋裡坐，也沒讓蘇娃讓開，兩人就這樣隔著一道柵欄並一個小漢子把話給說了。

原來，何田露的態度之所以有了一百八十度大轉變，原因就在她那個剛生了個大胖小子的閨女身上。她閨女自從生產之後便開始便祕，以至於腹脹難忍，茶飯不思，還總是無緣無故發脾氣。夫家門第不低，性情可沒有孫家好，一來二去竟露出些嫌棄的意思來。

何田露一邊心疼女兒，一邊又怨恨親家寡情，思來想去還是覺得這根源是出在自家閨女的身體上。恰好聽說了蘇木的事，原本何田露還不屑一顧，覺得蘇木不過是嘴皮子好，哄得一干村婦把她當個神供著。然而，後來又傳出孫家的事，她這才坐不住了。

孫家是誰？那可是整個博陵鎮都要供著的郡望之家，就算以後她兒子做了宰相，回鄉之後也要在孫老先生跟前稱一聲「晚輩」。

蘇木聽完她的話，心裡就開始咕嘟咕嘟冒起了壞水，正所謂「風水輪流轉，今年到我家」，自打她穿越以來，十件糟心事裡，有八件與何田露有關。

蘇木不會漠視任何一個病號，但這並不妨礙讓何田露的荷包失血——此時不坑她，更待何時？

蘇木打定了主意，特意選了個雲實空閒的時候，兩個人一起跟著何田露去了石小姐的夫家。

一路上，她和雲實毫不顧忌地打打鬧鬧，看得何田露青筋直蹦，差點從車上跳下去。瞧著她明明氣得要死卻又憋著不敢發作的樣子，蘇木差點把肚皮笑破。

雲實哪裡不明白小娘子的心思，自然樂得配合她。

當然，蘇木無論怎樣整治何田露，面對自己的病患時卻一視同仁，只不過在藥材方面便特意選貴的，以及她自己家「特有」的，反正是何田露掏錢。

石家小姐的情況比孫少夫人還要嚴重，除了產後便祕外，還伴隨著營養不均、惡露不下等症狀，這就需要「珍貴」的藥方以及月子餐菜譜了。

蘇木懶得跟她打交道，更不願意每天對著她這張臉做飯，於是直接把藥方和菜譜賣給了她。

何田露當時的表情，簡直可以用天崩地裂來形容。直到方子拿到手裡，她都不敢相信，蘇木竟然真的肯做到這一步——要知道，但凡特別些的吃食方子，足以作為傳家寶來珍藏。

實際上，蘇木根本就不在意，於她來說就是寫幾筆字的工夫。外婆從前經常在她耳邊念叨，方子不是萬能的，關鍵在手藝。

至於價錢，對於蘇木這個受益者來說自然是相當美麗。再算上蘇家自製的藥酒，足夠何田露狠狠地失一次血。

即便放了滿滿一大盆血，何田露依然是高興的。她甚至一度懷疑方子是假的。直到她親自找行家看過，再三確認沒問題之後，才徹底放心。

蘇木聽說了這件事，對於自己先前的坑錢行為半分愧疚都沒有了。輕輕鬆鬆收穫一筆鉅款，對方還得千恩萬謝地待她，她得了實惠，對於先前那些小打小鬧的疙瘩，也釋然了。

第四十七章 豐收

今年雨水尤其多，進入七月以後，陰天下雨的日子就沒斷過。好在，老天爺到底體恤百姓生活不易，這雨往往是夜裡下，白天停，地裡的莊稼晚上喝足了雨水，白天太陽一曬像瘋了似的成長。

種莊稼的人家高興了，李家藥園的管事們卻天天愁眉苦臉。

因為他們的藥材都是種在上等的良田裡，土質肥沃，地勢平坦，又極易蓄水，整整一個月李家的幫工們沒幹別的，天天拿瓢往外舀水。儘管如此，那些藥材還是被泡爛了大半。

蘇木聽說了這件事，拉著雲實的胳膊開玩笑。「若是你如今還在李家幹活，肯定也得像他們一樣天天淘地！」

雲實笑著摸摸她的秀髮，眼中唯有寵溺。

蘇木被他看得不好意思，調皮地吐了吐舌頭，自己又忍不住笑了。「像個幼稚鬼。」

「很好看。」雲實眼中滿是笑意。

蘇婆子走過來，拿蒲扇敲了敲蘇木的腦袋。「那樣的玩笑以後可開不得了，地裡的莊稼，對咱們農家來說就是命。」

蘇木面色一整，連忙應道：「曉得了，乾娘。」

蘇婆子見她認錯態度良好，便不再多說，只嘆道：「對於李家來說，這一季的收成算是毀了。」

可不是，這樣的氣候狀況，對於種藥材的人家還真算是不幸。

幸好蘇木未雨綢繆，他們栽種那些藥苗的時候特意選在河坡上，不僅排水良好，又是沙質地，既省了澆地的麻煩，又不會爛根，真可謂是天時地利。

吃飯的時候，蘇鐵和蘇老二念叨著集市上聽來的話。

「南邊鬧水災，朝廷撥了救災的銀子。」

「水災之後就是時疫，藥鋪的掌櫃說今年藥材價錢肯定貴。」

蘇婆子頓時提起興致。「咱們豈不是種著了？」

蘇鐵挾了口韭菜雞蛋，一邊大口嚼著一邊點頭。「那個掌櫃說了，只是治療時疫的幾樣會貴上很多，其餘的雖說也會水漲船高，卻十分有限。」

蘇婆子迫不及待地問道：「他有沒有說哪幾樣會漲得最多？」

蘇鐵撇撇嘴。「我也這麼問了，那老小子精著呢，打個哈哈就把我應付過去了，生怕旁人趁勢坐地喊價。」

蘇婆子一陣失望，就連吃飯都不覺得香了。

蘇丫心細，不由得輕聲說道：「大娘不如問問阿姊，阿姊定然知道。」

「小木？」蘇婆子期待般看向蘇木。

「呃……」蘇木突然被點名，暗暗地收回了手——剛剛她正打算偷偷把碗裡的肥肉挑給雲實，這下子被逮個正著。

原以為蘇婆子肯定又要唸她，結果，對方只是淡淡地掃了一眼，又很快擺出一副和善的模樣。「小木啊，妳知不知道時疫方子裡會用上哪幾樣藥？」

「唔……」蘇木果斷地把肥肉丟進雲實碗裡，一本正經地說道：「疫情不同，方子也不一樣，不過，怎麼也避不開清瘟敗毒的那幾類，甘草、連翹、板藍根……」

蘇木還沒說完，蘇婆子便猛地提高聲音，驚喜道：「有板藍根？」

蘇木笑咪咪地點了點頭——不然她當初幹麼非要說服大家種這個。

蘇婆子一拍大腿，滿臉喜色。「今年定然賠不了，我看李老頭他們還能說什麼！」

蘇木有些感動——原來，蘇婆子暗地裡還替她賭一口氣呢！

蘇木料想得不錯，雨季還沒過去，藥材商人便紛紛來到鄉下，走街串巷地收藥材。

祁州地界地勢平坦，物種豐富，盛產各種中草藥，往往田間水窪上就常看到成片、成片的葛草、白茅、桔梗、赤芍等等。尋常農戶雖不以種藥為生，但農閒之時也會收集一些，泡製好了拿到藥鋪去賣。

往年時候商人們是看不上這些散貨的，他們大多盯著李家藥園，然而，今年別說是李家藥園，就連孫家藥園、張家藥園等等種藥大戶都遭殃了。商人們本著能多掙一分是一分的心思，不惜一家一家打聽著去收。

有腿快眼又尖的人看到河坡上好幾畝的藥材地，就像看到了一座金山似的，忙不迭地打聽是哪家種的。

彼時，雲實正彎著腰在地裡拔草，蘇木坐在陰涼底下給他加油。

聽到那人問話，小娘子便脆生生地答道：「這地是我家種的，您是來收藥材的嗎？」

那人眼睛緊緊黏在地裡一棵棵綠油油的板藍根上，整個人興奮地手舞足蹈。「妙啊，真是妙！整個祁州的藥材地全被雨水給泡了，是誰這麼有先見之明，把藥苗種在土坡上？」

蘇木彎著眼睛，毫不謙虛地說：「是我啊！」

那人這才拿正眼看向蘇木，不由得一愣，繼而好脾氣地笑笑。「小娘子休要開玩笑。」

蘇木撇撇嘴，不信就算了。

雲實聽到陌生漢子的聲音，大跨步走過來，不著痕跡地把蘇木擋在身後。

對方禮貌地對著雲實作揖道：「敢問小哥，這片藥材地可是您家種的？」

雲實只回了一個字。「嗯。」

對方的表情有一瞬間的僵硬，然後又十分熱情地問道：「不知這利用斜坡種地的方式是哪位能人想出來的？」

「我娘子。」雲實言簡意賅地回道。

蘇木在後面不滿地掐他，小聲嘟囔。「誰是你娘子！」

「訂了親就是娘子。」雲實認真地強調。

「呵、呵呵，二位感情真好。」那人笑得要多尷尬有多尷尬。

後面的事情十分順利，這位藥商原就是本地人，和杏花村的村長也是認識的。

對方沒有特意壓價，蘇木也不打算發災難財。雙方很快把價錢談攏，便在村長的見證下寫了契書，付了訂金，只等這批板藍根長到最好的時候便正式交易。

村子就這麼大點，根本瞞不住事，尤其是像這種賺錢的事。

蘇家賣出藥材的消息一出來，杏花村再次熱鬧起來。農戶們從未經歷過這樣的事——莊稼還在地裡長著，就已經找好了買家，拿到了銀錢。一時間，村民們的視線再次聚攏到蘇家的藥材地上。

對於佃戶們來說，也是「幾家歡樂幾家愁」。

當初選了白朮種子的圓臉大娘，聽說今年板藍根賣了大價錢，腸子都悔青了，她整日裡看著自家的地發呆，恨不得把它們全變成板藍根才好。

李老漢和姓孫的漢子也並沒有顯得十分高興，他們雙雙找到蘇家，詢問為何單賣的是河坡上那些藥苗，他們這裡卻沒什麼動靜。

蘇木當時笑了笑，不緊不慢地說：「你們地裡那些藥材終歸要賣給我的，早賣晚賣、價高價低又有什麼區別？」

簡簡單單一句話，便說得二人面紅耳赤。

蘇木打了這麼一棒子，估摸著他們也受了教訓，便又笑著給了顆甜棗。「你們地裡的那些苗子是留著做種的，你們且好生種著，過了中秋把上面的葉子割下來，自己拿去賣，多少也能賺上一筆，我只要來年的藥根和藥種，請務必盡心。」

二人一聽，面上立即現出狂喜，簡直要把蘇木當成活菩薩，千恩萬謝地走了。

蘇家三兄弟再加上雲實開始輪流在藥材地裡值夜，嚴防一些得了紅眼病的人幹些拿不出手的事。

蘇木更用心地準備一日三餐，犒勞辛苦的漢子們。

蘇家這邊喜氣洋洋，更襯得李家慘澹不已。

秋兒恨恨地罵道：「小姐，要奴婢說您也別多想，且看吧，真到了秋收的時候，一個挖不出藥材，一個得不到實惠，看他們如何扯皮？」

李佩蘭臉上卻並無絲毫氣憤之色，相反地，還盈盈地笑著。她瞅了秋兒一眼，慢悠悠地說道：「妳以為，我會讓他們得意到秋收嗎？」

秋兒一愣。「小姐莫非想到了整治他們的法子？」

李佩蘭笑笑。「不然妳以為我當初為何要將藥園一事壓下，又是為何停了雲實的差事？」

秋兒臉上露出尷尬之色。「奴婢以為小姐是厭棄了他，又不想惹上麻煩……」

李佩蘭笑了笑，臉上帶著捉摸不定的陰沈之態。「我不想惹上麻煩不假，至於『厭棄』一說——我同他本就無半點情分，又何來厭棄之說？只不過，直到此時，我依舊認為他是最合適的。」

秋兒聞言，大大地吃了一驚。「小姐，您……您這話倒叫奴婢糊塗了，您到底是要整治他，還是……」

李佩蘭心裡得意，也不再隱瞞。「我停掉他的差事，是因為想要整治他，又不能讓咱們自己受到牽連；我之所以要整治他，也是為了讓他看清他該走的路、不該走的路，該親近的人、不該親近的人。」

秋兒腦子轉了好幾道彎，才把這番話給理順了。「小姐想要如何整治他？」

李佩蘭對她招了招手，秋兒順從地附耳過去。

李佩蘭如此一說，秋兒的眼睛越來越亮，不由讚道：「這番連環計，當真是妙極！」

李佩蘭哼笑一聲，眼中現出幾分陰狠。「他若識趣還好，倘若是個拿不出手的，我李佩蘭必定讓他，再加上那個姓蘇的賤人吃不了兜著走！」

村子裡漸漸地出現了一些流言，是關於蘇家的藥田。

甚至有人當面問雲實。「蘇小娘子種藥材的本事，當真是你從李家學來的？石頭啊石頭，看你平時不言不語的，沒承想還有這心計，不錯，不錯！」

這話表面上是在誇獎，實際上傻子都能聽出來，滿滿的全是諷刺，更有那些想得多的人，不由聯繫上雲實被辭退的事——保不齊就是因為這個吧！

起初雲實並未理會。正如蘇木所說：「咱們家被人念叨得還少嗎？他們為什麼念叨咱們，無非是嫉妒而已。」

雲實從小什麼苦沒吃過？這種不痛不癢的流言，他還當真是半點不在意，甚至有心情將茅草屋裝飾一新，就像蘇木之前的規劃那樣，他把茅屋改成一間功能齊全的木房子，不僅空間也擴大了兩倍有餘，並且隔成前中後三間，前面一間作廚房，中間作為臥室，最後那間，足足有四、五十坪是雲實的工作間。

雲實不出門的時候便會窩在工作間，專心致志地製作搓衣板。

誰都沒想到，流言越傳越厲害，最後竟傳出更加可怕的話。

桂花大娘拉著雲實，焦急地說道：「石頭啊，方才我聽人念叨，說是李家人要到衙門裡去告你！」

雲實一愣，皺眉問道：「他們為何告我？」

「說你偷學了他家種藥的手藝！」桂花大娘臉色陰沈，恨恨地罵道：「那幫骯髒玩意兒，整日裡胡說八道，這手藝明明是小木的，怎麼就成了他李家的？」

雲實顯得十分平靜，耿直地說道：「我沒偷學，不怕他們告。」

「你個傻小子，若是到了衙門，哪個管你是不是被冤枉的，先來一頓板子，看你招不招！」桂花大娘恨鐵不成鋼地說道。

雲實看著她的樣子，態度軟了下來，安慰道：「舅娘放心，我不會有事。」

桂花大娘心裡就像敲鼓似的，越想越不踏實。「不行，我得找你舅舅商量、商量，絕不能讓你去受那個罪！」

雲實並沒有放在心上，他沒做，便不怕人說，更不怕對簿公堂。

耿直的他大概不會理解，這世上還有一種人，是怎樣的窮凶極惡。

李佩蘭原本還挺沈得住氣。

她把一波又一波的流言放出去，就是為了讓雲實越來越怕，最後不得不到她這裡來尋找幫助。然而，她等了許久，雲實那邊卻半點反應都沒有。

她暗地裡看著，他依舊和蘇木同進同出，說說笑笑，那雙深邃眼眸中的無限柔情幾乎要滿溢出來。

李佩蘭恨得牙癢癢，瘋了似的幻想著被那種眼神看著的人是自己。當這種內心深處的瘋狂達到一定程度後，她終於坐不住了。

雲實怎麼也沒有想到，李佩蘭會來找他。

想到這個人至少曾經提供給他一份活計，雲實的表現還算禮貌，但也僅僅是禮貌而已。

李佩蘭在木屋前前後後轉了一圈，又看了看不遠處生機勃勃的藥園，對眼前這個高大的漢子愈加滿意。

於是，她便開始收網。

「雲實，你可知道我今日為何來找你？」李佩蘭自顧自地坐在椅子上。

雲實並未理會她的話，而是面無表情地看著她身下的木椅——那是蘇木的專用座椅，儘管蘇木自己並不知情，然而雲實卻一直堅持著。

回頭要重新做一把。雲實默默地想道。

李佩蘭拿眼瞅著，發現雲實在盯著自己發呆，便不自覺地挺胸抬頭，滿臉得意。然而，雲實半晌都不吭聲，這就有些尷尬了。

為了讓這場戲順利地演下去，李佩蘭只得給自己的大丫鬟使了個眼色。

秋兒會意，趾高氣揚地說道：「雲實，我家小姐心善，今日過來就是為了提醒你一句，你惹上麻煩了知道嗎？」

雲實一聽，視線終於從椅子上挪開，看了她一眼。

秋兒見引起他的注意，神情更加得意。「雲實，你若不想惹上官司，便立刻離開蘇娘子，成為我們李家人；若是不行，便等著到牢裡吃板子吧！」

雲實聽到「離開蘇木」的話，眉頭緊緊地皺在一起。終於知道這一切是怎麼回事了，關於流言，關於報官，甚至包括前面的辭退。

如果對方不是女人，雲實今天一定會讓她們吃上幾拳。他氣憤的根源不是因為自己被設計，而是對方設計他的原因，竟然是為了讓他離開蘇木！

「滾！」雲實鐵青著臉，冷冷地吐出一個字。

李氏主僕原本還在洋洋得意，沒承想突然聽到這麼一句，當時就懵了。尤其是李佩蘭，她拿眼直愣愣地看向雲實，懷疑方才是不是自己聽錯了。

「滾出去。」雲實再次說道，依舊是冷冷的語氣，卻連憤怒都沒有了，就像前面這兩個不過是無所謂的東西，根本不值得他生氣。

「好，好，好！」李佩蘭氣得心肝肺全都揪到了一起，她指著雲實，紅著眼睛。「你別後悔！」

雲實轉過身去繼續做活，看都不再看她一眼。

第四十八章　誣陷

意外來得十分突然。彼時雲實正在給蘇木做新的椅子——李佩蘭坐過的那張，早就被他劈成柴禾燒了。

耳邊傳來吵嚷聲，雲實出去一看，當場便被人按到地上。

李大江從旁邊跳出來，尖聲嚷道：「就是他，就是這個小子，就是他偷學了我們李家種藥材的手藝！」

雲實被四個人一齊押著，掙了一下，卻換來對方更大力的箝制。

就在這時，旁邊突然傳出一個聲音。「慢著。」

雲實看到扭著自己胳膊的那隻手明顯一鬆，頭頂上傳來一個聲音。「江頭？」

江衙頭沒有應聲，給對方使了個眼色。

押著雲實的幾個小子會意，手上的力道明顯鬆動了許多。

雲實沒有妄動，暗地裡配合著他們的動作，以免被李大江察覺。

江衙頭和何郎中是舊相識，上次王二狗的事多虧了他，雲實同蘇木訂親還給對方送了帖子，兩家也算拉攏上了。

雲實暗自鬆了口氣。既然是熟人，至少能讓他在被帶走之前和小木告別。

江衙頭端著姿態對李大江說道：「我們捉住人了，這就帶到鎮守衙門，李管事也盡快向你家主子回稟去吧。」

李大江一愣，支支吾吾地說：「我……我送各位官爺出村吧，杏花村的路太繞，一不留神就能走迷了。」他還想看著雲實被抓走呢，看這小子以後還狂不狂！

江衙頭把眼一瞪，冷聲道：「你是不信任我們還是怎麼著？不然你直接把哥幾個送到鎮上，一起進衙門得了！」

李大江一聽，嚇得跳起腳來，連連說著：「官爺勿怪、勿怪，我這就走。」

等他頭也不回地跑遠了，江衙頭才開口說道：「行了，把人放開吧。」

幾個小衙役也不遲疑，直接撒了手。

雲實從地上爬起來，對著江衙頭抱了抱拳。「江叔，多謝。」

江衙頭看著他，嘆了口氣。「你們村姓雲的多，當時我只聽說是個『姓雲的小子』，怎麼也沒想到是你。」

即使不用問，江衙頭也多少猜出，雲實這是被人算計了。他嘆了口氣，語氣中透著幾分凝重。「李家勢大，這件差事是鎮守大人親自吩咐下來的。」

言外之意，雲實今日勢必要跟他們走一趟。

雲實心裡只記掛著一件事。「江叔，我想先去看看小木。」

江衙頭點點頭。「確實得到我那姪女家裡去一趟，走吧。」

雲實不知道他話裡隱含的意思，一路上都在琢磨著怎麼安撫他的小娘子。

蘇木當時正在給小漢子們上課，隔著窗戶看到雲實，臉上立刻綻開了驚喜的笑。「怎麼這時候過來了？」

小娘子的笑容太過明媚，雲實心底一痛，編了一路的謊話一個字也說不出來了。他一把將人抱進懷裡，喉嚨裡發出沙啞的聲音。「小木……別擔心，我很快回來。」

蘇木狐疑地眨了眨眼，一扭頭，這才看到江衙頭等人。

「江叔，您怎麼來了？」蘇木從雲實懷裡掙出來，驚喜地問道。

她常去鎮上，和江衙頭見過許多次，彼此間算是十分熟悉。

江衙頭慈愛地敲了敲她的腦門，無奈地嘆道：「你們兩個呀，被人算計了都不知道。」

蘇木聽到「算計」二字，臉色一整，這才覺出不對味。「江叔，您這話什麼意思？」

江衙頭嘆了口氣，把李大江如何到鎮守衙門告狀，又是如何給書記官塞了銀子，對方如何報給鎮守，又如何叫他過來拿人細細地說了一遍。

蘇木下意識地抓住雲實的手，紅著眼圈說道：「不行，雲實是被冤枉的，你們不能帶走他！江叔，我跟你們去，我能證明自己有真本事，根本不是從李家偷學來的。」

江衙頭嘆了口氣，事情若真是這麼簡單就好了。

雲實一聽蘇木要跟去衙門，自然不同意。「小木，別擔心，不會有事，等我回來。」

蘇木怎麼能不著急，她現在滿腦子都是古裝劇裡屈打成招的畫面。如果她的雲實也渾身鮮血地被人從監牢裡抬出來……

不行、不行，那樣的場面蘇木根本就不敢想。她也不管是不是有外人在場，只死死地拉著雲實的手，眼看著就要哭了。

江衙頭適時說道：「小木，拿上妳父親的身分文書，跟叔往衙門裡走一趟。」

蘇木一聽，也不多問，連忙回屋拿東西去了。

雲實卻是露出不贊同的神色。「江叔，小木也要跟去嗎？」

「我朝律法規定，功名在身，其家人只要不是犯了殺人、謀反的大案，只要按規定交納保銀，定案之前不必拘押。」江衙頭頓了一下，沈聲道。「只要李家不是真的想將你置於死地，此事便不難辦成。」

不怪乎律法有這樣的規定，大周朝文人地位高，功名異常難考，難的不單單是知識，還有種種身分限制，哪怕具備了考試資格，單是秀才就要熬上數年光陰。

蘇木聽了雲實的轉述，大大地鬆了口氣。

與此同時，李佩蘭站在高坡上，等著看雲實的笑話，沒承想，笑話沒看成，卻把自己給氣了個半死。

那些個衙役分明就是同蘇木認識！果真是個狐媚子！憑什麼所有人都向著她、所有人都幫她？她哪裡比得上自己？

李佩蘭原本精緻的臉扭曲得可怕。「李管事，你不是說你在鎮守衙門裡有人嗎？拿了銀子就是這麼辦事的？」

李大江也是鬱悶得很，連忙說道：「大小姐勿急，容我再往鎮上走一趟，定然給他們些顏色瞧瞧！」

李佩蘭冷哼一聲，黑著一張臉走了。

李大江連忙挑了個近路，一路小跑著往鎮上奔去。

大周朝也有「皇權不下縣」的規矩，一般鎮子上是沒有衙門的。博陵鎮卻不同，作為南北往來的交通要塞，朝廷特別在這裡安排了一營的守兵。

鎮守大人是位武將，從來不願處理這些雞毛蒜皮的小事，於是交給了兩位書記官。其中一位年輕些的，便是李大江找的那人，就是他代替鎮守下令讓江衙頭去拿人；另一位上些年紀，和江衙頭關係更好，在鎮守跟前也更有臉面。

此時，江衙頭正領著蘇木和雲實，在老書記跟前說著事情的前因後果。

那人聽完也不托大，而是中肯地說道：「蘇娘子手上的文書並無虛假，保金也拿得出來，即便報到大人那裡也沒有任何可指摘的，不必擔憂。」

雖然對方將自己的功勞推了個乾淨，蘇木二人依舊是千恩萬謝。

江衙頭把他們送出來便又回去了，他想著中午把老書記官叫著喝點小酒去，也算多少能替蘇木這個姪女做些事。

李大江那邊的情況卻沒有這般順遂，他口口聲聲說衙門裡有熟人，實際上不過是每年藥材買賣需到衙門裡登記塞錢找保人，一來二去便和這個慣愛謀利的書記官熟悉了，說來說去不過是用錢堆出來的交情。

蘇木他們晚來一步，都已經走了，李大江還在這邊跟人家你來我往，最終他還是咬著牙掏了些錢，也不知道回去之後能不能再從李佩蘭那裡要出來。

他心裡算著小帳，卻不知道雲實連堂都沒過，就被蘇木保走了。

此時，兩人已經到了墨香街，進了孫家的筆墨店。

聽了蘇木此行的目的，孫亭宣不由訝異。「蘇娘子為何要找《大周律》？」

蘇木同雲實對視一眼，徵詢對方的同意後，她便言簡意賅地把事情的來龍去脈向孫亭宣解釋了一遍。實際上，蘇木也有自己的小心思，孫亭宣見多識廣，她隱隱期盼著對方能為自己指條明路。

按照老書記官的說法，雲實雖然暫時被保釋出來，然而只要李家那邊的訴狀不撤，他仍需過堂受審，蘇木之所以想找律書，也是想乘機惡補律法知識，最大限度地把他保下來。

孫亭宣卻想得更多，即便最後證明是誣告，也會被記錄在案，不僅雲實的名聲受影響，以後子孫進學考功名也會比旁人更加艱難。

這些，蘇木和雲實兩人並不知道。

蘇木看出他臉上的猶豫，和雲實交換了一個眼神。

雲實抱拳，懇切地說道：「孫掌櫃見多識廣，還望您能指點一二。」

蘇木也跟著行了一禮。

孫亭宣見二人如此豁達，也不再猶豫，把心中的憂慮說了出來。

蘇木皺了皺眉。「我竟不知還有這一層。」

雲實抓住小娘子的手，臉上的表情也不大好。若是只有他自己，無論怎樣他都不會怯懦，然而，倘若涉及到蘇木，涉及到將來的子女，他卻絕不會亂逞英雄。

蘇木同樣想到了這一點，如果她想要在這裡長長久久的生存下去，便不得不屈服於這個世界的某些「規則」。

兩個人雙手交握，雙雙露出凝重的神色，孫亭宣見狀，連忙說道：「二位若是信我，不如便把這件事交由我去做。」

蘇木聞言吃了一驚，她和雲實對視一眼，不由說道：「敢問孫掌櫃有何辦法？倘若太過難辦……」

孫亭宣擺擺手。「舉手之勞罷了，權當是還了蘇娘子的醫治之恩。」

蘇木搖頭失笑。「您也說了，舉手之勞。」

沒有人會無緣無故地幫你，只有你具備了一定的價值，才能換來對方相應的付出。孫亭宣之所以願意出手相幫，大抵也是想結交蘇木這位「名醫」。

想通了這點，蘇木反而鬆了口氣。

孫亭宣辦事效率很高，第二天江衙頭便特地跑到杏花村，告訴蘇木，李家主動把訴狀給撤了。

江衙頭喝了一大口清涼的茶水，興高采烈地說道：「是本家那邊派過來的人，直接找鎮守大人。」他搖著頭嘖嘖兩聲，哼笑道：「沒想到這樁案子從始至終都是李家娘子在搗鬼，本家那邊根本不知道！」

蘇木似笑非笑地看向雲實，江衙頭口中的「李家娘子」是誰，他們再清楚不過。

「對了，小木，妳如何認識博文先生？」江衙頭突然問道。

蘇木轉了轉腦子，反問道：「江叔說的『博文先生』可是姓孫？」

江衙頭還沒回話，雲實便說道：「博文先生是孫掌櫃的父親。」

上次去書閣幫蘇木買筆墨，雲實有幸見到那位德高望重的老先生，此時兩相一聯繫，便猜出了其中的淵源。

江衙頭看著兩人的反應，更加不解——這到底是認識，還是不認識？

蘇木便把他們如何認識孫亭宣，又是如何給孫少夫人看病的事說了一遍。

江衙頭欣慰地連連點頭。「種瓜得瓜，種豆得豆，老祖宗的話沒說錯。」

可不是，種善因得善果，種惡因得惡果，李佩蘭也很快嘗到惡果。

李佩蘭的下場，蘇木是後來聽蘇婆子當笑話講的。據說調查的當天，李佩蘭便被她的親叔叔，一個叫李幕的中年漢子帶回本家。原本她是一萬個不想走的，軟話硬話輪著說了個遍，甚至放下驕傲苦苦哀求。

李幕嘆息道：「佩蘭啊佩蘭，事到如今妳還不明白嗎？父親之所以把妳放在這裡實際就是一場考驗，不需要妳費盡心思地嫁人，也不需要妳把其他兄妹比下去，只要能踏踏實實地把這園子管好了，這裡便是妳的，將來的李家也必定有妳的一份。」

聽了這話，李佩蘭結結實實地愣了住。她癱坐在椅子上，直愣愣地看著李幕，似乎在分辨他話裡的真假。

李幕卻是失望地搖了搖頭，嘆道：「妳自小便聰明，父親對妳寄予厚望，誰能想到，到頭來竟是聰明反被聰明誤！」

這話就像壓死駱駝的最後一根稻草，李佩蘭再也支撐不住，崩潰地嚎啕大哭。那哭聲裡有後悔，有不甘，似乎還有別的東西。

再後來，蘇木聽說她遠遠地嫁了出去，大概這輩子都不會再回到祁州。

彼時，蘇木已經有了自己的小家，聽到這樣的傳言不過唏噓片刻，旁的，再也沒有了。

第四十九章 農具

河坡上的藥材到了收穫的時節，蘇木嫌一鏟一鏟地刨起來太麻煩，便在腦子裡搜羅了一番，琢磨著做個稱手的工具。

彼時，大夥兒都在地裡忙活，只有蘇木一個人蹲在樹底下，抓耳撓腮，嘴裡還時不時喃喃自語。

蘇婆子感到好氣又好笑。「閨女，快別費腦子了，誰家的地不是一鋤一鋤地挖？咱們人多，這麼些藥材用不了兩天就刨完了。」

蘇老二揮著鋤頭，說道：「小木放心，漢子們身上多得是力氣，不怕用壞，就怕歇壞！」

蘇老三連連點頭。

蘇鐵將鐵鏟插進土裡，笑道：「妹子，別聽他們的。咱們非得鼓搗出一、兩件神器，叫你們開開眼！」

蘇木眨眨眼，露出一個大大的笑。「還是我鐵子哥有見識！」

別說，在雲實的無條件配合下，還真讓她做出來一件怪模怪樣的「神器」，專門用來挖藥材塊根——蘇木稱它「小型挖根機」。

這種挖根機是她根據那種人力型播種耬車改良成的——底下有兩個用鐵皮包著的尖

角，上面有一對把手。使用的時候一個人在前面拉，另一個人在後面壓著，確保尖角扎進了藥材底下，這樣在往前拉的過程中，藥材根就會隨著土壤的翻動露出來，當真是省時又省力。

起初蘇婆子他們還不大看得上，覺得是小孩子鬧著玩。只有蘇鐵晃晃悠悠地過來，同雲實配合著做試驗。兩人腰都不用彎，就像平常走路似的嗖嗖地往前走，不過眨眼的工夫便走出去一大截。

蘇婆子笑得前仰後合。「行了，你倆別玩了，若是傷著藥材，看我不捶你們！」

蘇木嘻嘻一笑，撿起地上的塊根。「阿娘，您瞅瞅，這是啥？」

蘇婆子原以為是翻出來的土塊，走近了一看才發現竟是滿壟的藥材根！

「這、這……」蘇婆子看看前面「閒逛」的兩人，再看看腳下密密麻麻的藥材根，瞪著眼睛說不出話來。

不過一盞茶的工夫，蘇鐵和雲實這兩人便挖了一整畦。

老二、老三嘖嘖稱奇。「神器，當真是神器！」

蘇丫和蘇娃興高采烈地拖著筐子跟在「神器」後面，撿藥材撿得飛起。

試驗了幾壟之後，蘇木將其中的不足記到草紙上，此時，雲實正在寬敞的工作間裡，做最後的調整。

蘇木坐在自己的專屬小板凳上，比手劃腳地念叨著。「咱們下次做個耬子吧，用來播種最方便不過。」

雲實騰出手來摸摸她的頭，寵溺地說：「明日便做。」

那樣溫暖的笑容，那樣磁性的聲音，蘇木的一顆少女心瞬間融化。左右沒人看見，她便像個小無賴似的趴在自家漢子背上撒嬌。

雲實時不時伸出手來摸摸她，整個世界都充滿了幸福的味道。

七月下旬，農人們漸漸忙碌起來。站在田間地頭往遠處一望，到處都是忙忙碌碌的秋收景象。

玉米收穫之後，要搶在第一波秋雨之前把冬麥種子撒下去，翻地、分壟、平畦、下種需要盡可能快地完成。尤其是下種，冬麥地需種得密實，但也不能隨手漫撒，這樣一來，雲實做的「播種車」就受到了大大的歡迎。

這種播種車是小耬的升級版，小耬只適用於間隙大的作物，播種車可以用於小麥這樣的密植作物。

蘇木是參照現代的播種機設計出來的，坦白講，「設計」還真是抬舉她，她不過是用炭條在石板上塗了個鬼畫符，再加上一通比劃，雲實就奇跡般地琢磨了出來，看到成品之後，她險些以為這個漢子才是穿越的。

那寬寬的架子、尖尖的耬角、大小適宜的漏斗，可不就是現代播種機的模樣嘛！

雖然使用的時候需要三個人在前面一起拉，然而走上一回一整畦就都種完了，比原先跪著、爬著點種快了幾十倍。

剛開始人們見了覺得奇怪，不敢用到自家地裡，生怕種不出種子來。

最後，村長在蘇家地裡刨了刨，不住點頭。「這個行，這個是真行！石頭，等你家用完了一定借給叔用用，這玩意兒真帶勁！」那激動的模樣，就像撿到稀世珍寶。

有村長帶頭，村民們開始爭著、搶著借雲實家的播種車，甚至還有村民因此而發生口角。

雲實和蘇木商量了一下，便叫雲冬青和蘇家兄弟幫忙，連夜又做出來一輛。

人們這才知道，這個神奇的物件竟然是雲實自己做出來的。不知哪家起的頭，提出想要買上一輛，之後又有別家聽到風聲，紛紛堵在雲實家門口，不知道的還以為雲實欠了人家錢呢！

雖然大夥兒知道這麼好的東西不會便宜，然而為了種糧食，咬咬牙也覺得值。

雲實把這事跟蘇木說了，蘇木更沒有頭緒。「鄉里鄉親的，這錢怎麼要？要得便宜了，光是包角的鐵皮都合不上，要得貴了，平白地讓人在背後念叨。」

這時候的人們和現代人的觀念十分不同，從上到下的觀念都是只有踏踏實實種地才是根本。如果哪家整天汲汲營營地想著謀利，不僅沒人誇你聰明能幹，反而會讓人在背後議論，除非，你能富有到讓他們巴結、仰望的程度。

雲實見她為難，乾脆地說：「那就說不賣。」大不了多做幾個，有人來借便借出去。

蘇木嘆了口氣，想得卻比他更深遠些。如果能利用腦子裡僅有的一些知識，為身邊的人做些事，也不枉她穿越一回。只是這方法上，須得費些神。

雲實把她拉到懷裡摸摸頭，送上無聲的安慰。

兩人在院子裡膩歪著，柵欄外面傳來一個滿含著笑意的聲音。「唷，我是不是打擾了？」

蘇木親暱地挽住她的手臂。「嬸子今日可好些了？」

胖嬸感嘆一聲。「總算活過來了。」

前幾日她孕吐得厲害，人也虛弱，蘇木一天三頓做了營養開胃的飯菜讓蘇娃送過去。胖叔嘴上不說，心裡卻感激，這段時間蘇木家的肉食就沒有斷過。

胖嬸如今好了，便親自到灶上烘了一大籃子肉乾給蘇木送過來。

蘇木和胖嬸說著閒話，雲實在一旁充當背景，時不時給她們端個茶，遞個零嘴，也不嫌煩。兩個人說著、說著，便提到了播種車。

胖嬸沒多想，爽快地說道：「這是常事，我跟妳胖叔在村裡過著，就沒人念叨了？起初的時候，村裡人買肉我們都不收錢，就怕以後落不了好人緣，好在大夥兒都是正經過日子的，也沒人厚著臉皮白要，要麼把錢扔下，要麼拿糧食來換。」

胖嬸給他們出主意。「不然你們也這麼做，他們若是想要那個播種車，就讓他們自己去找木頭、買鐵皮，雲實出個手工，人家也不會讓你白辛苦。」她話音一轉。「至於外村那些不認識、不相干的，該怎麼收錢怎麼收錢，你們還得指著這個過日子不是？犯不上窮大方。」

蘇木和雲實對視一眼，雙雙點頭。

胖嬸也是個心思通透的人，她怕兩個孩子開不了口，便借著賣肉的工夫說閒話似的跟大夥兒提起來，於是，用木材和鐵皮換農具的事，便經由她的口傳了出去。

沒承想，第一個扛著木頭來找雲實的會是雲冬青。

雲實瞅了他一眼，沈聲道：「瞎鬧什麼！」

雲冬青嘿嘿笑。「沒瞎鬧，哥，你又不是不知道，咱家地多，小三還小，若是沒有這個，我和阿爹還真忙不過來。」

雲實過繼了這麼久，雲冬青卻一直堅持說「咱家」。

雲實沒有反駁他的話，只面無表情地說：「砍木頭不花工夫？你若真閒，就留下來幫我做活。」

雲冬青搓著手，支支吾吾地說道：「那個……還真有點兒忙。」

雲實奇怪地看著他，這還真不符合他的作風。

雲冬青看天看地，就是不敢對上他的視線。

就在這時，有人「哐」的一聲推開門，踢踢踏踏地走了進來。

「做活啊？」劉蘭對著雲實擺出一張自認為純良無害的臉。

雲實一愣——生平第一次，劉蘭對著他露出了笑模樣。

雲冬青一看見她，便不滿地嚷嚷起來。「阿娘，妳來做什麼？我都說了不可能！」

劉蘭轉頭剜了他一眼。「你個臭小子，什麼可能不可能的，石頭是你親哥哥，你想跟他做活他還能不答應？」

「娘，我都說了，我沒跟哥學木工，別說我學不會，就算學會了我也不會去做！」雲冬青氣得面色鐵青。

劉蘭狠狠地瞪了雲冬青一眼，轉過臉來笑成了一朵花。「石頭啊，冬青自小就跟你親，如今看你們兄弟和睦，我也就放心了——回頭到家裡吃飯啊，阿娘給你做好吃的。」

這聲「阿娘」說得無比自然，雲實險些吐出來。

「我阿娘已經死了。」他沈著臉說道。

劉蘭面色一僵，即使臉皮再厚，也不敢再以「阿娘」自居。她又像唱歌似的把木屋裡的擺設和雲實的手藝誇了一通，然後頂著一張笑僵的臉走了。

雲實冷眼看著，不由自主地想起蘇木說過的話——狗咬了你一口，你不必咬回去，而是要把自己的日子過好，有人自然會上趕著巴結，還巴結不著！

劉蘭走後，屋子裡只剩了兄弟兩個。

雲冬青撓撓頭，老老實實地坦白。「阿娘無非是看到農具賺錢，想讓我學會之後自己去賣。哥，你放心，我沒這個心思。」

雲實沒說放心，也沒說不放心，只是淡淡地問道：「你想學嗎？」

雲冬青抓了抓腦袋，憨憨地說：「哥，我不像你，這雙手拿拿鋤頭還行，若是去擺弄這些精細活，還不得愁死？」

雲實知道他這話並不是敷衍，還是說道：「你若想學便跟著學，不必多想。」

雲冬青嘻嘻笑著回應道：「哥，你忙不過來的時候，叫我抬個木頭啥的還行，其餘的真做不了。」

雲實點頭應下，不再多說。

蘇家這段時間可謂是進項頗多——河坡上的藥材、出診的收入、雲實的木工活……最讓她意外的還是播種車的收入。

村裡人不僅自備了鐵皮和木材，還沒讓雲實白白地出手工。或是一口袋芝麻，或是一簸箕綠豆，各式各樣加在一起，夠他們一家四口吃上好一陣子。

越來越多的外村人找過來要買，雲實要的價錢不高，除了成本約略加了個辛苦費而已，人們心裡感激，也誠心誠意地幫他做宣傳。

活計越來越多，即使有雲冬青和蘇家兄弟都忙不過來。雲實和蘇木商議了一下，乾脆畫了張圖紙給閆木匠送過去。

閆木匠狠狠地吃了一驚，自然是百般推辭。

雲實默默地聽他說完，平靜地說道：「小木做了飯，我得回去吃。」然後便走了。

閆木匠以為這事就算完了，雖然有點遺憾，但至少心裡踏實。

結果，第二天一大早，一大撥人守在閆家門口，說是雲木匠介紹他們過來買播種車的。

閆木匠頭都大了，顛顛地跑去找雲實，雲實忙得沒工夫搭理他。

閆木匠親眼看到一輛新鮮又實用的播種車從他手裡做出來，身體裡的木匠之魂頓時燃燒起來，再也沒有了推辭的勇氣。

他回去用心打了兩件家具，送到了蘇木家裡。

彼時，蘇木正在數銀子。大半個月下來，零零散散的碎銀子收了滿滿一小箱子。這些錢，雲實都交給她收著，蘇木也沒細算，待閆木匠走後，抓出一半來就給蘇婆子送了過去。

蘇婆子正帶著老二媳婦在院子裡煎麵魚，蘇木聞著香，趁蘇婆子不注意偷偷捏了一條塞進嘴裡。

蘇婆子看見了，哭笑不得地戳戳她的腦門。「多大人了，吃個麵魚兒還偷偷摸摸。」

蘇木吐吐舌頭，挽著蘇婆子的胳膊，假裝乖巧。「這不是看乾娘和二嫂都在忙嘛，怎麼好意思正大光明地吃？」

「一堆歪理。」蘇婆子白了她一眼，卻是滿臉的笑意。

老二媳婦笑盈盈地瞅著蘇木，溫和地說道：「怪不得阿娘這些年都盼著有個閨女，若是小木這樣的，誰不想要？」

自家閨女被誇了，蘇婆子自然高興。

蘇木也玩笑似的捏起一條麵魚遞到老二媳婦嘴邊，笑嘻嘻地說：「謝二嫂誇獎。」

老二媳婦接到手裡，感慨地說：「多虧了小木，咱們的日子才慢慢好了起來，若是往前，哪裡捨得用豬油煎麵魚？」

蘇婆子鼻子發酸。「別說煎麵魚了，這街坊四鄰的誰家做菜，不是滴一滴油進去倒兩瓢水，出鍋的時候哪還見半點油星？」

「可不是，藥材的賺頭放在一邊，單是老二趕集賣搓衣板分的那些，都快趕上一季的收成了。原本是哥哥幫妹妹做事，這錢說什麼也不該拿，說到底是小木仁義。」這些話老二媳婦早想說了，正好今天碰見這麼個機會。

雖說只是乾閨女，蘇婆子卻是當作親閨女一樣看待，兒媳婦知道感激，她心裡也熨帖。

蘇木卻十分不好意思，磨磨蹭蹭地把揣了半晌的錢袋子拿出來，塞到蘇婆子手裡。

蘇婆子一掂就知道是什麼，她虎著臉又塞回去。「小木，別叫乾娘生氣。」

「過節了嘛，今年賺得不少，一半是給乾娘的節禮，另一半給小侄子——咱家這一代就這麼個獨苗，阿娘可別說不值得。」蘇木絕口不提蘇家三兄弟幫著幹活的事。

蘇婆子被她說得啞口無言，只得含著眼淚收下。

蘇木大大地鬆了口氣——明明是來送錢的，怎麼弄得跟上戰場似的？

播種車的事不知道怎麼傳到了鎮守耳朵裡，他派了老書記官和江衙頭過來，放下四個沈甸甸的銀元寶，說要買蘇木的圖紙。

蘇木雖然沒有關乎國計民生的政治嗅覺，卻也隱隱猜到鎮守的想法——不管他是為了向上峰邀功，還是真心為百姓著想，只要這樣農具能推廣開來，受益的終歸還是萬千農人。

蘇木雖是女子，心裡卻也是有幾分大義，她果斷推辭了銀子，照樣把圖紙畫好了遞上去。

第二天，江衙頭便送來一個黃銅色的權杖，上面刻著「博陵守軍」四個字。

江衙頭喜孜孜地說道：「姪女，好生收著，這可是天大的殊榮，以後若碰到啥難事，可直接求到鎮守跟前，他既給了妳這個，便沒有不幫的道理。」

蘇木一聽，頓時眉開眼笑——這可比銀子有用多了。

第五十章　罐頭

眼瞅著快到中秋了，今年田裡莊稼長得好，佃農們獲得了大豐收，家家戶戶都在盤算著過個好節，蘇家小院自然也不例外。

蘇木原本還有些發愁，各種雞鴨魚肉操持下來，不知什麼時候才能弄清，沒承想，蘇婆子卻跟蘇丫聯合好了，凡事都不讓她動手。

「妳一個小娘子，為了生計整日裡四處奔波，好不容易過個節，便歇歇吧！」蘇婆子心疼地說道。

「是啊，阿姊，妳去陪陪雲實哥，正好讓我跟著蘇大娘學學料理家事。」蘇丫也機靈地勸著。

蘇木不想讓她們擔心，便也沒堅持。

突然閒下來，還真有點不適應，她看著窗戶外面高大的棗樹，眼瞅著滿樹的棗子泛了紅，卻因為害怕上面的「樹辣子」而不敢去摘。

上次蘇娃不過拿棍子敲了兩下，便掉下來好幾隻毛茸茸的胖蟲子，若是不小心沾到身上，能疼好幾天。

蘇木賊兮兮地想著，等雲實忙完這陣便叫他去摘，真想看看他齜牙咧嘴的模樣！

沒承想，棗子還沒摘，便突然下了一場雨。

半夜三更，沒有任何徵兆，猛地颳起一陣大風，豆大的雨點就跟著落了下來，那氣勢洶洶的模樣不像秋雨，反而像是夏季的急雨。好在，下了半夜，雨便停了。

蘇木不禁慶幸，這個時候地裡該收的莊稼都收了，該撒的種子也撒了下去，這場雨也算來得及時。

這想法剛一落地，蘇丫便端著盤子進了屋。

「阿姊，吃棗不？昨天夜裡掉了一地，三娃整整撿了一籃子。」

蘇木看著盤子裡一顆顆帶著水珠的紅亮大棗，不由笑道：「倒省了咱們摘。」

蘇丫拿起一顆，給她看。「只有一點不好，掉在地上之後摔裂了，得盡快吃掉，不能久放。」

蘇木拿手撥了撥，見盤子裡這些多半是蘇丫特意挑出來的，卻一個個裂了口，想來應該還有許多摔壞了不能吃的。

想到這裡，蘇木心裡不由「咯噔」一下——這麼大一場雨，梨樹台的果樹會不會受到影響？

蘇木想著吃完飯後過去看看，總不能白吃了人家那麼多果子。

沒承想，還沒吃飯，林小江便愁眉苦臉地來了。

「蘇姊姊，妳啥時候有時間去我們村看看吧，村長正張羅著祭祀果神，大夥兒都希望妳能在場。」

蘇木一看他這個樣子，心裡便十分擔憂。「昨天那場雨對果園影響大不大？」

蘇丫也看著林小江，一臉緊張。

林小江原本想說「不大」，免得叫她們擔心，然而，他鼓了鼓嘴，還沒說話，眼圈便紅了。

蘇丫心裡一陣難受，下意識地抓住他的衣袖，輕聲細語地安慰道：「你別難過，會沒事的，阿姊……阿姊一定會有辦法的！」

林小江眼睛一亮，如遇救星般看向蘇木。「蘇姊姊既是花神又是果神，一定會有辦法的！」

蘇木頓時覺得壓力山大。

雲實停了半天工，同蘇木一道去了梨樹台。

秋天的果園原本應該碩果累累，一派繁盛。然而，蘇木置身其中，感受到的卻是沈重和蕭條。

園子裡積了許多水，地上的落葉都還是翠綠的顏色，青的、紅的果子落得滿地都是。

果農們三三兩兩地蹲在地上撿落果，看到蘇木過來，連忙圍了過來。大夥兒搓著手，擦著汗，似乎有許多話要對她說，然而又不知從何說起，於是就這樣濕潤著眼睛殷切地看著她。

面對著一張張飽經風霜的臉，蘇木心裡有種說不出來的滋味。她儘量讓自己保持微笑。

「村長爺爺，果子落得多嗎？」

老村長似乎一夜之間蒼老了許多，他面色沈痛地點了點頭，再也不是那副精神矍鑠的模樣。

中年管事在一旁說道：「哎！村村都在豐收，唯獨咱們這裡遭了災。說起來也是貪心，單想著讓它多長些日子，吃起來也甜，誰能想到冷不丁就下了場雨！」

來時的路上，林小江已經簡單說明了情況，被雨打過的果子不僅容易壞，還招蟲，若是不能盡快賣出去多半得爛在家裡，就算做成果脯也放不了多長時間。

蘇木隱約有了個主意，她定了定心，冷靜地問道：「村長爺爺，家裡有沒有冰糖？我有個想法，或許能試上一試。」

村長還沒開口，林小江的阿娘就果斷地站出來。「我家有，前日大妞回來剛好給我帶了些，小半斤，不知道夠不夠？」

蘇木笑著點點頭。「夠了，嬸子，我先用了，回頭再給您帶些過來。」

「不用、不用。」林小江搶先說道。「原本阿娘就說讓我給二丫帶過去。」

「喲，小江子，二丫是誰呀？叫得這麼親熱？」

「這還沒訂上親呢，就知道向著小娘子啦？」

許是因為蘇木說「有辦法」，大夥兒心情也跟著放鬆下來，紛紛拿著林小江打趣。

蘇木也不惱，只是忍不住笑。蘇丫卻羞得躲到蘇木身後，揪著她的衣角。

林嬸子白了自家傻小子一眼，親切地拉著蘇木的手。「蘇娘子想怎麼試？不如去我家，東西都是現成的。」

蘇木沒猶豫，應了聲「好」。

這可把林小江高興壞了，撒腿就往前面跑，邊跑邊說：「我先回家收拾一下，阿娘妳們走慢點！」

旁邊有親近些的大娘笑著調侃道：「這小子，一準是沒疊被窩，怕小娘子看到呢！」

林嬸子也跟著笑，並不為自家兒子辯解，氣氛終於變得輕鬆起來。

蘇木的主意是把這些果子做成水果罐頭，不僅保存的時間長些，對於古人來說還很新鮮。尤其到了冬天，連綠葉菜都沒有的時候，拿出一罐甜津津的罐頭，不知道有多解饞。

小時候，小賣部裡大多會擺放著四種罐頭，黃桃和山楂的五塊，鳳梨和橘子的八塊，只有生病的時候才能吃到。

那時候為了吃到橘子罐頭，蘇木經常盼著生病，直到有一次，她遠遠地看到外婆單薄的身影站在櫃檯前面，從小布袋裡掏出一角、兩角的毛票，一張張數了好久，才湊出八塊錢。從那以後，蘇木再也不嚷著吃罐頭了。她默默地對自己說，以後要賺許多錢，給外婆買一車橘子罐頭吃。

後來長大了，一個人在外面住，蘇木特意搜尋水果罐頭的做法，做了許多、許多，外婆卻已經去世，再也吃不到了。那個時候，蘇木怎麼也沒想到，有朝一日這個連技能都算不上的小手藝會幫到別人。此時，她正站在林家的廚房裡，熟練地處理著果子。

蘇丫壓下最初的羞澀，也開始像往常一樣給蘇木打著下手。

林嬸子看著她俐落又穩重的樣子，越看越覺得滿意，真不知道自家傻小子走了什麼運。屋裡屋外站著好些個嬸子、大娘，大夥兒也不閒著，生火，分揀水果，淘洗盆盆罐罐，每個人都在做著力所能及的事。

林嬸子忙裡忙外，把蘇木需要的東西拿到跟前。

蘇木一邊做一邊講解。「煮糖水的鍋要用搪瓷鍋，若是沒有，也可以用和麵的大盆代替，最好不用鐵鍋，容易焦底，做出的罐頭也不易保存。

「陶罐也要用沸水煮了，這樣保存的時間更長。尤其是過段時間天氣冷下來，把罐頭放在南牆陰下，只要密封好了不開蓋，一直能存到過年。」

大夥兒一聽能吃到過年，心思單純的只覺得高興，心思活絡的便開始盤算起來。這種叫做「罐頭」的東西，若是真能做出來，不僅能解了今年的困局，來年、後年也能繼續賺錢——若果真好吃，肯定比果脯賺得多。

村長說了，中午大夥兒一道吃飯，好好熱鬧、熱鬧，把霉運都趕走。地點就選在林嬸子家，一應花銷從村裡出。

大夥兒心裡高興，就像過節似的，興高采烈地收拾起來。

女人們一邊忙活著，一邊悄悄地說著閒話。

「我說林嫂子，打一開始我就覺得妳是個有福的，四個閨女孝順不說，臨了又找了個這麼好的兒媳婦！」

「可不是，家世好，人品好，模樣好，還勤快！這十里八鄉的，真是打著燈籠也難找了。」

林嬸子一邊擇著手裡的小韭菜一邊輕聲回道：「蘇家娘子還沒答應呢，不好這麼說。」

「這不早晚的事嘛，如今人都領到家裡來了，還能跑？」

林嬸子只是笑。

家裡四個閨女早就出嫁了，這回全被林小江喊過來，一來幫忙，二來給蘇家留個好印象。

此時大妞、二妞、三妞臉上皆是喜氣，唯獨林四妞撇了撇嘴，不屑地嘀咕著：這可不是你們念叨我娘生不出兒子的時候了！

林大妞拿眼一瞅，就知道她在想什麼。「看妳那樣子，笑著些吧，可別叫蘇家娘子多想。」

「知道啦。」林四妞翻了個白眼，她是被大妞抱大的，向來聽她的話。

飯菜剛剛出鍋，罐頭恰好也做出來了。

濃濃的糖漿包裹著青青紅紅的棗子，光是看著就讓人流口水。

蘇木趁熱把糖水和棗子盛到陶罐子，蓋上蓋子鎮到清涼的河水裡——因為是現吃，所以不必著急密封。

這是她頭一回做棗罐頭，心裡多少有些沒底。若是大夥兒覺得好，那麼接下來的山楂、蘋果、梨都不在話下了。

罐頭冷卻需要一段時間，趁這個工夫，大夥兒便招呼著蘇家姊妹和雲實上桌吃飯。

蘇木這才注意到，院子裡不知什麼時候擺了兩桌席，看上去十分豐盛。

蘇家姊妹也沒推辭，好在提前囑咐給蘇娃，若是回不去，就讓他帶著閆小咚到蘇婆子家去吃。

大夥兒熱熱鬧鬧地把飯吃完了，便期待地看著水裡的罐頭。

蘇木試了試溫度，差不多了。她原本想把罐子搬起來，卻被雲實抓住了手。

高大的漢子對著小娘子笑笑，一手一個陶罐拎到大夥兒跟前。

蓋子打開了，一股香甜的氣味瀰漫開來，即使還沒嚐就已經足夠讓人們有所期待。

中年管事拿了一副乾淨的碗筷，小心翼翼地挾了一個，遞給老村長。

老村長放到嘴裡，慢慢咀嚼，略顯渾濁的瞳孔越來越亮。

「好、好、好！」接連三個「好」字，無疑把大夥兒的情緒帶動起來。

果農們圍攏在桌旁，像是舉行某種儀式般近乎虔誠地品嚐著。幾乎所有人都是滿意地點著頭，甚至還有那些霸道的人接連吃了兩、三個，直到被後面的人狠狠地拍了巴掌才嘻笑著讓開。

蘇木這才徹底鬆了口氣。實際上，她覺得棗子並不是很適合做罐頭，這個季節反而是蘋果、梨、山楂味道更好些。如果棗罐頭就已經讓大家滿意的話，那麼其他的她就更有信心了。

結果和她料想得差不多，其他三樣罐頭顯然更受歡迎，尤其是山楂罐頭，放的時間越長，糖水越入味，那種酸酸甜甜的口感簡直讓人欲罷不能。

蘇木特意強調說：「好的果子還是新鮮著賣，那些稍有損傷的，或者沒賣完的再做成罐頭，這樣才更有賺頭，也不算本末倒置。」

如今梨樹台的果農們當真把她奉為了「果神」，無論她說什麼，大夥兒沒有不聽的。罐頭的銷路不用蘇木操心，梨樹台經營這麼多年，自有熟識的合作商。

蘇木原本以為若要讓古人接受新鮮事物恐怕得過上好長時間，沒想到無論哪個時代都有「跟風」一說。

不知哪個大戶人家挑的頭，不過十來天的工夫，幾乎府城和鎮上的所有人都知道了「罐頭」這麼一樣新鮮吃食。

先前賣給過他們哈密瓜的濤拜，已經帶著兒子和駱駝在梨樹台安了家，說起來當初也是受了林小江一家和老村長的幫助，如今看樣子過得不錯。

濤拜看到罐頭後，驚喜得手舞足蹈，他向林家賒了上百個罐頭，用駱駝馱著賣到了自己的家鄉，之後的紅火富裕自是不必說。

後來還發生了一件有趣的事。

孫亭宣受了自家夫人的囑託，特意給蘇木送了兩個罐頭過來，蘇木忍著笑，一本正經地收下，又給他回了兩瓶子藥酒。

直到很久之後，孫亭宣夫婦才知道，原來風靡整個祁州府，甚至被賣到西域去的罐頭，就是蘇木做出來的，夫妻二人哭笑不得。

第五十一章 中秋禮

中秋節之前，地裡的活便全都做完了，農戶們手裡有了餘錢，成親的成親，生娃的生娃，蓋房的蓋房，一直能熱鬧到過年。

從八月初十開始，蘇木家的門檻就沒閒下來。梨樹台家家戶戶都來了一遍，雞鴨魚肉一籮筐、一籮筐地往她家送。

蘇木都被嚇著了，然而無論如何推託都不能——她嘴皮子再好，在這種事上也爭不過那些個慣會來事的婦人們。

後來，蘇木乾脆親自往梨樹台去了一趟，跟老村長好好地溝通一番。

不知道老村長是怎麼跟果農們說的，大夥兒確實不往她家送東西了，蘇木還沒來得及鬆口氣，八月十三一大早，便看見一溜好幾輛驢車，拉著簇新的家具，直奔蘇家小院。

「蘇娘子啊，您今年救了大夥兒的命，又不肯要分紅，村裡的管事們合計了一下，您這不訂了親嗎？大夥兒就訂了幾樣，給您當添箱禮。」

中年管事說完，也不等蘇木拒絕，便招呼著壯小夥們卸了驢車往屋裡抬，躺櫃、衣櫥、梳妝檯等等大件擺了一屋子。

蘇婆子聽到消息，把一雙濕手往身上蹭了蹭，衣服都沒換就過來了，後面跟著三個人高馬大的兒子。

「既然是添箱禮，我這個做乾娘的就代小木收下了。說好了，到時候大夥兒得來吃喜酒。」蘇婆子爽快地說道。

中年管事樂呵呵地應下後，蘇鐵把人往屋裡請。「叔，兄弟們忙活了這麼半晌，可不能空著肚子回去，我家妹子手藝好，您可得留下來嚐嚐。」

「好、好，早就聽說蘇娘子手藝好，做出來的菜不僅好吃還能治病，沒承想咱們竟有這個口福。」中年管事大大方方地應下。

梨樹台的小夥子們可高興壞了，剛才他們就瞧見了，杏花村的小娘子們可是個個俊俏，這樣好的村子，當然是能多待一時便多待一時。其中就有林小江，這傢伙也機靈，趁人不注意悄悄溜到蘇丫跟前，塞了個紙包就跑，也顧不上有沒有被人瞧見。

這突如其來的動作可把蘇丫嚇了一跳，愣愣地站在那裡不知如何反應。

蘇娃木著一張小臉走過去，伸手把紙包拿過，當著林小江的面不緊不慢地拆開，抓了一把裡面的小零嘴分給了雲吉和小豆子。三個小子一邊吃一邊毫不避諱地看著林小江，雖然表情各異，卻各有各的囂張。

林小江心裡都快哭了，面上還得討好地笑。蘇丫看著他的蠢樣子，實在沒忍住，噗哧一聲笑出來，扭身進了廚房。

中年管事一巴掌打在林小江腦門，笑道：「你小子，精過頭了吧？」

林小江鼓著臉，腦子裡還在想著剛剛蘇丫那個笑，樂得傻兮兮的。

蘇家小院的熱鬧自然沒有躲過村民們的眼，大夥兒因此也聽說了蘇木幫梨樹台解困的事。人們都說，蘇家娘子這禮收得，將來定會有福報。至此，再已少有人提起「剋父剋母」的話。

除了梨樹台的中秋禮之外，蘇木還陸陸續續收到幾樣同村人的禮，雖然只是些雞蛋、鴨蛋之類的吃食，到底是一份心意。

蘇婆子教著她這樣的禮如何回，什麼樣的人家值得拉攏，蘇木心裡漸漸地更加通透。

有意思的是，劉蘭竟然也送了禮，打的還是雲冬青的名義。雲實看著那兩把菜乾就來氣，抓起來就要給他們丟回去。

當時桂花大娘正在院子裡幫著蘇木和麵做月餅——說起來，桂花大娘和蘇婆子之間還是有些小疙瘩，即使經歷了上次合手教訓李婆子的事件，兩人之間的關係也沒有緩和，因此，往往蘇婆子在的時候，桂花大娘必然不會過來，桂花大娘若是在，蘇婆子也不會登門。

好在，兩家的子女倒是沒有什麼，蘇木經常看到姚銀娘跟在蘇鐵身邊，嘰嘰喳喳像條小尾巴。

說回送禮的事。雲實原本想給劉蘭把禮還回去，這輩子也不往來，卻被桂花大娘拉住。「冤家宜解不宜結，更何況還有冬青在，你們將來也會有孩子，到底是同族，多少顧些面子。」

雲實是最不屑於顧面子的那種人，就拿中秋節禮來說，雲實賺了錢，給雲家幫過忙的長輩們家家送了兩條魚、一方肉，唯獨原來的親爹家沒有。

原以為劉蘭會藉故滋事，沒承想，她不僅沒過來吵鬧，還叫小三送了禮來——儘管這禮也忒寒磣了些。

桂花大娘教訓完雲實，又過來好言好語地提醒蘇木。「小木啊，石頭脾氣硬，不知變通，妳平日裡就多說著他點，在這村裡生活，可不能由著他的性子來。」

實際上，蘇木對於雲實的做法絕對是一百個贊同，不過，長輩既然發話了，她也不能硬生生地頂回去。她轉了轉眼珠，笑嘻嘻地說道：「不如今兒晚上就請冬青和小侄子過來吃飯，咱們一家熱鬧、熱鬧，就算回禮了。」

桂花大娘一眼就看透了她的心思，卻也並不阻止，只是笑著嗔道：「妳個鬼丫頭！」回頭，桂花大娘就把這事跟姚貴說了，說完忍不住感慨道：「石頭在那個家裡吃了這麼多年的虧，咱們當娘舅的只知一味忍讓，反倒不如小木心疼他。」

姚貴啜了口小酒，回道：「石頭這個媳婦啊，娶著了！」

桂花大娘不住點頭。「可不是，前頭受了許多苦，這好日子在後頭呢！」

再說劉蘭這邊，知道蘇家只請了雲冬青和小孫子，並且沒有「兩條魚、一方肉」的回禮之後，肺都氣炸了。然而，想想蘇家和雲實如今過的日子，她再也不敢不管不顧地上門去鬧，只得兩眼冒火地看著雲冬青高高興興地出門。

雲冬青絲毫不顧及自家親娘的心情，不僅把兒子抱上，就連媳婦也拉上了。

冬青媳婦出了門忍不住回頭看，雲冬青以為她是心裡過意不去，便出聲安慰道：「別管她，也叫阿娘好好想想，咱哥為啥不請她。」

冬青媳婦笑了笑，不緊不慢地說：「我沒過意不去，就是想著，怎麼悄無聲息地把小四叫出來——咱娘忒偏心，這丫頭一年到頭也吃不上一回好的。」

雲冬青哭笑不得地看著自家媳婦，只得回去又把家裡的小妹子抱出來——至於那和他娘一樣心眼多的三弟，則看都沒看一眼。

曲曲折折的小路上，一高一矮兩個孩子在前面歡快地跑，壯實的漢子悄悄拉了自家媳婦的手。

年輕媳婦瞅了他一眼，想要把手抽回來。「在外面呢，像什麼樣子？」

雲冬青攥得更緊。「咱哥就這樣拉著小嫂子，我都瞧見好幾回了。」

娘子忍不住笑。「要讓咱哥知道你偷著瞧，看他不打你。」

雲冬青瞪了瞪眼。「妳以為還是小時候呀！」

娘子但笑不語，到底也沒把手抽回去。

半晌，雲冬青憋不住，咕咕唧唧地說道：「妳可別告訴咱哥。」

娘子忍著笑，一本正經地說道：「那你得對我好點。」

雲冬青瞪了她一眼。「這還用說！」

一對年輕人相視而笑，日子再也沒有比這個更好的。

八月十五，蘇木家和蘇婆子家一起吃了個團圓飯。

雲實中午要到族裡去吃，因此這頓飯就安排在晚上。

傍晚的微風涼爽得很，蘇鐵把桌子放在院子裡，雲實一手舉著兩個凳子，三兩下就擺好了。

蘇娃盡職盡責地幹著本職工作——擺碗筷，兩個小豆丁跟在他身後，崇拜的小模樣簡直都要溢出來了。

女人們在廚房裡忙忙碌碌，男人們也不歇著，一個挨一個地守在廚房門口，等著端菜。這起頭還是雲實挑起來的，他從不會在蘇木做飯的時候乾等著。

冬青媳婦往門外瞥了一眼，發現自家男人也站在雲實旁邊，忍不住樂。「小木這法子真好！」

蘇木不明所以的「啊」了一聲，冬青媳婦卻不肯再說了。

蘇老二的媳婦是個溫順的脾氣，此時心裡也不由打著小心思——以後要時時刻刻跟著小木學，不僅日子能過好，這男人也能越來越貼心。

殊不知，並非蘇木會調教，主要是人家眼光好！

中秋過後有大集，時間長達一個月，這是整個直隸府一年中最熱鬧的時候。官府為了鼓勵當地百姓參與，不僅不收占地費，甚至還會給有攤位的商販象徵性地發些銅錢，因此，家家戶戶都會拿些東西到集上去賣。

此時，蘇家小院內就在熱熱鬧鬧地商討著，有的說賣肉脯，有的說賣藥酒，有的說賣罐頭，七嘴八舌地說了許久，依舊沒有統一意見。

最後，蘇木乾脆說道：「不如一人賣一樣好了，到最後比比看誰賣得多！」

於是，事情就這麼定了下來。

時間很快進入九月，小娘子們個個摩拳擦掌，爭取贏過對手。就連蘇鐵和雲實都被她們拉進了戰場。

開市這天，大大小小的攤子從城隍廟一直擺到孟良河邊，足足占了好幾個村子。梨樹台離城隍廟最近，村子外的大路全部被攤位塞滿，就是過輛驢車都不容易。

林小江家住在道邊上，他早早地跟村長說好了，給蘇木幾個留了一整排的位置。

林家嬸子在人前沒有表現得太過熱絡，回頭卻叫林小江帶來水和食物，還有舒適的杌凳、墊子，這樣不張揚卻細緻的脾性，令蘇木無比滿意。

小娘子們到了之後先是嘻嘻哈哈地逛了一圈，有蘇家兄弟和雲實擺放攤位和貨品，根本不用她們動手。

姚金娘雖然來了，卻十分沈默，一路上都沒說上兩句話。

此時，有機會單獨相處，蘇木忍不住問道：「金娘姊姊可是惦記小荷？」

「前幾日她跟著阿娘習慣了，反倒不愛找我。」姚金娘微笑著回道。「把她留在家裡也好，省得看見這麼多人反而被嚇著。」

見她的態度和往常看上去沒什麼兩樣，笑容也十分真誠，蘇木這才稍稍放心。

小娘子們在集上逛著，發現城裡許多大鋪子也叫人支上攤位，她們來得有些晚，此時已經有人交易上了。

有意思的是，買家與賣家彼此之間並沒有大聲地討價還價，而是把手握在一起，用衣袖擋住，以手勢來表達各自的期待值。若是達成一致，雙方便互鞠一躬，各有所得；若是談不成，也不會惱，大多都是搖搖頭，或擺擺手，乾脆地離開。

當然，也有一些小攤子明碼標價，大多是像蘇家這樣的農戶。

幸好小娘子們還記得自己今日的「使命」，估摸著時間差不多了，便回了自家攤位。這一瞧，可把她們給樂壞了，不僅桌椅板凳擺放停當，還有好茶好水伺候著。

「若是天天能有集就好了，又熱鬧，又開心。」姚銀娘說出了小娘子們的心聲。

幾位小娘子都是花一般的年紀，生得又十分出挑，她們的到來引起小小的轟動，一雙雙炙熱的視線齊唰唰地投了過來。

雲實和蘇鐵特意分在兩頭，把小娘子們護在中間，不知道有多少漢子明裡暗裡羨慕這兩人的豔福。

蘇木原本挨著雲實坐了，卻硬是被姚銀娘扯到另一頭。「阿姊、小木姊姊，妳們的攤子在那邊。」

挨著蘇鐵的地方，孤零零地放著一個小木箱。

別看木箱不大，卻是蘇木和姚金娘的心血。姚金娘善畫，蘇木點子多，兩人足足用了小半個月的時間，才畫出這麼一小摞花樣子。

蘇木拉著姚金娘走過去，完了還調皮地朝雲實招招手。「待會兒我過去串門哦！」

雲實揚起眉眼，對著蘇木露出寵溺的笑。趁小娘子不注意的時候，他和蘇鐵對視一眼，兩個人之間不知道交流了什麼。

「鐵子哥，我們來啦！」蘇木樂呵呵地跟蘇鐵打招呼。

蘇鐵沒像往常一樣逗她，只是頗為沈穩的「嗯」了一聲，一雙星眸若有若無地看向旁邊那人。

「啊，金娘姊姊，說起來，妳是不是和鐵子哥不大熟？好像從來沒見你們說過話。」蘇木沒心沒肺地說道。

姚金娘扯出一個笑，低垂著眉眼對著蘇鐵微微點頭。

蘇鐵開口道：「快坐吧。」微啞的聲音中，帶著難以察覺的溫柔。

第五十二章　舊情

既然說好了要打賭，自然要先下好彩頭。

小娘子們紛紛從荷包裡拿出自己的私房錢，每人十個銅板，放在陶碗裡，誰第一個賣出去就歸誰。

蘇鐵大方地放上了二十個，林小江有樣學樣，從林嬸子那裡要來錢，也加入進來。就連蘇娃也沒含糊，用行動表示自己也是個小漢子。

最後，只剩下一個人，始終沒有任何動作。大夥齊唰唰地看向雲實，雲實則是看向蘇木。

蘇木猛地反應過來，俏臉一紅，連忙從荷包裡掏出一把錢，數也沒數便扔進了陶碗裡。

「小木姊姊，表哥把錢都交給妳保管啦？」姚銀娘明知故問。

旁邊有些認識或不認識的嬸子、大娘明白過來，也跟著搭話。「小娘子就得有手段，把自家漢子管得服服帖帖才叫本事。」

「可不是，不能讓他們有私房錢，漢子一有錢就亂花！」

蘇木被說得面紅耳赤，乾脆躲到姚金娘身後，再不露臉。

林小江瞪著圓圓的眼睛，特意跑到蘇丫跟前表忠心。「等以後我賺了錢，也都交給妳管著。」

蘇丫被他說得臉上發燒，羞惱道：「快閉嘴吧！」

林小江嘿嘿地笑了兩聲，又回到自己的位置，引得大夥兒一陣笑鬧。

集上變得愈加熱鬧起來，許多衣著講究的外地商客來回穿梭，近乎挑剔地打量著攤位上的貨品。

蘇鐵面前黃黃紅紅的藥酒倒是吸引不少人的注意，客人們紛紛圍攏過來，七嘴八舌地詢問著藥效。蘇鐵到底見過世面，應對起來遊刃有餘。哪怕偶有不確定，也會從容地詢問蘇木。

有客人好奇地問道：「為何小娘子會瞭解得這般清楚？」

蘇鐵笑了笑，爽朗地說道：「我家妹子本事大著呢，各位眼前的這些瓶瓶罐罐就是她弄出來的。」

客人們不由驚嘆，大夥兒才知道，這些看上去品質上乘的藥酒竟是出自這位嬌美的小娘子之手，一時間，幾位原本十分意動的買家反而猶豫起來。

蘇鐵不急，蘇木的表情也十分平靜。針對這一點，他們之間早有默契，蘇木並不打算隱瞞自己的能力，也不會為了賣酒而編造謊話，至於能不能做成生意，端看緣分。

後來，還是有人咬了咬牙，說道：「這酒一看就好，不管了，給我把內服的這種來上二斤！」

「好吶！內服的有三種，您要哪個？」蘇鐵眼中露出一絲得意，眼瞅著就贏了。

漢子略一遲疑。「兄弟可否給個建議？」

蘇鐵耐心地給他介紹起來。

既然有人開頭，後面又接連有好幾個人買了藥酒離開，蘇鐵熱情地招呼著，蘇木坐在一邊幫著收錢。直到送走最後一位客人，滿桌的藥酒已經少了一半。

蘇鐵鬆了鬆筋骨，樂呵呵地說道：「弟弟妹妹們，不好意思，哥哥我僥倖贏了——這樣，晌午咱們吃驢肉火燒，哥請客。」說著，就要去拿陶碗。

旁邊突然伸出一隻骨節分明的手，不慌不忙地把錢抓了出去。

蘇鐵挑眉。「石頭，你別是嫉妒我吧？」

雲實不理他，直接把錢交給了蘇木，蘇木笑嘻嘻地把錢接了。

蘇鐵調侃道：「石頭，你該不是想耍賴吧？也不對啊，就算耍賴，這錢也是要上交，何必呢？」

雲實踹了他一腳，轉而坐在蘇木身邊，臉上帶著淡淡的笑。

小娘子們呵呵地笑了起來。

蘇丫邊笑邊說：「方才鐵子哥幫客人挑酒的時候，雲實哥已經收到錢了。」

似乎為了驗證蘇丫的話，雲實把醜荷包裡的碎銀子也掏出來，毫不遲疑地交給了蘇木。

蘇木掂了掂，驚訝道：「一輛播種車你賣了多少錢？」

「半形銀子。」

蘇鐵一聽，痛心疾首道：「你個糊塗蛋，你二哥趕集至少都要賣一角！怎麼到了你這兒就給打對折了？」

雲實的語氣十分淡定。「為了贏。」

蘇木「噗」的一聲，哈哈大笑。

姚金娘同樣忍俊不禁，溫聲道：「看來，晌午要換石頭請吃驢肉火燒了。」

這話分明是接著蘇鐵的話說，別人沒注意，蘇鐵卻是心頭一動。他也顧不上罵雲實了，一雙眼睛直直地看向姚金娘，眼神中滿是炙熱。

姚金娘大概也覺察出話中的不妥，此時微微垂頭，整理著花樣子，彷彿對那道炙熱的視線渾然不知。

到了晌午，蘇鐵留下來保護著攤位和小娘子們，雲實帶著林小江和蘇娃去街角買驢肉火燒。

林嬸子做好了一大鍋肉餛飩，湯水裡滴上香油、撒上蔥花，光是聞著就讓人嘴饞。

旁邊一位嬸子看到了，說起俏皮話。「林嫂子，妳可是下了本錢，這麼一大鍋肉餛飩，可得花不少吧？這親家想來是十有八九了。」

就連蘇木都能聽出來，這話十足的不懷好意，明顯著就是在笑話林嬸子——親家不親家的還兩說呢，就這樣討好起來，也不怕虧本。

林嬸子卻是笑了笑，說：「弟妹要不要來上一碗？兩隻小柴雞，熬了一上午才出了這麼一鍋湯。」

那人臉色一僵，撇撇嘴。「不用了。」

蘇木笑了笑，扭頭對自家妹子說道：「二丫，去幫嬸子盛餛飩。」

蘇丫脆生生地應了一聲，大大方方地走到林嬸子身邊幫忙。林嬸子嘴裡接連說著「不用、不用」，臉上的笑意怎麼也壓不下來。

一對準婆媳幹活同樣俐落，相互配合著，畫面看上去無比和諧。關係好的人見狀不住地誇，把那些眼紅的人氣了個半死。

等到雲實把驢肉火燒買回來，蘇鐵已經在林家門外的大樹下支起了桌子，一大家子圍坐著，抓著火燒，吃著餛飩，邊說邊笑，可把旁人羨慕壞了。

到了下午，天氣雖然有些熱，客人卻絲毫不見少，每個攤位上的東西都陸陸續續地賣出去一些，唯獨蘇木和姚金娘尚未開張。

蘇木有些灰心，腦袋蔫蔫地靠在姚金娘肩上，唉聲嘆氣。

姚金娘溫聲勸道：「原本就是出來玩的，賣不出去權當看熱鬧了。」

話音剛落，旁邊便傳來一道尖刻的聲音。「我當是誰，原來是妳這個浪蹄子，不在家好好奶孩子，做什麼出來丟人現眼！」

姚金娘看清來人，面色瞬間慘白如紙。

蘇鐵黑著一張臉，擋在娘子們身前。

蘇木猜到來人身分，扠著腰罵道：「妳這個老婆子嘴巴放乾淨點兒，貪了兒媳婦的嫁妝，就該老老實實地在家數錢，省著點兒興許能過完下半輩子，何苦出來沒事找事？」

那婆子一聽，眉毛立時豎了起來。「妳說誰貪了兒媳婦的嫁妝？小妖精，今兒個不把話說清楚，老婆子跟妳沒完！」

蘇木毫不示弱地反駁回去。「可不就是妳嘛，把錢財看得比親孫女還重。怎麼，妳家兒子又娶了沒？新媳婦嫁妝可還豐厚？」

旁邊一個年輕婦人，臉色十分難看，目光怨懟地瞧了婆子一眼。

蘇木一瞅，還真是歪打正著。

這時候，一個中等身材、細長眼睛的漢子站出來，指著蘇鐵似笑非笑地說道：「你就是那個姓蘇的吧？呵，姦夫淫婦，我早就知道你們有事兒，到底是勾搭到一塊兒去了。兄弟，穿破鞋的滋味——嗷——」

沒等他說完，蘇鐵揮出一拳將他打翻在地。「老子不跟婆子動手，怕一拳把她打死，還收拾不了你？雜碎！」說完，又補上一腳。

男人不善打嘴仗，拳頭才是硬道理。

那些個看熱鬧的婆子、娘子們一見動起了真格，紛紛尖叫著跑遠了。反而是一些漢子們還圍在旁邊，也沒人上來攔。

那漢子也是個硬骨頭，忍著痛從地上爬起來，罵道：「操！你敢跟老子動手！」

話音剛落，旁邊便伸出來一隻腳，毫不留情地踹向漢子的心窩，把人凌空踢了出去，好巧不巧地砸在他老娘身上，那婆子「嗷」的一聲怪叫，痛得齜牙咧嘴。

蘇木扒著雲實的衣袖，揚聲說道：「大夥兒做個見證，我們可是一根手指頭都沒碰她，就算她骨頭碎了、腰斷了，那也是她兒子砸的，可賴不著我們！」

有那些看熱鬧不嫌事大的，紛紛應和起來。

老婆子又氣又痛，破口大罵。

對方找來幾個幫手，和蘇鐵、雲實打了起來。姚金娘怕他們吃虧，在旁邊掩著嘴又羞又急，嗚嗚地哭了起來，小娘子們紛紛圍在她身邊，細聲安慰。

蘇鐵心疼得要死，手上便加了狠力，要把欺負過她的人狠狠地教訓一遍。

南石村來了一大撥人幫忙，蘇鐵、雲實、林小江雖然只有三個人，可他們一點都沒落於下風。

更何況，雲冬青等幾個雲家的小子就在集市上，聽到風聲全都跑過來幫忙，三個人之間的爭鬥，很快變成了兩個村子之間的對打。

原本看熱鬧的人們紛紛避讓。

林嬸子把小娘子們叫進自家院子，關上門，生怕她們被誤傷。

姚金娘在最終的哭泣過後，反而安靜下來。此時她已經擦乾了眼淚，在炕沿上沈默地坐著，不知道在想什麼。

蘇木想了想，安慰道：「金娘姊姊，咱們先回家吧，出來大半天，小荷估計也餓了。」

「不必，」姚金娘看向蘇木，甚至還微微笑了一下。「她如今能自己喝小米粥了，昨日晌午還喝了小半碗。」

姚金娘這個樣子，反倒讓蘇木更加擔心，她就像故意在壓抑著自己似的。

蘇木和姚銀娘交流了一個眼神，兩個人打算再勸，沒承想，姚金娘突然站起來，打開了門。

蘇鐵剛好走到門口，拿手背擦著唇角的紅腫，見到姚金娘後，目光一閃，很快把手放了下來。

姚金娘一雙眼睛看著他，欲語還休。

兩個人就這樣沈默地對視著，一時間時光流轉，不知記起了多少往事。

雲實幾個站在身後，各有損傷。

蘇木這個沒眼力的，一看雲實眼睛烏青，立馬跑了過去，把蘇鐵撞到一邊，姚金娘這才回過神，默默地低下頭，把門打開。

蘇鐵走進屋裡，視線依舊放在她身上。

雲冬青幾個也跟了進去，嬉皮笑臉地嚷嚷著喝水。

蘇木抬起手，想要碰碰雲實烏青的眼角，又怕傷著他，細白的手指遲遲不敢落下。

「沒事兒，不疼。」雲實主動抓住她的手，毫無顧忌地放在自己的臉上。

另一邊，姚金娘拿著一方沾濕的布巾，輕輕地擦拭著蘇鐵帶著細小血口的嘴角。

高大的漢子微微垂著頭，生怕累著她。

娘子雖然紅著臉，眼神卻無比堅定。

漢子更炙熱而執著，從進門開始視線就沒有移開過。

看到兩人的模樣，大夥兒不約而同地想起了當年的事。兩個人青梅竹馬，一來二去便生了情愫。

蘇婆子和桂花大娘是從一個村子裡嫁出來的，起初關係還挺好。蘇婆子原本就喜歡姚金娘，喜氣洋洋地託了媒人去提親，沒承想，卻被桂花大娘一口回絕了。

後來不知哪裡傳出的話，桂花大娘嫌他們家窮，又沒有宗族庇護，想給姚金娘找個人丁興旺的大戶人家。說來也巧，沒多久姚金娘還真說上了親，便是南石村那家，恰恰就像人們說的那樣，家裡兄弟眾多，看上去也頗有資財。

姚家內部經歷怎樣的爭鬥就不必說，蘇鐵鬱悶難消，乾脆從了軍，以至於到現在都不肯娶親。蘇婆子從此便恨上了桂花大娘，無論什麼場合碰上了，非得諷刺幾句不可。桂花大娘也不是什麼和軟的性子，對方一說，她也不肯忍氣吞聲，必得拿話懟回去。

時日漸長，兩個人還真像有了什麼深仇大恨似的，連話都不說了。

這回的事鬧得不小，幾個村子的人全都知道了。

外面傳得沸沸揚揚，當事人家裡卻十分平靜。

蘇婆子當著蘇木、雲實還有兄弟幾個的面，冷著聲音問蘇鐵。「你當真是認準她了嗎？」

蘇鐵毫不猶豫地應道：「一直沒變過。」

蘇婆子乾脆地說道：「你娘我就捨了這張老臉，親自到他們家說去。多少就這一回了，若是成了，咱們立馬蓋房子成親，若是不成，該娶該嫁的，再也別讓老娘給你懸著心！」

蘇鐵沈默片刻，最終咬了咬牙。「成！」

蘇婆子是個最爽利不過的性子，前腳得了蘇鐵的準信，後腳便到胖嬸家割了兩大方肉，又捎了點心，也沒請媒人，自己提著到了姚家。

彼時桂花大娘正在院裡洗衣服，姚貴坐在門檻上拉著臉。姚家姊妹坐在炕上，一個紅著眼圈，一個在旁邊安慰。

蘇婆子氣勢洶洶地衝進門，險些讓人以為她是來打架的。

桂花大娘站起來，剛想開口質問，便看見蘇婆子手上的肉和點心，話鋒一轉，不輕不重地刺了一句。「妳是不是走錯門了？」

「沒有。」蘇婆子來時勸了自己一路，要低聲下氣、低聲下氣，結果一見桂花大娘這酸不溜丟的樣子，火氣又上來了。「我是來提親的，這是登門禮，愛要不要！」

桂花大娘都給氣笑了，正要把她趕出去，姚貴率先跑過來把登門禮接了，和善地說道：「嫂子進來坐吧！」

桂花大娘扠著腰罵道：「我說你個死老頭子，沒吃過肉還是咋地？咱家缺這點東西嗎？」

姚貴難得回了句嘴。「咱家不缺東西，缺個好女婿！」

桂花大娘頓時啞口無言。

姚金娘從屋裡出來，默默地給蘇婆子倒了茶水，蘇婆子拿眼看著，跟從前一樣滿意。

姚貴恰時說道：「記得從前，莆嫂子跟桂花前後腳嫁到咱們村，向來最是要好。」

「可不是，金娘這孩子也是我看著長大的，你也清楚，我沒閨女，打小就喜歡她。」蘇婆子感慨地說道。

聽到這個，原本還想說些難聽話的桂花大娘臉上露出訕訕的神色，不由自主想到從前的事，也是頗多感慨。

姚金娘並未迴避，而是靜靜地站在一邊，無聲地表達著自己的立場。

蘇婆子也不拐彎抹角，直白地說道：「原本我就盼著能有場婆媳緣分，沒承想有人眼界高，嫌我們窮……」

「我——」桂花大娘瞪著眼，正待分辯，卻被姚貴一個眼神制止。

蘇婆子看了姚金娘一眼，繼續道：「我家老大這麼多年光棍一條，別人不知道，你們心裡該是清楚的，他到底為了什麼。不瞞你們說，這些年我替他相看的娘子沒有一百，也有八十，別說我們家老大，就是我，也始終覺得金子最好。」

說到這裡，蘇婆子嘆了口氣。「今兒個我就要你們一句準話，成，咱們就好好地做一回親家，不成，這事兒我也就不惦記了。」

桂花大娘撇撇嘴，不滿地說道：「有妳這樣提親的嗎？」語氣卻是明顯軟了下來，不知想到什麼，她的眼圈突然就紅了。「妳說咱們這麼多年，圖個啥？原本多好的關係！從前我沒兒子，被人說三道四的時候還不是妳護著，怎麼之後就成了這個樣子……」

說到動情處，便「嗚嗚」地哭了起來。

蘇婆子想到這些年的辛酸，心裡也不好受，姚金娘也在旁邊哭。

姚貴長長地嘆了口氣，既無奈，又欣慰。

兩個人對著哭了一通，多年的心結就這麼解了。

第五十三章　親熱

蘇鐵說上媳婦的事，回頭就被蘇婆子宣揚了出去，她逢人便說：「我家老大跟姚家大娘子訂了親，到時候來家裡喝喜酒啊！」

有人問到桂花大娘頭上，桂花大娘更是高興得合不攏嘴。「好日子選在臘月，我覺得有點趕，她爹卻應下了……莆姊姊向來周到，定能把一應事宜準備好。」

聽到這話的人沒有一個不納悶的，十來年不說話的兩家人，轉眼的工夫便好得像是一家人似的。當然也是有說酸話的人，無非就是拿著姚金娘和離的事作文章，然而，蘇婆子不介意，蘇家全家都不介意。

過了晌午，陽光正暖，蘇木和姚金娘坐在炕上說著體己話。

外面突然傳來異樣的響動，蘇木臉色一變，正要出去看，對方便掀簾子進來了。

蘇木和姚金娘皆是白著一張臉，愣愣地看著門口。

蘇鐵愣了愣。「嚇著了？」

姚金娘拍拍胸口，溫聲道：「怎麼這時候回來了？」

「不放心妳們倆，回來看一眼就走。」蘇鐵走到炕沿上，伸出寬大的手，親暱地揉了揉心上人的青絲。

姚金娘害羞地低下頭，臉上的幸福幾乎要溢出來。

蘇木笑笑，清了清嗓子。「我先迴避一下，不打擾你們。」

姚金娘忙伸手去攔。「不用，小木繼續坐著……」

蘇木丟給她一個調侃的眼神，轉身溜了出去。

蘇鐵笑了笑，小心翼翼地抱起炕上的小娘子。「小荷，有沒有想阿爹？」

「胡說什麼。」姚金娘紅著臉，嗔道。

蘇鐵挑挑眉，理所當然地說道：「早晚的事，早叫早熟悉。」

嫩生生的小傢伙窩在漢子寬大的懷抱裡，高大和弱小形成鮮明的對比，姚金娘鼻子一酸，情不自禁地濕了眼眶。

一個月的大集，所有人都發了一筆小財，尤其是林小江和蘇丫。別看蘇丫平日裡柔柔弱弱，做起生意來可是能說會道，那柔柔的語調、清晰的口齒讓人一聽就不由得信服。

梨樹台全村都在賣罐頭，唯獨林家跟祁州城的食肆簽下了長期契約，全賴了蘇丫的好口才。

小娘子們在集上露了臉，媒婆幾乎踏破了門檻。林嬸子自然不會放過這麼一個好兒媳，早就請了媒人提著登門禮前來求親。

蘇婆子作為女方的家長，按照規矩推了兩次，第三次的時候便和和氣氣應下了。

林嬸子趁熱打鐵，不僅備下了豐厚的訂親禮，還上趕著把成親的日子訂了下來——後年臘月，蘇丫剛好十七，歲數正合適。

林嬸子家做事體面，訂親宴那天，直接從鎮上請了廚子，沾親帶故的全請到了，沒有一個人不說好的。

蘇婆子和桂花大娘作為女方的親戚被請了過去，回來便是一通誇，直說蘇丫是個有福氣的，嫁過去之後定然受不了委屈。

蘇木心裡怪怪的，既替蘇丫高興，又有些捨不得。

蘇鐵和姚金娘成親的日子選在臘月初，蘇家不願委屈姚金娘，便想著盡快把房子蓋出來。

蘇木也十分心動。他們家屋子後面有一大片地方，原本就是留著給蘇娃蓋房子的，正好趁著燒磚，不如就提前蓋上。

她把這個想法跟蘇婆子說了，蘇婆子自然十分支持，於是，兩家就一起張羅起來。

若是以往，蘇婆子做事只憑著自己的心意，並不大會考慮其他人的感受。自從和蘇木相處以來，她的性子明顯和軟了許多。

這天，趁著和老二媳婦一道做飯的工夫，蘇婆子特意解釋道：「妳嫁進來那會兒咱們家窮，飯都吃不飽，更別說其他。這回蓋新房不單是為了迎妳嫂子進門，他們三兄弟都有分。」

老二媳婦一聽，連忙說道：「阿娘，您可別這麼說。我從小沒娘，如果不是那回您相中了我，又肯給我爹銀錢，我還不知道會被他們賣到哪裡……再者說，這些年，家裡花的銀錢不都是大哥賺的嗎？若是沒我們這些人連累著，大哥也不用等到這會兒才壘新房。」

蘇婆子看著她，眼中滿是驚奇。「我怎麼不知道妳還是個能說會道的？」

老二媳婦靦覥地笑笑，謙虛道：「最近常跟小木妹子一道歇著，學了不少東西。」

蘇婆子在心裡感嘆一聲，看來，他們家老二也是個有福氣的！

蓋房的這幾日，可把雲實幾人累壞了，每天起早貪黑不說，還要整日和泥土為伴。

雲實原本就黑，最近天天在太陽底下曬著，更是黑得發亮。蘇木每次見了，既想笑又心疼。

這天，蘇木做了一桌子好菜，專門為了犒勞他。結果，一直等到天都擦黑了，雲實還沒回來。

蘇木坐不住，跟蘇丫姊弟倆說了一聲，便沿著河邊遛達到了木屋前，沒承想，裡面是亮著燈的。

蘇木納悶，既然回來了，為何不過去？

她鼓著臉把門推開，屋裡卻沒人。

就在這時，河坡下傳來嘩啦嘩啦的水聲，蘇木心頭一緊，下意識地叫道：「雲實？」

水聲頓時變得更大，一個人影從河裡冒了出來。「小木，妳怎麼來了？」

蘇木一看果真是雲實，心裡這才踏實下來，然而又有些小生氣。「做了一桌子菜等著你，天都黑了也不見人。」

雲實聽出小娘子語氣裡的小性子，好聲好氣地解釋道：「身上髒，便想著洗一洗再過去。小木，別生氣。」

「我才沒生氣。」蘇木表面看上去還是氣鼓鼓的模樣，心裡早就不氣了。

雲實卻有些緊張，他不喜歡小娘子離自己這麼遠，他怕自己看不清她的臉。

「小木，過來。」雲實的語氣十分鄭重。

粗神經的蘇木以為雲實要跟她說什麼重要的事，於是大咧咧地走了過去。她挑了個離雲實最近的石頭站上去，居高臨下地看著水中的漢子。

「怎麼了？」

雲實沒有回答，只是定定地看著她。

蘇木不明所以地摸摸自己的臉，忍不住拿腳踢他。「若是沒事的話，我可走啦？」

雲實抿了抿唇，突然冒出大半個身子，長臂一伸，把人撈到懷裡。

蘇木「啊」的一聲驚叫，雙臂緊緊地攀在他肩上。

「小木別怕，別怕。」雲實把人圈進懷裡，沈聲安慰。

他此時大半個身子都泡在水裡，蘇木被他抱著，渾身上下都濕透了。

蘇木沒好氣地拍打雲實的肩膀。「你是不是瘋了，做什麼把我扯下來？」

雲實沈默不語，那雙深邃的眼睛彷彿要把人吸引去。

結實的手臂圈在纖細的腰肢上，此時此刻，觸感是那般清晰。

蘇木不自然地扭了扭身子，正要說什麼，卻又猛地意識到——雲實竟然……什麼都沒穿……

小娘子眼神閃爍，語無倫次地說道：「你、你、你放開我，我要上去……」

高大的漢子默不作聲，反而把人往懷裡帶了帶，圈得更緊。

小娘子的臉嫣紅一片，心跳完全不受控制，幾乎要從嗓子眼裡冒出來。

「雲石頭，快放開我，不然我就要生氣了。」

漢子霸道地低下頭，堵住那張放狠話的小嘴。

「唔……」蘇木瞪大眼，簡直難以置信——這個傢伙！

柔軟的唇瓣被人噙住，濃郁而火熱的男性氣息撲面而來。

面前的漢子無疑是行動派，他一聲不吭，只管撬開貝齒，攻城掠地。

兩個人之間不是沒有過親吻，不是沒有過擁抱，卻沒有一次像此刻這樣讓人……心神動蕩。

蘇木心裡十分矛盾，既覺得歡喜，又本能地害羞。

慌亂之下的推拒似乎是女人的本能。柔軟而纖細的小手撐在雲實的肩膀上，明明是拒絕的動作，卻讓他原本就躁動的心更加欲罷不能。

情動之下的進取也是男人的本能。寬大的手稍稍離開腰間，朝著衣下探去。

小娘子瞪大眼睛，下意識地伸手要攔，結果，卻摸到一把硬實的肌肉。

漢子眼神一暗，深吸一口氣。

「我……我、我不是故意的。」小娘子眼眸濕潤。

「小木……」出口的聲音，竟是無比沙啞。

蘇木愣了愣，對上那道專注的視線。

「小木……」雲實再次開口，似乎蘊含著千言萬語。

小娘子心頭微微顫動，嫣紅的臉軟軟地埋在漢子的頸間。

漢子的身體是和娘子完全不同的堅實、強壯，被喜歡的人攬著，她內心深處其實是歡喜而雀躍的。如果說她沒有任何期待，那是不可能的。她從小沒有父親，長大後也沒有交過男朋友，從來不知道男人的懷抱會讓人感到如此安心、安全。

此時她表現出順從的姿態，實際也是一種逃避，她想把主動權交到這個漢子手上，這是她決定要過一輩子的人，她願意這樣做。

雲實敏感地覺察到了小娘子心態的變化，這讓他愈加珍視，而且十分激動，攬著小娘子柔軟而嬌嫩的身子，如捧至寶。

他把人抱起來，放到溫熱而平整的石頭上。

小娘子濕著一雙靈動的眉眼，信賴地攀著他的肩膀。

他俯身，溫柔而又堅定的碎吻落在眼角、眉梢、柔嫩的臉頰、上揚的唇角……

寬厚的大手沿著美好的曲線，輕輕撫觸，小娘子的呼吸越漸凌亂。

漢子的呼吸也愈加粗重，天知道，此時此刻，他忍受著多大的煎熬，原本黑亮的眸子在月色的映照下更顯黑沈。

黑沈的視線專注而肆意地定格在小娘子的臉上、身上，無比霸道。

蘇木被這樣盯著，沒來由地有些緊張，她抓住那隻強壯的手臂，下意識地閉上了眼。

雲實閉了閉眼，聲音低沈，略顯沙啞。「乖，讓我……抱一會兒，一會兒就好。」

高大的漢子弓著身子，支起臂彎。這個姿勢並不舒服，只因他有了想要庇護的人，所以心甘情願。

懷抱裡，小娘子細細地喘息著，猶如小獸般，怯怯的，滿心依賴。

美麗的瞳眸中閃過一絲訝異，然後，甜甜地笑了。

她就知道！

從河邊到木屋，不過百米，雲實抱著蘇木，走了好久、好久。倘若不是小娘子耐不住夜風清涼，他依舊不捨得把人放下。

蘇木偎在床角，身上裹著薄薄的棉被，鼻翼間滿是雲實的氣息。

小娘子不著痕跡地把臉往下埋了埋，深深地嗅聞著，臉紅紅的，像個小花癡。

「冷？」雲實走過來，一隻手端著陶碗，一隻手給小娘子掖好被角。

蘇木試圖伸出胳膊，把碗接到手裡。

雲實卻按住被角，溫聲道：「就這樣喝吧。」說著，便端著碗送到小娘子唇邊，動作無比自然，像是做過千百遍。

熱騰騰的水氣沾濕了長長的睫毛，小娘子低頭淺飲一口，笑得可甜。

雲實低頭，親了親小娘子的額頭。蘇木仰起臉，回親過去，又是一番情動。

兩個人的呼吸都有些凌亂，棉被滑落下來，露出一大片肩膀。

雲實移開視線，稍顯慌亂。

蘇木忍不住笑。「給我找一件你的衣服吧，我總不能光著回家？」

「亂講。」雲實瞪了她一眼，不自覺流露出男人的霸道和強勢。

蘇木撇撇嘴，嗔道：「那就去找衣服！」

明明是很簡單的事，雲實卻猶豫了好一會兒。然後，他才越過蘇木，打開床頭的一只木箱。

蘇木有點好奇，裡面裝著什麼，讓他像個寶貝似的放在床上？

很快的，雲實從裡面拿出一件豆青色的羅裙。

蘇木的臉一下子就變了，眼睛瞪起來。「這是誰的衣服？」

雲實看著她，起初愣了下，很快眼中便帶上調侃，小娘子卻生氣了。

「吃醋了？」雲實把人攬住，語氣中滿是笑意。

蘇木扭了扭身子，白了他一眼，雖然知道不會有什麼，然而還是有些生氣。

嘴角微微上揚，雲實打開羅裙，拎著給蘇木看。

恰好在蘇木視線所及的位置，有一道醜不拉嘰的「蜈蚣」。

蘇木撇了撇嘴，故意說道：「這是哪位小娘子縫的？還不如我呢！」

在杏花村，蘇木是公認的女紅超差。

雲實嘴角一僵，摸了摸鼻子，試圖蒙混過去。

蘇木看到他的表情，腦子裡靈光一閃。「不是吧？你別告訴我……這是你縫的！」

雲實輕咳一聲，目光閃爍。

蘇木突然坐直了，把羅裙拿到手裡，仔細地看。「咦？怎麼有點眼熟。」

雲實不再逗她，直接說道：「這是妳的。」

蘇木吃了一驚，狐疑地看著他。「我怎麼不知道？」不會是小蘇木的吧？還是說……雲實趁她不注意偷的？不是吧，莫非這個傢伙還有什麼奇怪的癖好不成？

雲實一看她變來變去的怪模樣，就知道她在想什麼亂七八糟的東西，於是，連忙說道：「那日妳在河邊洗衣，把這件裙子洗破了，後來被水流沖走……」

蘇木突然想起來，那是她剛剛穿越過來時發生的事。

「我知道了，那次你嚇了我一跳，差點讓我掉進水裡！」

雲實笑了笑，把小娘子往懷裡攬了攬。當時尚且陌生，此時回憶起來，不由得感慨緣分的奇妙。

「說起來，這件衣服不是被水沖走了嗎？怎麼……」蘇木想到一種可能。「你不會後來又游過去，把它撿回來了吧？」她心裡既驚訝，又感動，嘴上卻開著玩笑。「你不會那時候就喜歡我了吧？」

原本是開玩笑的話，沒承想，雲實卻是認真地點了點頭，蘇木驚訝地張大嘴巴。那時候才見了幾次面？所以說是蓄謀已久嗎？這個傢伙！

蘇木懊惱地一頭扎在漢子寬敞的胸膛，現在後悔也晚了！

第五十四章 抽水泵

在大夥兒的幫助下，蘇家的房子以極快的速度蓋了起來。

蘇婆子家的房子總共有八間，開了四道門，廚房設在西牆下的配房裡。這樣一來，即便以後三兄弟分了家，過起日子來也不彆扭。

蘇木家蓋了五間，中間是寬敞的客廳，左右兩邊各有一個套間，再往外是兩間耳房。這樣的設計是蘇木參考了現代農村的房屋格局，在後來竟成為十里八鄉競相模仿的對象。

兩套青磚房一東一西地立在杏花村，幾乎成了村裡的一道風景。人們茶餘飯後說起來，少不得要感慨一番。

誰能想到，從前窮得連媳婦都娶不起的人家，轉眼就把青磚房給蓋了起來？

真是羨慕不來。

收了藥材之後，蘇木在河坡上撒了青菜種子，這時候已經長了半尺來高。

近來少水，青菜葉子微微泛黃，雲實每天都會澆上一次水，這樣一來，做木工的時間便被大大縮減。

蘇木看著他將水一桶一桶地從河邊提過來，心疼不已，腦子裡想著古今中外的灌溉工具，看看能不能做出一、兩樣來。

別說，還真讓她給想著了。

蘇木記得，小時候，有一年趕上旱災，村裡的井枯了一口接一口。後來，村裡一位大學生想了個主意，做了個腳踏式的抽水泵，這才勉強渡過了那段最艱難的日子，也是從那時候開始，蘇木堅定了「長大後也要考上大學」的信念。

抽水泵的樣子她還記得，工作原理卻有些一知半解。

腳踏板、壓縮裝置、蓄水裝置、傳送管……越想越覺得這樣東西似乎早已超過當今時代的知識，蘇木突然開始猶豫，真的要把它做出來嗎？

她想起先前桂花大娘的話。「小木的腦子哪裡來這些點子？除了妳，再沒別人了。」

說者無心，聽者有意。蘇木當時心裡「咯噔」一下，這才意識到，自己表現得太過與眾不同，無論是先進的農具，還是打算送給姚金娘做嫁妝的新式家具，在這個時代的人看來，顯然不該是一個小娘子想出來的。

桂花大娘這樣說是誇獎，別人會不會生出不好的心思？

蘇木想得入神，沒聽到雲實在叫她。

雲實放下肩上的扁擔，大跨步地走到她跟前，抓住小娘子的手。「小木？」

蘇木這才反應過來，看著漢子緊張的模樣，不由失笑。「怎麼了？」

雲實抓著小娘子的手，定定地看著她。不知為什麼，剛剛那一刻，他竟然會覺得，他的小木，離他那麼遠。這樣的認知讓他的心情非常糟糕。

雲實沈默片刻，近乎懇求地說道：「小木，妳有何心事，請告訴我，好嗎？」

蘇木聞言，突然有種撥雲見月的感覺——對啊，她沒必要一個人孤軍奮戰，面前這個漢子是她可以信任、可以依賴、可以說心事的人。

「石頭，我心裡有個祕密，從未向人提起過，若有機會，我再說給你聽，好嗎？」

雲實沒有追問，也沒有表現出明顯的驚喜，只是認真地點了點頭，應了一聲。「好，小木願意說的時候，再說也不遲。」

蘇木頓時感到一陣神清氣爽，彷彿在心上積壓了許久的大石終於被她撬開一個角。她感受到，此時此刻，雲實正伸著手臂，同她一起支撐著這個祕密。

蘇木默默地想道：找個機會告訴他吧！關於她特殊的來歷、那些與眾不同的點子，她想要這個男人知道。

有了前面的鋪墊，蘇木也不再藏著掖著，她把自己知道的抽水泵原理，以及結合現代知識的猜測一股腦兒地說了出來。

即便再過驚訝，雲實也沒有多問，他只是默默聽著，不懂的地方言簡意賅地問上一、兩句。

蘇木越來越覺得，他的確是一個值得「說事」的對象。這個漢子從來不會認為她的想法天馬行空、不切實際，他總是認真地聽著，雖然少有回饋，卻不會讓人覺得他心不在焉。

仔細詢問過抽水泵的原理後，雲實日以繼夜地鑽研、嘗試，其中數次修改，最後做出的成品，真的和蘇木記憶中的一模一樣，只是小了好幾號。

蘇木不得不承認，他的聰明程度超出她的想像，他對手工技術的敏感程度甚至超過了時代的限制。

月亮已經升到了樹梢，蘇木和雲實依舊窩在木屋裡研究抽水泵。

先前的模型，雲實已經做得很好了，只是放大版依舊有些欠缺，幾經改良之後，雲實終於做出「終極版」，此時正在組裝。

實際上，主意雖是蘇木提的，後面的工作她幾乎幫不上什麼忙，大多數時候她只在一旁安安靜靜地陪著，時不時端個茶、遞個水，這對雲實來說已經夠了。

「好了。」終於，雲實拍了拍腳邊這個大傢伙，臉上露出疲憊卻欣慰的笑。

蘇木摸了摸他眼下的烏青，心疼地扁扁嘴。

雲實抓住小娘子的手，放在唇邊親了親，一雙黑曜石般的眼睛直直地看著她。

蘇木的心跳莫名加快，逃避般撇開頭。

漢子輕笑一聲，把人攬到懷裡，輕柔地親在漾著紅暈的面頰上，不捨地說：「有些晚了，我送小木回去。」

蘇木撇撇嘴，視線落到腳邊的機器上。「要不要試驗一下？看看它能不能抽出水來。」能有更多的時間和小娘子相處，雲實自然求之不得。他一隻手拎著簡易到差不多算是自創版的抽水泵，另一隻手牽著小娘子，就這樣安安靜靜地走到河邊。

伴隨著雲實大力地踩踏，清澈的河水一股一股地從河中抽出，流到竹筒中，繼而澆灌到農田裡。

蘇木情不自禁地歡呼一聲，張開雙臂抱住雲實的脖子。「太棒了，真的可以用！」

高大的漢子就著小娘子的力道，微微彎著腰。

「吧唧」一口，小娘子結結實實地親在漢子臉上。

雲實還沒來得及高興，便聽到一聲重重的咳嗽。

清涼的月色下，虎頭虎腦的蘇娃繃著小臉，正抱著手臂，目光威嚴地看著他。旁邊蹲著一隻吐著舌頭傻兮兮的小黑狗。

「噗——哈哈哈哈哈……」

月色下，小娘子捂著肚子，笑得直不起腰。

第二天，杏花村的村民們經過河坡的時候，紛紛聽到了咕咚咕咚的水聲。

大夥兒不約而同地循著聲音找過去，一眼就看到雲實正站在河邊，鼓搗著一個木頭做的新鮮玩意兒。

只見他坐在河邊的大石頭上，兩隻腳左右分開踩著兩個踏板，就像騎自行車的動作，隨著他的踩動，便有一股一股的水流從河裡抽出來，流到相連的竹筒裡，繼而沿著河坡一路澆到了菠菜地裡。

村民們震驚地瞪大眼睛，一個接一個地圍攏過去。「太陽莫非打西邊出來了？這水竟然能倒著流了？」

雲實指了指腳下的抽水泵，言簡意賅地解釋。「輪子轉起來的時候，能將河水抽到竹筒中，竹筒內的水足夠多的時候，就能逆著河坡流到田裡。」

雖說叫「抽水泵」，其實和現代那種負壓工作的機器完全不同，反而類似於古代的「翻車」。

年輕的漢子厚著臉皮問道：「石頭哥，能讓我試試不？」

雲實大方點點頭。

黑黑瘦瘦的漢子搓搓手，學著雲實的樣子踩了上去。

雲實聲音清冷，卻十分有耐心。「手把著這裡，腳放在上面，對，一邊一個，右腳先踩下去，換左腳，可以快一些……」

隨著漢子的動作，清冷冷的河水被抽上來，人們情不自禁地發出陣陣歡呼。

黑瘦的漢子激動地脹紅了臉，腳下越踩越快，完全感覺不到累似的。

其他人也手癢起來。「讓我試試！」

「等會兒，我再踩會兒！」

「快快快，你都踩好久了。」

「行，讓你了。」

另一個連忙說道：「你踩完換我來。」

「那我在你後邊。」

「還有我！」

一群五大三粗的漢子因為這麼個新鮮玩意兒，竟像個小孩子似地爭了起來。

反倒省了雲實的力氣，他只管看著菠菜地裡的水流，時不時將竹筒換個地方便好。閒下來的時候，他總會不由自主地往蘇家小院那邊瞅瞅，期待能看到蘇木的身影。

昨天夜裡，兩人正打算發生點什麼，沒承想蘇娃突然找過來了，那小子可凶，上來就踹了他一腳。今日蘇木一直沒出門，如果說跟蘇娃一點關係都沒有，雲實絕對不信。

此時他只盼著日頭趕緊升起來，只要到了晌午，他就能光明正大地過去吃飯了。

唔，不然再帶上兩條魚，給蘇娃做個新木馬，先前那個他似乎送給小波塔了——雲實默默地盤算著。

再說抽水泵那邊，起初只有年輕人當個新鮮玩具似的你爭我奪，後來村裡的長輩們被吸引過來，等看清了抽水泵的作用之後，眼神一下子就變了。

村長找上雲實，直接問道：「石頭啊，這個新鮮農具莫非也是你自己做出來的？」

雲實想到蘇木先前的話，便點了點頭，並沒有說是她的主意。

村長一拍大腿，激動地說道：「雲實啊雲實，你可知道這東西的用處？」

雲實又點了點頭。

蘇木說了，如今農田產量低，很大一部分原因就是靠天收。尤其是北方，一旦遇上旱災，顆粒無收都不誇張。如果提前準備出一套比較健全的灌溉系統，再加上育種、選苗、雜交等技術，不愁農民吃不飽飯。

村長看看抽水泵，又看看雲實，在村民們期待的目光中，咬了咬牙，厚著臉皮問道：「石頭啊，這樣東西，你可願意再做幾個出來？」

雲實還沒吱聲，便有人急吼吼地補充道：「咱們不白要，拿錢買，你說多少是多少。」

雲實抿了抿嘴，毫不避諱地說：「我得跟小木商量。」

村長頗有些哭笑不得，這個石頭，哪兒都好，就是出了名的怕媳婦！殊不知，雲實只不過是想尋個理由去找蘇木罷了。

當雲實走進蘇家小院的時候，蘇娃冷著小臉跳出來，剛要攔，便看到後面一大幫長輩。小漢子捏了捏拳頭，只得默默地退到旁邊，眼睛一眨不眨地盯著雲實。

雲實頂著小舅子冷嗖嗖的目光，把蘇木從屋裡叫出來，按照村長的意思說了。

蘇木自然不會有意見，錢不錢的，他們兩個都不在乎。

小娘子笑盈盈地說道：「趕在月底之前，能做幾個做幾個，天一冷我們就得收菠菜，之後還要種上白菜、蘿蔔，恐怕就沒工夫了。」

村長大手一揮，硬氣地說道：「地裡的活兒，蘇娘子不必擔心，村裡這麼多人，到時候全去搭把手。」

言外之意，他只要安心做木工便好。

蘇木笑笑，自然求之不得。

於是，蘇家的地被村民們包了，大夥兒輪著過來幫忙，雲實只管窩在木屋裡安心做抽水泵，蘇家三兄弟和雲冬青照例去幫忙。

不知什麼時候，村裡傳出了這樣的說法——

「雲實那小子可真是咱們村的福星，從播種機到抽水泵，哪樣不是救命的家什？」

「照我說還有蘇家娘子，人家既有家底又有手藝，興許就是把福氣傳給了石頭。」

「可不是嘛，先前還聽人說這兩孩子剋父剋母……」

「呸呸呸！快別說了，誰知道哪個缺德的，編出這樣的壞話！」

「……」

自此之後，關於雲實和蘇木「剋父剋母」的流言再也沒人提過。

就連雲實從前的繼母劉蘭，也跟娘家的嫂子劉媒婆徹底斷了關係，轉而巴結起蘇家人。

第五十五章 縫紉機

婚期將近，姚金娘每日都窩在家裡縫嫁衣。細密的針腳、精美的刺繡、繁複的包邊……看上去就像一件藝術品。

蘇木把手虛虛地放上去，一副連碰都不捨得碰的樣子。「金娘姊姊，這個得做多長時間？」

「這一件趕得急，用了三個月，將將做成這個樣子……前面那件足足準備了三年。」日子過得幸福，姚金娘也能大大方方地談起從前的事。

蘇木笑了笑，打心眼裡替她高興。不過，三年做成一件嫁衣，對她這種穿慣了流水線衣服的人來說，真是如同天方夜譚。

說到流水線……蘇木腦子裡靈光一閃，突然有了個主意。

「金娘姊姊，妳歇著吧，我先走啦！」蘇木丟下這句話，飛也似的跑了出去。

「怎麼走得這麼急？」姚金娘連忙站起來，追到門口的時候，小娘子已經提著裙襬拐上了河坡的小道。

姚金娘不由失笑。「一準兒是去找雲實。」

「不必羨慕，妳也可以去找我。」旁邊突然傳來一個低沈的嗓音，把姚金娘嚇了一大跳。

「做什麼突然出聲，嚇死人了。」姚金娘捶了蘇鐵一拳。

蘇鐵笑笑，順勢伸出手臂，將人攬進懷裡。

姚金娘俏臉一紅，卻沒躲閃。「怎麼這個時候過來了？大娘一個人在地裡？」

「沒有，都在家。」

姚金娘有些吃驚。「今兒個不是去澆地嗎？這麼快就做完了？」

蘇鐵點點頭。「多虧了小木跟石頭弄的那個『抽水泵』，改天妳去看看，拿腳往上一踩，一大股、一大股的水流就被抽了上來，估計得有好幾桶。」

提到這個，蘇鐵滿臉讚嘆。「妳們唸過書就是不一樣，小木腦袋裡怎就那麼多東西？以後也讓咱們小荷跟著小木唸書，說不定能跟她姑姑一樣聰明。」

姚金娘笑著搖搖頭，在她心裡，蘇木比那些個考上功名的秀才、舉人都聰明，自家小娘子怎麼可能比得上？

蘇鐵拉著人進了屋子，無頭蒼蠅似的轉了一圈。「小荷呢？阿娘做了蛋餅，小傢伙不是愛吃嗎？我抱她過去吃。」

「阿爹、阿娘帶她趕集去了，晌午不回來……」姚金娘能夠感受到蘇家人對自家閨女是真心喜歡，就連小豆子都知道讓著妹妹，一時間百般滋味湧上心頭，不由得紅了眼眶。

蘇鐵的眼睛從始至終就沒從她身上離開過，自然瞧見了。他沒有咋咋呼呼地安慰，反而是親暱地敲敲她的腦袋，調侃道：「怎麼還哭鼻子了？嫌我沒叫妳？」

姚金娘一邊抹眼淚，一邊忍不住笑。「胡說什麼！」

蘇鐵捏了捏娘子的臉，粗大的手包裹住那雙巧手。「得了，既然小的不在，把大的叫過去也是一樣的，至少能交差。」

見姚金娘有些猶豫，蘇鐵爽朗地一笑，溫聲說道：「妳平時和小木關係最好，也學學她——臉皮厚些，別管旁人說什麼。」

姚金娘瞪著一雙杏眼，嗔怪道：「有你這麼說自家妹子的嗎？我還不告訴小木，讓她打你！」

蘇鐵一邊半拉半抱地拖著人往外走，一邊自信滿滿地說道：「妳別不信，若是妳把這話告訴她，她不僅不會打我，反而會樂呵呵地說『鐵子哥說得對，我就是臉皮厚啊』！」

最後那句，把蘇木的語氣學了個十成十，姚金娘「噗哧」一聲笑出來，心裡瞬間輕鬆了許多——就像蘇木說的，自己怎麼舒坦怎麼過，管那些人說什麼！

想到這裡，姚金娘也不再猶豫，順從地被蘇鐵拖了出去。

高大的漢子察覺到小娘子的情緒變化，得寸進尺地偷了個香，再次惹出一張紅撲撲的臉，蘇鐵心裡的高興勁兒就別提了。

另一邊，蘇木心裡有了主意，忍不住去跟雲實分享。

「雲石頭、雲石頭！」蘇木一頭撲到雲實背上，也不管他在做什麼，便迫不及待地說道。「我想起來一樣東西，可以用手搖著縫衣服，金娘姊姊手藝好，若是能給她做一個，除去繡花，一天縫上三件都沒問題！」

雲實微微彎著背，讓小娘子趴得更舒服些，手裡的刻刀也收了起來，生怕傷到她。

「什麼東西？」看似冷漠的漢子，面對這個小娘子總是耐心十足。「要用木頭做嗎？」

「唔……」蘇木剛剛只顧著高興了，突然反應過來，要想做縫紉機，得去找鐵匠！

想到這一點，蘇木渾身燃燒的熱情頓時熄滅——她可以放心大膽地向雲實坦誠自己的與眾不同，面對別人時，往往會三思而後行。

雲實背過手，把小娘子挪到懷裡，輕柔地撫平她眉間的摺痕。「怎麼了？」

蘇木鼓了鼓臉，糾結道：「這樣東西得到鐵匠鋪子去做，我若突然說要這麼個東西，人家會不會覺得我……很奇怪？」

「不會，小木很厲害。」雲實認真地說道。

蘇木撇撇嘴。「也就你自己這麼認為。」儘管嘴上這麼說，心裡卻是高興的。

她像往常一樣，拿著小棍一邊跟雲實解釋縫紉機的構造和工作原理，一邊在地上畫出一團不知道是什麼的線條。

好在，與抽水泵相比，蘇木對縫紉機瞭解更為深入。在現代的時候，蘇木的老家就有一個手搖式縫紉機，通體是油亮的黑色，鍍著金色的花紋，造型如同高傲的鳳凰，是外婆最寶貝的嫁妝。直到她穿越那天，這臺不足一個烤箱大小的手搖式縫紉機，還在炕頭的箱子上端端正正地擺著。

蘇木小時候最喜歡幫外婆穿針，長大了便慢慢地摸索著修復一些小故障，她甚至可以把整個機子拆成零件，之後再一樣樣裝了回去。因此，她有十足的信心可以把縫紉機做出來。

蘇木一邊說，雲實一邊拿著炭條在紙上寫寫畫畫。

蘇木說得專注，並沒有注意到他在畫什麼，等到說完了，扭頭一看，意外地發現，一臺縫紉機活靈活現地出現在草紙上——竟然和她記憶中的模樣有八分像！

蘇木驚訝地看著雲實。「你也會畫畫？」

雲實抿了抿唇，稍稍低垂的眼睛透露出幾分不好意思。「跟阿姊學的。」

蘇木這才想起來，前幾日姚金娘似乎提過，雲實冷不丁向她請教畫技。

蘇木揚起眉眼，喜孜孜地問道：「是因為我才去學的嗎？」

雲實勾著唇，摸摸她的頭，輕輕地「嗯」了一聲。

「我就知道！」蘇木一頭扎進漢子懷裡，露出大大的笑。「我畫畫太爛了，你學會之後，就能把我想的東西畫出來，是不是？」

「嗯。」

「嘻嘻……」

沒承想，畫畫爛也可以成為一件值得炫耀的事。看著縫紉機的圖案，蘇木不得不承認，它的出現，一定會改變許多人的生活。

誠實來說，她很想把它做出來，讓它發揮出應有的價值。然而，顧慮眼下的社會環境，蘇木又忍不住退縮了。

雲實看出蘇木的心思，當她還在猶豫的時候，他已經拿著圖紙找到了那位相熟的鐵匠。如果有什麼後果，就讓他來承擔吧！

圖紙上畫得很清楚，鐵匠沒有多問，只承諾了取貨的時間。

臨走前，雲實又回頭囑咐道：「針頭和鎖心用百煉鋼來做，價錢會給足。」

鐵匠小小地驚訝了一下，這還是雲實第一次提要求，可見這樣東西的重要性。他點了點頭，憨聲道：「放心。」

蘇木做事向來果斷，這還是她第一次在某件事上無法下定決心。

這天，蘇婆子一大早便帶著蘇丫和蘇娃到集上，說是挑些蘇鐵成親用的東西，而蘇木留下來看家。

雲實快到晌午的時候才過來，手裡提著一個簇新的箱子，箱子的邊角打磨得十分平滑，包著花瓣狀的鐵皮，正中刻著「雲」字標識，用銅錢草圍著。

蘇木好奇地問道：「這是你新做的？」

雲實摸摸她的頭，輕輕地「嗯」了一聲。

「我看看。」蘇木好奇地接到手裡，繼而手臂一沈，差點沒抱住。

「裡面裝什麼？好重！」

雲實笑笑，溫聲道：「送給妳的。」

蘇木眼睛一亮。「禮物？」

「嗯。」

「謝謝！」這還是雲實第一次正經地送她禮物，蘇木踮著腳湊過去，主動獻上一吻。

漢子笑意更深，眼中滿是深情。

當蘇木把箱蓋掀開的時候，頓時愣住了。

「這是……」小娘子抬頭看看雲實，又低頭看看箱子裡的東西，驚訝、欣喜、感動，諸多情緒一齊湧上心頭。

「看看，是不是妳想要的？」雲實心裡多少有些不確定。

「嗯！就是這樣的！」蘇木連連點頭，眼睛不自覺地濕潤了。

就是她記憶中的模樣，就連木頭底座上的刻字都是一樣的！

要知道，蘇木不是不想要，而是沒有勇氣。如今，當記憶中的模樣呈現在眼前，所有的擔憂與害怕全都消失了，剩下的唯有喜悅和感動。

蘇木抬著淚汪汪的眼睛看向漢子，把濕軟的唇瓣主動送了上去。

雲實順勢攬住小娘子的腰，俊朗的眉目間閃過一絲詫異，繼而毫不客氣地反客為主。

結實的手臂環在腰間，熟悉而強悍的氣息縈繞在唇齒之間，蘇木感覺到前所未有的安全，以及……渴望。

她勾著漢子的脖子，踮起腳，盡情地回吻。雖然動作有些生疏，卻是熱情十足，惹得身前的漢子既驚訝，又驚喜，還有幾乎難以克制的激動。

雲實難耐地把小娘子緊緊扣住，更加霸道地掃蕩著柔軟而溫熱的口腔。

蘇木感受到他身體上的變化，心臟撲通撲通跳得飛快。她把心一橫，柔順地貼過去，清楚地表達自己的意願。

雲實心頭生出一抹狂喜，他稍稍抬頭，兩片唇瓣暫時分開，聲音近乎顫抖。「小木……

可以嗎？」

「嗯……」聲音雖輕，卻清晰而堅定。

漢子的手一抖，下一刻，便無比激動地把人抱起來，放到床上，一雙黑眸緊緊地盯著。

蘇木起初還在和他對視，沒一會兒便招架不住了，嬌嗔著擋住他的眼睛。「你快點！」

話一出口，小娘子才意識到自己說了什麼，雙頰迅速躥上兩朵紅雲。

肌肉勻稱的手臂撐在枕側，高大而英俊的漢子自上而下地看著懷中之人。

精緻的面容繃得死緊，長而鬈曲的睫毛不住顫動，一雙粉拳緊緊攥著放在身側，筆直而細長的腿竟然在微微發抖……她在害怕。

她值得最好的，不能就這樣……褻瀆了她。

雲實輕輕地嘆了口氣，側過身子將人擁進懷中，再也沒有多餘的動作。

「雲實？」小娘子抬起手，疑惑地碰了碰他的臉。

「別擔心……」修長的手指將她的烏髮撥到耳後，轉而托著白嫩的臉頰。

蘇木悄悄抬起膝蓋，貌似不經意地擦過某處，依舊堅挺。

「別鬧……」雲實一把抓住作亂的腿，低啞的聲音中帶著濃濃的警告。

蘇木吐吐舌頭，明白雲實肯定不會做下去了，這才徹底放鬆。

誰知，下一刻，懊惱的漢子突然撲了過來，嚇得她驚叫出聲。

然而，她剛剛發出一個氣音，連忙捂住嘴，正要說什麼，便看一顆大頭湊過來，頸間隨即感到一陣麻麻的酥癢。

小娘子不僅沒害羞，反而抑制不住地哈哈大笑了起來，一邊笑一邊推拒。「哈哈哈哈……雲實，你……你別鬧……我怕癢。」

雲實不理她，如同品嚐經典的美味般，一下、一下輕輕地啄吻。頃刻間，所有的旖旎氣氛全都消失了，小娘子抱著肚子逸出一連串的笑。

雲實狠狠地吻了一口，烙上一個獨特的標籤。

兩個人的第二次嘗試，就在蘇木的笑聲和雲實的懊惱中結束。比上次進步的是，這次還留下一個紀念品，深深地印在蘇木的脖子上，好幾天都沒消下去。

自此之後，蘇木每次看到這臺縫紉機都會想起這一幕，即使在兩個人已經成了親，有了數個小娃娃，過上老夫老妻的小日子之後，心情依舊免不了激動。

青春年少的歲月裡，和相愛的人之間，有這麼一、兩件或搞笑或溫馨或感動的事，每每想起，讓人會心一笑，便足夠了。

第五十六章 金鐵良緣

既然東西已經做出來了，便沒有什麼可顧慮的了。

這一次，蘇木決定先發制人。

上次鎮守買播種機的時候，江衙頭送過來一個「博陵守軍」的權杖。蘇木決定拿著它去見鎮守，而雲實自然陪在她身邊。

在此之前，蘇木已經測試過這臺手搖式縫紉機的性能，竟是意外好使，幾乎沒有任何阻滯，誤差也可忽略不計。蘇木再一次為這個時代匠人的巧手而折服，她又請鐵匠做了一個，用來送給鎮守。

因為有權杖在，沒費多少周折，兩個人便來到鎮守衙門的會客廳，有打扮俐落的侍者過來奉茶，並沒有因為他們是農戶而輕看他們。不得不說，這樣的待遇讓蘇木不由得對這位素未謀面的鎮守多了三分好感。

蘇木不知道的是，他們之所以能得到如此禮遇，與他們自身的名聲著實分不開——播種機、抽水泵、藥材種植……這一樁樁、一件件，只要鎮守不是傻子，都不會把他們當成簡單的人物。

與想像中孔武有力的形象不同，李鎮守是位相當儒雅的中年人，蘇木拿眼瞅著，不禁呆愣了一瞬。

李鎮守看著不大顯老，實際已經是做爺爺的人了，小娘子眼中的好奇並沒有讓他覺得被冒犯。

蘇木很快反應過來，連忙低下頭，臉悄悄地紅了。

李鎮守呵呵地笑了起來，和藹地問道：「聽書記官說是小娘子找我，有何事要同本官說嗎？」

蘇木連忙調整好心情，表現出一副恭敬而端莊的樣子，微微屈身，說道：「民女有樣東西想獻給大人。」

李鎮守並沒有太過吃驚，想來是早就猜到了兩人的來意。

蘇木反而鬆了口氣——除卻權杖的原因，既然對方肯見他們，至少表示對他們手裡的東西有幾分興趣。她也不說廢話，直接給雲實遞了個眼神。

雲實當即把手裡的木箱放到地上，打開箱蓋，露出裡面的東西。

通體黑色，漆著金色花紋，形狀像一隻仰頭清啼的鳳凰，尾部向後彎起，一側還有一個打磨得光滑平整的木製把手。

單看李鎮守的表情就知道他對箱中之物很感興趣。果然，蘇木尚未介紹，他便開口問道：「此物為何？」

「名叫『縫紉機』，用作縫製衣物，民女可為大人演示一二。」

「如此甚好。」

李鎮守表現得十分平易近人，這倒讓蘇木徹底放鬆下來。「大人，可否借您的桌椅一用？」

李鎮守點頭示意，旁邊立即有穿著輕甲的小兵士跑過來，給她擺好了一張方桌，一把木椅。

蘇木對著李鎮守盈盈一拜，然後拿起提前備好的衣料，大大方方地坐到椅子上。

雲實把縫紉機擺在桌面，調整好位置，剛好能讓蘇木伸手碰到，又不用太過彎腰。

所有人的目光都聚集到小娘子身上，只見她一手扶著衣料，一手搖著木把，隨著把手轉動，這個名叫「縫紉機」的奇怪傢伙便發出輕微的響聲，底下的布料也跟著神奇地動了起來。

冬日暖陽透過門窗照進會客廳，勾勒出小娘子美好的剪影，素白的玉手輕輕搖動，動作輕柔而優雅，周圍的一切彷彿都沒有聲音，只剩下縫紉機微微發出的「吱紐、吱紐」。柔軟的面料從一頭縫到另一頭，留下一道細密而平整的針腳。小娘子又換了一個方向，繼續縫。

兩旁的小兵士們不約而同地忘記避嫌，全都瞪大眼睛好奇地看著這一幕。

李鎮守瞇了瞇眼，心底掀起驚濤駭浪。

蘇木之所以如此大費周章，是為了壓在心底許久的一個請求。

因此，當李鎮守命人將裝著黃金的匣子擺到她面前時，蘇木搖搖頭，禮貌地拒絕了。她收斂了神色，跪到地上——即便方才初見鎮守時，她都沒有這樣做。

她這一跪，跪的不是封建社會的尊卑，而是對小蘇木的感恩以及從原身承繼過來的責任。

雲實雖然不知道蘇木的打算，卻毫不猶豫地同她一起跪下。

李鎮守吃了一驚，主動問道：「蘇娘子這是何意？」

蘇木從袖袋中掏出權杖，雙手舉著奉到李鎮守面前。「大人有所不知，民女的父親與繼母慘遭殺害，賊人殺人越貨，囂張至極，受害者不知凡幾，民女在此懇請大人出兵剿匪，此物所得錢財，民女願悉數捐作糧草之資，以效微薄之力！」

李鎮守臉上露出幾分凝重之色，他走到蘇木面前，虛扶一把，蘇木沒有多作糾纏，順勢站了起來，眼中帶著顯而易見的希冀。

李鎮守沈吟片刻，朗聲說道：「蘇娘子高義，本官在此做出承諾，一旦時機成熟，必將出兵剿匪！」

這句話由堂堂鎮守說給一個小娘子，已經算是最明確的答覆了。

蘇木長長地舒了口氣——如果能替小蘇木報了殺父之仇，也算是稍稍報答了借身之恩。

李鎮守目送兩個年輕人離開，沈靜的眸子看著頭頂的湛湛青天，許久之後，情不自禁地慨嘆道：「若天下男兒都有此心性德行，何愁我大周不興？」

這便是對蘇木最高的褒獎了。

蘇木主動獻上縫紉機，既免除了懷璧之禍，又換來報仇的機會，可謂是一舉兩得，心頭的大石頭就這麼不聲不響地落到地上。

時間不緊不慢地走，日子忙忙碌碌地過。

下霜之前，園子裡的白菜、蘿蔔全都收了起來，堆在地窖裡，一直能吃到明年開春。

沒等蘇木說話，蘇娃跑到胖嬸家要了一大方肉，並一刀刀切好了，教蘇木混著豆腐、粉條，一起下到鍋裡。

蘇木驚奇極了。「我家三娃啥時候學會切肉了？這刀功，真不錯！」

蘇娃被誇獎了，心裡高興得很，面上卻依舊繃著一張小臉，憨聲憨氣地說道：「乾娘肚子大，我幫她切，不叫她動手。」

蘇木笑著拉了一把小漢子的頭髮，毫不吝嗇地誇獎道：「咱們三娃真是既勤快，又孝順！」

小漢子終於耐不住，紅著臉跑走了。

蘇木頓時眉開眼笑，懷著這份好心情給家人做了一頓豐盛的飯菜。

冬月十五，祁州地界下了第一場雪，姚金娘的嫁妝就是在這樣一個雪花紛飛的日子裡抬回來的。

一系列新式組合家具，雕著梅、蘭、竹、菊的圖樣，漆著紅、藍、青、黃四種顏色的彩漆，既新鮮又實用，一路從南石村抬過來，可謂是賺足了目光。

這套新式家具的設計自然是蘇木的手筆。而最吸引人的還要數那個綁著大紅綢的手搖式縫紉機，看著怪模怪樣，卻十足好用，單是拿手一搖，就能把一件件衣服縫製出來，針腳密實，又快又好，見識過的人都說這是天上掉下來的好東西。

李鎮守已經利用自己的人脈網在祁州城推廣開來，訂價並不高，即便是普通人家攢上兩、三年錢也能買上一件，給閨女添到嫁妝裡。然而，卻是有價無市——每每做出一批，很快便被熟人買走，整個祁州城不知道有多少人在排隊。

姚金娘看著蘇木和雲實兩人送給自己的嫁妝，心情已經不能用單純的「感激、感動」來形容了，她嘴上什麼也沒說，回頭便買了最好的衣料、繡線，著手給蘇木縫製嫁衣。

蘇鐵同姚金娘成親的日子選在臘月初一。

這一天，屋裡掛著紅綢，床單、被面也都換成了紅色，再加上屋簷下掛的大紅燈籠，到處都是喜氣洋洋的景象。

蘇木算是蘇家唯一的女兒，昨天晚上直接睡在這邊，一大早起來就和老二媳婦一起布置新房，此時看著自個兒的勞動成果，心裡喜孜孜。

雲實按理應該在姚家幫忙，然而他天不亮就跑過來，目的只為見蘇木一面。

蘇婆子看見了，又氣又笑，朝著他後背就來了一巴掌。「看你這德行，不就一會兒見不著嘛，還能丟了？」

雲實得了實惠，任由她打，不閃不避也不惱。

蘇木咧嘴笑得開心，雲實心裡也高興。

最後，還是蘇鐵一腳把他踢出門，罵道：「行了，待會兒我帶著小木過去，那邊只有你一個男丁，好多事等著你幹呢，趕緊回去吧！」

雲實這才應了一聲，依依不捨地走了。

村裡人迎親，如果能騎驢、騎牛就是頂殷實的人家了，蘇鐵卻從熟識的城中故人手裡，牽來一匹棗紅色的高頭大馬，顏色漂亮，寓意也好。

姚金娘穿著一身大紅喜服坐上去，又好看、又威風，可把村裡的那些個小娘子們羨慕壞了。

蘇婆子也著實長了一回臉，從前那些笑話他們家窮，不願把女兒嫁過來的人家，即便腸子都悔青了，臉上依舊要保持微笑。

按照規矩，迎親的隊伍不能走回頭路，蘇鐵帶著兄弟們繞著河坡轉了一大圈。

從前沒錢的時候，蘇婆子十分節儉，如今有了錢她也不吝嗇，特意從鎮上請來了吹打班子，鑼鼓嗩吶一路吹吹打打，連其他村子的人都過來看熱鬧。

進門的時候，時辰正好，村長穿著蘇家送的新衣裳，笑容滿面地唱喏道：「吉時已到，新人進堂——」

蘇婆子今日也穿得喜慶，看到兩人進門後，笑得嘴都合不攏了。

等到兩位新人站好了，村長又唱。「先拜生身之母——」

有人從旁打趣。「蘇婆子，妳可得坐端正了，別到時候高興得摔下來，叫我們看個大笑話！」

大夥兒哄堂大笑，氣氛頓時變得更加熱鬧。

蘇婆子既不惱，也不示弱。「老娘今兒個高興，你們若當真想看，便看著吧！」

大夥兒又是一陣笑，就連姚金娘也從蓋頭下露出笑臉。

蘇鐵在紅綢的遮擋下，悄悄地把手伸過去，往她的手快速地握了一下。

幸好姚金娘對這隻粗糙的大手無比熟悉，還有喜服上的包邊，那是她一針一線繡上去的，不然恐怕要嚇得大叫起來。

蘇木和雲實各自站在新娘和新郎身後，自然看到他們的小動作。

雲實期待地看向蘇木，蘇木大方地把自己的手塞到他的手裡，英俊的漢子這才滿意地揚起嘴角。

隨即便聽到重重的咳嗽聲，還有年輕漢子們的調侃。「那兩人，想成親就趕緊著，偷偷摸摸的多彆扭！」

蘇木往那邊橫了一眼，乾脆把兩個人相牽的手露出來，往大夥兒面前晃了晃。

年輕人當即開始起鬨。「成親、成親，正好著，一塊兒把事給辦了！」

長輩們只笑咪咪地看著，既沒有人念叨閒話，也沒有人出口苛責。

實際上，這些小小的插曲不過持續了幾個呼吸的工夫，村長很快再次唱喏。「再拜天地日月——」

蘇鐵帶著姚金娘再次跪了下去，恭恭敬敬地行禮。

「三拜到場親朋——」

再跪，再拜。

站在前面的親朋好友們連忙去扶，每個人都笑得善意而溫暖。到這裡，算是禮成了——姚金娘被送入洞房，由女眷們陪著，蘇鐵留下來敬酒陪宴。

院子裡整整擺了三十幾桌，主客依次落坐。

蘇婆子和桂花大娘的娘家人也都來了。她們都是從蘆葦溝嫁出來的，如今這樣的排場，讓一眾親戚不住地誇。

雲家的媳婦、漢子們被蘇婆子當作自家人請過來幫忙，大夥兒按著各人負責的區域布置酒菜，雖忙卻不亂。

有那些個慣愛說酸話的，故意跑到老二媳婦跟前挑撥離間。「不是我說，蘇婆子真是給大兒媳長臉，我記得妳成親那會兒可沒這排場。」

老二媳婦沒說什麼，雲冬青媳婦卻接過她手裡的茶壺，似笑非笑地給那人倒了碗茶，客客氣氣地往她面前一放。「您好生歇著。」

言外之意，若不想好好歇著，便請趁早走人。

冬青媳婦把老二媳婦拉到沒人的地方，好生囑咐道：「妳可別聽旁人胡說，從前有一分，大娘便給家裡花一分，半點沒偏著、向著，妳是知道的。」

這半年來因著蘇木和雲實的關係，兩個小媳婦也越走越近，倒成了交心的姊妹。

老二媳婦知道她是為自己好才說這個。她笑了笑，扯了扯自己身上的衣服——新做的百褶石榴裙，又指了指新房的方向——姚金娘蓋頭還沒掀，便把牛子抱到膝上，一口一口地餵著點心。

「葦姊姊，妳說說，我還有什麼不滿足的。」

冬青媳婦點點她的額頭，露出一個欣慰的笑。「就知道妳是個明白人！」

親上加親就是有這麼一個好處，喜房裡相遇的時候，一屋子全是熟人。

當地有個規矩，洞房之前，男方須得給女方準備衣服脂粉錢，類似於現代的敲門紅包，意思大概就是：新娘子好不容易打扮起來，如今嫁衣得為你脫了，脂粉得為你洗了，娘家人的辛苦費多少都要掏一些，不拘多少，是個熱鬧事。

當然，也不能任由他們要，雙方你來我往討價還價的過程更好玩。

姚銀娘擋在蘇鐵面前，一隻手扠著腰，另一隻手掌心朝上。「鐵子哥，你數數屋子裡總共有多少人，一人一塊點心，看著給吧！」

蘇木從蘇鐵身後探出頭來，笑呵呵地說：「想吃啥點心，提前說清楚了，要不可不好買。」

姚銀娘自知說不過蘇木，於是變得十分謹慎。「小木姊姊說唄，我相信小木姊姊定然不會那般小氣。」

蘇木晃了晃腦袋。「烘豆子是點心，綠豆糕也是點心，價錢卻差遠了，妳要哪樣？」

姚銀娘下意識地回道：「當然是綠豆糕！」

「好咧！」蘇木十分乾脆地應了，喜孜孜地從蘇鐵手裡把大紅的荷包抓過來，直接扔給姚銀娘。

姚銀娘看著她一連串的動作，氣得直跺腳——怎麼就被繞進去了！

喜房裡的人無不哈哈大笑，這可是有史以來脂粉錢給得最俐落的一次。

蘇木可謂是立了一大功，蘇鐵剛抬起手來打算揉揉自家妹子的腦袋，卻被雲實一把拉了過去，霸道地攏在自己身邊。

人們又是一陣笑鬧。

第五十七章 施粥

興許是受了蘇鐵和姚金娘成親的影響，雲實最近特別「不務正業」，總是找各種藉口黏在蘇木身邊。比如此時，剛剛吃完早飯，按理說雲實應該回到木屋去做農具，蘇木或者調配藥酒，或者抄寫病歷。然而，過了許久，雲實依舊坐在椅子上，手裡的茶全涼透了，他都沒喝完。

蘇木還以為發生了什麼大事，特意把蘇丫和蘇娃支出去，十分委婉地問道：「你是不是有什麼話要跟我說？」

雲實搖搖頭，心安理得地回道：「沒有。」

「真的沒有？」蘇木謹慎地確認。

「沒有。」雲實肯定道。

蘇木哭笑不得，把他手裡的涼茶倒掉，換上一盞熱的，沒好氣地說道：「不是說要趁著天氣好，把大夥兒訂的播種車做出來嗎？喝完這杯就趕緊去吧！」

雲實扭頭看向蘇木，深邃的眸子裡帶著些許委屈。

蘇木愣了一下，不禁失笑。「怎麼今天跟個孩子似的？」

雲實絞盡腦汁，找了個自認為不錯的理由。「木屋太冷，晌午再做。」

蘇木一聽，不由得心疼了一番。「那跟我去廚房吧，今日要熬些祛寒湯，一整天都燒著火，肯定暖和。」

雲實毫不猶豫地站了起來，比蘇木還要積極。「走。」

雲實自打進了廚房，就搶著燒火、添水、泡藥材，沒一會兒便折騰出一身汗來。

當火真正燒起來的時候，整個屋子都蒸騰著熱氣，然而剛剛撒了「怕冷」的謊，再熱也得捱著。

桂花大娘過來送鴨蛋，一眼瞧見了，笑罵道：「你個傻小子，熱就把棉襖脫了，逞什麼能？」

蘇木好心地幫他解釋道：「雲實怕冷，不然也不會跟我到廚房裡來。」

「聽他瞎說，大小夥子正是火力壯的時候，哪有怕冷的？這小子定然是面皮薄，當著妳的面不好意思脫。」桂花大娘丟下這句話，便笑著走了。

蘇木看向雲實，似笑非笑。雲實輕咳一聲，目光閃爍。

蘇木笑著、笑著，心腸便軟了。此時此刻，她才反應過來，眼前這個風吹雨打都不怕的漢子，哪裡會怕冷？之所以那樣說，不過是想和自己多些時間待在一起罷了。

蘇木心裡湧上一股暖流，她慢慢地走到雲實身邊，主動把自己埋進漢子的懷抱裡，便聽到他悄悄地舒了口氣。

厚厚的門簾遮住了稀薄的陽光，昏暗的老屋中蒸騰著熱呼呼的水氣，儘管外面天寒地凍，卻擋不住屋內的小小溫情。

姚金娘和蘇鐵雙雙走進來的時候，看到的就是年輕漢子和小娘子相擁在一起的畫面。

蘇鐵輕咳一聲，咧著嘴調侃道：「這光天化日的，也不知道避諱。」

雲實瞥了他一眼，十分不情願地把小娘子放開。

蘇木早就習慣了，甚至連臉都沒有紅一下。

姚金娘帶著笑意，溫聲說道：「原本不該打擾你們，可是那邊的攤子都支起來了，單等著把防寒湯抬過去。」

蘇木「啊」了一聲。「熬好了，咱們趕緊著，別到時候涼透了。」

小娘子們只管發話，舀湯水、提木桶、趕驢車的活兒全由兩個漢子分了。

兩對年輕人有說有笑地到了梨樹台，蘇丫、林小江等人早就等在那裡。

老村長看到蘇木，笑呵呵地道謝。「虧了蘇娘子惦念，老朽感激不盡。」

蘇木笑著應道：「白吃了大夥兒那麼多果子，做這麼點事也是應該的，可當不得您老人家一句謝。」

老村長捋著花白的鬍子，笑著搖搖頭。

說起來，蘇木之所以要熬防寒湯，還是因著蘇丫的一句話。

今年入冬之後，天氣異常冷，杏花村的人還好，今年收成好，家家戶戶都能做上兩件新棉衣，再加上入冬之後，地裡便沒了農活可做，因此凍手凍腳的並不多。

梨樹台就不一樣了，越是天氣冷，那些個果樹越得好生伺候著，包稻草、翻樹根、燒蟲卵，樣樣都是活兒。是以，許多人手上都生了嚴重的凍瘡，就連林小江也不例外，膿水順著血紅的裂口流出來，又疼又癢，很是折磨人。

於是，蘇木配了兩副藥，一副熬成防寒湯，另一副做成藥包。梨樹台的村民們早早地跑出來，各自拿著碗過來。蘇鐵和雲實守在木桶旁給大夥兒盛藥湯，小娘子們便拿著藥包一個挨一個地發。

蘇木一邊發一邊囑咐。「每天睡前用熱水泡了，用來洗手、洗腳，有凍瘡治凍瘡，沒凍瘡也能預防，用上十幾日便扔掉，再到杏花村去領新的。」

村民們聽了，連連稱是，不難看出他們發自內心對蘇木的尊敬。

梨樹台村口就在官道邊上，時不時便有人路過。有些好奇的人不由得停下來看看，膽子大些的還能討上兩口藥湯喝。

不知什麼時候多了一群衣衫襤褸的人，有老有小，只遠遠地看著，並不上前。

彼時，蘇木正忙著給大夥兒解說防凍裂的常識，不經意間，被蘇娃拉了拉衣角。

小漢子繃著一張小臉，指了指官道那邊，眼中帶著好奇和擔憂。蘇木這才注意到那一行人。她沒有貿然上前，第一反應是向雲實求助。

雲實安撫般拍拍她的手，邁開大長腿，朝著那撥人走過去。

對方眼睜睜地看著高大的漢子冷著臉靠近，生生地嚇了一跳，有些膽子小的，拔腿就跑。

雲實滿頭黑線，離著對方還有三、五米的距離便停了下來。「那邊在發防寒湯，熬得不少，若是想喝，便自己找碗。」

有個年齡大些的，訕訕地開口道：「俺們身上沒有錢⋯⋯」

雲實神色不變，平靜地說道：「不花錢，免費喝。」

人群中出現一陣小小的騷動，那些帶著孩子的人，咬咬牙厚著臉皮走過去排隊。排隊的人越來越多，最後還剩下幾位老人，依舊立在原地。

雲實看著他們，再次開口道：「藥湯很多，喝不完也得倒掉。」說完，還特意指了指驢車上那幾個大桶。

老人們聞言，這才走了過去。

雲實轉身，悄悄地鬆了口氣。

蘇木忍著笑，對他豎起大拇指，他墨色的眸子裡也跟著染上濃濃的笑意。

這些人手上、耳朵上布滿凍瘡，比梨樹台的村民們還要嚴重，叫人看著心裡怪不好受的。

他們穿得雖破舊，卻又不像乞討者，林嬸子和氣地問道：「你們打哪兒來？這是家鄉遭了災嗎？」

老人家們紛紛唉聲嘆氣。

「打南邊來……」

「莊稼要雨的時候老天爺一滴不給，快要收了瓢潑似的下……」

「唉，這是不給咱們留活路啊！」

「可別這麼說！」林嬸子一邊幫忙盛藥湯一邊溫聲安慰。「別管走到哪兒，都有口飯吃。」

「可不是嘛，咱們這一路走來，至少沒餓死。」

林嬸子給蘇木說了兩句，便回家去了。沒過一會兒，便叫幾個女婿抬出兩大鍋濃稠的二米粥。

蘇鐵和雲實連忙去接，蘇木笑著說道：「嬸子這飯做得可快！」

「大妞、二妞一早就熬上了，單等著你們忙完了回去喝。」至於為什麼又抬出來了，原因自然不言而喻。

災民們實在沒想到，不過是一時好奇往這邊看了一眼，不僅有藥湯吃，還有粥喝。一時間，老人們連連擺著手推辭，他們到底不是乞丐，沒道理白吃人家的東西。

孩子們聞著熱騰騰的粥香，雖然饞得直吞口水，卻沒有一個人做出失禮的舉動，反而叫人高看一眼。

林嬸子一邊給蘇木他們盛粥，一邊笑著說道：「今兒個家裡有親戚，本來也是要做，添瓢水的事，可別嫌棄。」

蘇木看得真切，這哪裡是添瓢水的事？玉米碎加上小米粒熬的粥，連個湯水都看不見，把筷子往上一插，連倒都不帶倒的，說是乾飯也不誇張。她心裡對林嬸子越發敬重。

其他村民瞧見，也學著林嬸子的樣子，到家裡熬了粥、做了小菜，全都端出來吃。

今年因著蘇木的關係，他們算是熬過了一個災年，不能不知感恩，順手的事能幫便幫一把，誰都不會吝嗇。

災民們被村裡人攔著，到底沒走成，只得侷促地坐下來，一個個紅了眼圈。

蘇木幾人也不講究，直接就著臨時架起來的桌子，抱著粥碗喝了起來。吃粥的工夫，林嬸子又問：「家裡的青壯們呢？」

「到城裡找活去了，多少能掙口飯吃！」

蘇木心頭一動，下意識地看向老村長。

老村長喝了一口熱騰騰的粥，笑咪咪地說：「小木莫不是又想起啥好主意不成？」

蘇木不好意思地笑笑，有些遲疑地開口道：「方才還聽您說，今年冬天冷得早，村裡的果樹怕是收拾不完……」

林嬸子接話道：「可不是嘛，眼瞅著大雪就要下來，到時候這地上一凍，再硬的鐵鍬都鏟不動了。」

蘇木看著村長，指了指埋頭喝粥的那些老人、小孩們，試探性地說道：「他們雖然不會剪枝剪杈，刨樹根、找蟲蛹還是可以的，咱們村裡能不能給他們找些活兒做？」

老村長眼一亮，臉上笑出一道道褶子。「甚好，甚好。」

蘇木開了話頭，人們便七嘴八舌地說了起來。

「之前聽了蘇娘子的話，我在果樹之間的空地上種了些雪裡紅，正愁沒工夫收呢，這下可好！」

「我也想起來一件事，前日聽我那親家抱怨，今年皮蛋多得沒法弄，也想著請人呢！」

「不如賒給他們一些罐頭，讓他們到集上去賣，反正咱們自個兒也沒閒工夫……」

大夥兒你一言，我一語地，找出來許多門路。

災民們臉上的熱淚混著風塵一顆顆掉到碗裡，就著粥喝了。

南邊來的災民不止這一批，能提供活做的村子也不止梨樹台一個。單是蘇木家裡，便能指出來好幾樣。再加上雲實的工作間、胖嬸家的豬圈、桂花大娘家的酒廬。

實際也不是真讓他們做什麼，只是找個藉口，用勞動換粥喝，彼此都體面。於是，蘇木同蘇婆子他們商量了，乾脆在村口搭起了粥棚，不僅每天煮了粥給附近的災民喝，順道還為他們介紹工作。

用了他們幹活的人家，可以單獨招待，也可以送些米、麵、豆子之類的到粥棚裡，蘇木他們幫著做。

不知從哪家開始，就連那些沒有請幫工的人家，也會時不時送些吃食過來，一袋豆子、半車白菜，都是善心。

值得一提的是，就連劉蘭也叫小三子揹著半袋子黃豆送了過來，當時蘇木他們都在，一棚子的人都看直了眼。雖然只有半袋，但對於大雁飛過都恨不得拔根毛的劉蘭來說，已經算是十分罕見了。

大夥兒的視線不由自主地集中到雲冬青身上。

憨實的漢子抓抓臉，耿直地說道：「這可一點都不奇怪，如今我哥過得好了，她定然想方設法地巴結。」

笑。

蘇木聞言，實在沒忍住，噗哧一聲笑了出來。

雲冬青把那半袋黃豆交給自家媳婦兒——正好她管著豆類這一塊——夫妻兩個也跟著笑。

有個那樣的親娘能怎麼樣呢？只得自己保持善良，同時，還要心大。

不過幾天的工夫，聚集到杏花村的災民越來越多。

有真心找活幹的，也有渾水摸魚吃白食的，一回、兩回只當沒看見，次數一多，蘇鐵、雲實這些漢子們少不了跟這些人「談談心」。當然，老人、小孩除外。

李鎮守不知從哪裡聽說了這件事，親自到杏花村轉了一圈，隨後便叫人抬來一百袋紅薯麵，五十袋細白麵，各種豆子各十袋，還時不時派兵士往這邊轉轉，生怕有人鬧事。

蘇木起初也有些擔心，就算沒人鬧事，人太多了恐怕也供不起。沒承想，這些擔心完全是多餘的。

杏花村設粥棚的事一傳開，博陵鎮和祁州城的富戶們也沒閒著，各自行動起來。其中以李家為表率，不僅設下粥棚，還免費給流民診病，自然又賺得了一番美名。

值得一提的是，不僅僅是那些個大戶人家，很多都是普通的村民和商戶，也聯合起來，一個村子一起，或者幾家幾戶一起，同樣設起了施粥點。

從前的時候，人們心裡都有一個固定的觀念，別管是真心善，還是為了博美名，只有那些個富人才會大張旗鼓地做這樣的事，然而，杏花村的做法卻顛覆了這種觀念。

即便是普通人，也可以做力所能及的事，於是，大大小小的粥棚在祁州境內遍地開花。

朝中有位御史臺，老家挨著祁州，恰好也受了災，原本正憂心忡忡，沒承想便聽到了這樣的好事。於是，御史臺大人一本奏摺，將李鎮守、祁州州牧全都誇了進去。

今上查明實情，龍心大悅，不僅給兩位大人加了品階、賜了錢物，還親自設宴召見，以示隆恩。

一時間，祁州府、博陵鎮的美名更是像長了翅膀似的傳了出去。

第五十八章 過年

臘月二十三，祁州城有大集。

李鎮守和州牧大人剛剛得了朝廷的嘉獎，兩位老爺合夥請了府城有名的戲班子，在城隍廟前搭好了戲臺，也算是年底給百姓們添些熱鬧。

蘇木原本是打算好了要去的，然而，不知道是起得猛了，還是被涼風激著了，一大早便頭暈、肚子疼。她給自己切脈，身子氣虛體寒，這種狀態下，如果硬是跟著去了，不僅玩不好，還得讓人分出心來照顧她。

蘇木既不想成為累贅，又不想掃了大夥兒的興致，於是，等著他們上了驢車，她才找了個理由。「我得趁著天好把饅頭蒸出來，省得過兩日下了雪，泥泥水水的不好幹活。」

雲實一愣。「今日蒸饅頭？我——」

他還沒說完便被蘇木抓著手拉到一旁。「你得跟著去，不然我不放心。」

一句話便把雲實的話堵了回去。

「我留下來跟阿姊一起弄。」蘇丫說著，掀開車簾，就要往下跳。

蘇木把她推回去。「咱們家的年貨可指著妳呢，妳若不去，大過年的，咱們吃啥？用啥？」

「有雲實哥在……」

「他可不行。再說了，人家林小江辛苦占的位置，妳若不去，他還不得哭了？」蘇木笑，把她推到車篷裡。「行了，都走吧，待會兒我把金娘姊姊叫過來。」

蘇丫被她調侃了一番，紅著臉沒再開口。

這時候天還黑著，黎明的風寒得刺骨，即使穿著兩件大襖，蘇木還是凍得直哆嗦。她站在濛濛的薄霧中，聽著驢車的聲音漸漸走遠，這才跳著腳跑回屋子裡。

前段時間，蘇鐵和雲實給她在屋裡盤了個火炕，早上煮粥的時候正好燒熱了，整個屋子都是暖烘烘的。

蘇木把門一關，鑽到暖烘烘的被窩裡，喜孜孜地打了個滾。躺著、躺著，就真睡著了。

雲實到底不放心，特意趕著驢車繞了大半個村子，到蘇婆子家去叫姚金娘。「阿姊，小木一個人在家，待會兒妳去陪陪她。」

姚金娘戳戳自家表弟的腦門。「放心吧，我收拾一下就去。」

雲實抿了抿唇，催促道：「阿姊妳快些，小木說要蒸饅頭。」

不是昨日剛剛商量好的，過了二十五再蒸嗎，怎麼變卦了？

姚金娘一愣，心思轉了轉，沒有說出來，披上花襖便出門了。

蘇鐵扒完最後一口飯，揣上一個菜窩窩追了上來。「慢點、慢點，我送送妳。」

姚金娘回過頭，忍不住笑。「送什麼？村口都不出，還能走丟了？」

「這不天還黑著嘛！」蘇鐵咬了口菜窩窩，嘿嘿一笑，把缺口的地方放到姚金娘嘴邊。

「來，再吃點。」

姚金娘白了他一眼，順勢咬了一口，邊嚼邊說：「阿娘蒸的窩窩就是好吃，趕明兒我得好好學學。」

「嗯，學會了蒸給我吃。」

「多大的臉？」

「妳摸摸……」

夫妻兩個樂呵呵地逗著悶子，朝著蘇家小院走去。

蘇鐵今日要到集上幫著姚貴賣酒，他將姚金娘送到蘇家小院後，便直接到河邊坐船去了。

姚金娘見廚房黑著燈，推開房門進了屋子。

蘇木沒料到自己能睡著，油燈依舊點著，門扇的響動並沒有把她吵醒。

姚金娘心下一愣，伸手搭在她的額頭上，見沒有發燒，這才鬆了口氣。

蘇木正作著夢，夢到自己掉進一片血海裡，無論如何游都找不到岸。就在快要絕望的時候，天上掉下來一個冰塊，好巧不巧地掉在她的腦袋上。

蘇木一個激靈，猛地醒了過來。睜開眼，便看到姚金娘正坐在炕沿上，擔憂地注視著自己。

「可是身子不大爽利？」姚金娘再次摸了摸她的額頭。「可覺得冷？」

蘇木笑著搖搖頭。「姊姊放心，沒發燒。倒是妳，手怎這麼冰？」怪不得她會夢到大冰塊，想來就是姚金娘的手了。

「進來暖暖。」蘇木說著，便抓住姚金娘冰涼的手，拉進了暖烘烘的被窩裡。

原本是句下意識的話，卻叫姚金娘想起不好的事，她神情中露出幾分悲傷，低聲說道：「自打前幾年沒了那個孩子，身子便落下這個毛病，即便是在暑天，手也是涼的。」

「姊姊這個是體寒，回頭我給妳開個方子，堅持喝，能調養過來。」蘇木在被子裡搓著姚金娘的手，一本正經地說道。「身子調理好之前，妳先別要孩子，跟鐵子哥說一聲，叫他不要急。」

姚金娘反手掐了掐她的小嫩手，責備道：「妳個沒成親的小娘子，嘴上怎麼沒個把門的？什麼也混說！」

蘇木白了她一眼。「我是大夫，哪來那麼多忌諱？」

姚金娘笑了笑，打趣道：「蘇大夫，不如妳來說說，大清早不起床的病怎麼治？」

蘇木知道她是調侃自己，連忙解釋道：「我今兒個是特殊情況，不知怎麼的，身子一陣陣發虛，肚子也一脹一脹的疼。」

「肚子脹疼？」姚金娘愣了愣，略顯急切地問道：「腰痠不痠？」

蘇木扭了兩下腰。「還真挺痠的。」

姚金娘抽出手，沒好氣地戳了戳她的腦門。「虧妳還說自己是個大夫，連這種事都不知道？」

「什麼事？」蘇木一時沒反應過來。

姚金娘拍拍她的被子，隱晦地說道：「疼了多久了？快看看，被子髒了沒？」

蘇木眨了眨眼，猛地反應過來——我的天啊，怎麼把這個給忘了！原來是大姨媽呀，她穿過來的時候，小蘇木將將十四歲，身子一直不大好，在她的記憶裡從來沒有過月事的經歷。

經姚金娘這麼一提醒，她才反應過來——這具身體，很有可能是第一次……

蘇木也不害臊，直接掀開被子仔細檢查，褥面上乾淨如初，她的心情不知是喜是憂。

「沒來……」

姚金娘一眼便看到她身後的血跡，低聲說道：「把裙子換下來吧。」

蘇木扭頭一瞅，這才發現裙子髒了。她有些不好意思，磨磨蹭蹭的不動彈。

姚金娘看著她，溫聲說道：「以後就是大人了，事事都得謹慎著些。」

趁蘇木換衣服的工夫，姚金娘回了趟娘家。再回來時，手裡便多了個包袱。

「料想妳事先也沒準備，這是從前我縫的，還沒用過，妳先湊合著用吧。」

蘇木打開一看，竟是一摞柔軟厚實的棉條——外面是白棉布縫成的長長一條，裡面軟軟的，像是棉花。

姚金娘解釋道：「裡面裝的是木棉絮，都是淘洗乾淨的，又用熱水煮過，好用得很——聽我娘說，這法子還是玉簾姑姑教給大夥兒的。」

姚金娘口中的「玉簾姑姑」就是蘇木的母親，何玉簾。

蘇木聞言，再看那些棉條，心中更添幾分暖意。

姚金娘徑直去了廚房，沒一會兒，便端了一碗熱騰騰的手擀麵出來，上面撒著蔥花，還有個白白胖胖的荷包蛋。

蘇木一聞，口水就流了下來。把麵吃完，肚子還是隱隱作痛，身上也乏得很。

姚金娘適時說道：「妳再睡會兒，我在堂屋描花樣，不舒服了便喊我。」

「堂屋冷，姊姊就在這裡吧，到炕上來，有妳在，我心裡也踏實。」蘇木拉著她的手，誠懇地說道。

姚金娘信了她的話，脫了鞋子便上炕。

蘇木躺在被子裡，跟她搭了幾句話，沒一會兒便沈沈地睡去了。

這一覺睡得可沈，蘇木只記得中間被姚金娘叫醒兩回，喝了濃濃的魚湯，還有紅糖水，之後又迷迷糊糊地睡去。再睜開眼時，身邊陪著的人已經換成雲實了。

他不知得了怎樣的囑咐，墨色的眸子一眨不眨地盯著蘇木。

蘇木睡了個飽覺，氣色終於好了些，心情也不錯。「怎麼了這是？戲好聽不？」

雲實「嗯」了一聲，手突然伸進被子裡，把蘇木嚇了一跳。

溫熱的手探到軟軟的肚皮上便停了下來，英俊的漢子認真地說道：「下次若是再肚子疼，便告訴我。」

蘇木有點窘——難道要告訴你，我親戚來了嗎？

雲實的手很大，陣陣暖意傳到肚子上，頓時好受了很多。

唔，如果每次都有「捂肚子」服務的話，或許可以考慮一下，蘇木暗自想道。

見她不吭聲，雲實再次說道：「阿姊說，過了年成親，剛剛好。」

想到姚金娘話裡的深意，蘇木臉頰發燙。

雲實俯身，細碎的吻落在眼角、唇畔，他拿一雙深邃的眼眸注視著精緻可愛的小娘子，執著地說道：「成親之後，便不能再瞞我……我也不會瞞妳。」

蘇木不由自主地握住肚子上的那隻手，輕輕地「嗯」了一聲。小小的心房，被眼前這個男人填得滿滿的。

姚金娘原本說好第二天再過來。然而，直到晌午，蘇木都沒見著她，就連蘇丫、蘇娃都不在家。

蘇木正要出去看看，蘇婆子便挑開簾子進了屋。

「乾娘，怎麼沒見金娘姊姊？」蘇木掀開被子要下來，卻被蘇婆子阻止。

「妳好生待著，第一次，可不能受了風。」蘇婆子把籃子裡的東西一樣樣拿出來，嘆了口氣。「妳說這大過年的，偏生趕上了這樣的事！」

蘇木直覺不妙，連忙問道：「乾娘，可是出了什麼事？」

蘇婆子把濃香的魚湯塞到蘇木手裡，讓她喝著，自己坐在炕沿上，嘆息道：「妳貴叔唄，原本想趁著年節多賣些酒，昨天夜裡便回來得晚了些。不知哪家缺德的，在地上潑了水，他走得又快，驢車就這麼翻了！」

蘇木心頭一緊。「貴叔可有受傷？」

蘇婆子臉上露出愁苦之色。「小半車的酒罐子全都滾了下去，不僅把他自個兒的腿壓壞了，還連累了旁人。」

「現在怎麼樣了？」

「那家人倒是沒事，就是腿上破了口子，請了大夫，也賠了錢，並沒有其餘的岔子——可憐妳貴叔，腿都斷了，當時不能走路了，幸虧濤拜路過，把他給揹了回來。」

蘇木把魚湯放下，抬腿就要下炕。「不行，我得去看看。」

蘇婆子連忙按住她。「外面天冷，妳身上不方便。再者說，帶著血氣到病人家裡，也不合適。」

蘇木一愣，沒承想還有這麼一說，只得問道：「可是請了大夫？」

「請了，鎮上名聲最好的正骨師傅。」

蘇木點點頭，握住蘇婆子的手。「乾娘，咱家有些舒筋活血的藥材，既然我去不合適，就勞煩您送過去吧！」

蘇婆子略微猶豫了一下，輕聲說道：「那些藥材都是何郎中留給妳的吧？且不說價錢如何，單是這份念想……小木捨得？」

蘇木笑笑，回道：「再好的藥材也是為了治病。」

見蘇婆子欣慰地點點頭，一口應下，蘇木這才下了炕，去偏房拿了藥材盒子交到蘇婆子手上。

臨出門，蘇婆子又回過身來囑咐。「魚湯趁熱喝，那是石頭一大早到河裡抓的，現在冰層厚，光是鑿那個冰窟窿就費了好大勁兒。」

蘇木心裡泛上絲絲甜蜜，點頭應下。

蘇婆子走了不久，蘇丫和蘇娃便回來了。姊妹兩個一邊收拾著做飯，一邊說著那邊的事。

「一家人都亂套了，金娘姊姊急得奶水都沒了，幸好有鐵子哥幫襯著。」

蘇丫往鍋裡添上水，繼續道：「桂花大娘說，那天車上的都是好酒，七零八落地摔了許多，又賠了人家錢，這個年關不大好過。」

蘇木嘆了口氣，病一場把家給敗了這種事，在古代屢見不鮮。

「阿姊，如果妳能幫貴叔醫治就好了，這樣還能省下許多銀錢。」蘇丫苦惱地說道。

蘇木點了點頭。「過兩日我便去看看，就算我對跌打損傷不大懂，切脈行針補氣血還是可以的。」

「嗯！」蘇丫高興地點了點頭。

日子越是過得艱難，越得咬著牙好好過。

作為姚家的半子，蘇鐵接替姚貴的活計，每日起早貪黑地到集上去賣酒。雲實也放下木工活，到酒廬幫忙。

老二媳婦主動把小荷抱到自己屋裡，給姚金娘騰出更多的時間照顧姚貴。

村裡漸漸地傳出一些閒話，都說蘇家娶了兒媳婦還不如不娶，整日裡往娘家跑，婆家的活一點不沾。

蘇婆子是個火爆脾氣，人們紛紛猜想著，她能忍到什麼時候。

很快，蘇婆子就用行動堵住了這些長舌婦的嘴——她不僅沒有阻止姚金娘，反而主動攬下姚家人的伙食。

蘇木身上好了之後，也每日過去，需要的藥材一樣都不讓姚家買，只要有的都從家裡拿。

一次、兩次還好，次數多了，姚家人不好意思，百般推託，要不就拿東西換。

蘇木想了個法子，每次都讓蘇娃送過去，放下東西就跑，根本不給他們拒絕的機會。

姚貴夫婦只得含著眼淚，把這些情誼一一記在心上。

除夕這天，蘇木一大早就起來蒸饅頭、燉豬肉。

前天晚上放在屋頂上的豆腐，不過兩天時間就凍得軟硬適宜，放進鮮香的肉湯裡，咬上一口，滿嘴留香。黃豆也在炕上泡發了，露出小小的芽，加上大白菜和著細細的粉條，同肥瘦相間的五花肉一起燉，不出半個時辰，便能香出三條街去。

除夕，三家人湊在一起吃年夜飯。這個主意還是蘇木提的。

按道理來說，這樣做不合規矩，然而，看看這三家人——蘇木姊弟，家裡連個掌事的大人都沒有；蘇婆子家，人丁雖旺，卻也是村裡的獨姓；姚家更是無親無故——他們就是彼此的親人。

在大夥兒齊心協力的幫助下，姚貴的腿好了大半。他不能喝酒，便端著碗茶挨個兒敬了一圈。「都說患難見真情，我姚貴嘴拙，心裡的感激不知道該怎麼說，各位的情分，我都記下了！」

蘇婆子道：「說這些見外的話做什麼？咱們也不是沒經過事的人，別管怎麼著，以後相互扶持著，好好地把日子過下去！」

姚貴夫婦重重點頭。

「明年的日子，定然會好起來吧？」蘇木喃喃地說道。

一雙大手伸過來，牢牢地牽住她的。那個沈穩如山的男人，對著她重重地點了點頭。

蘇木嫣然一笑，肯定地說：「明年的日子，一定會更好！」

第五十九章　坦白

初一一大早，蘇娃狼吞虎嚥地扒完早飯，就拿著蘇丫給他縫的小布兜出門去了。他現在在村裡有好幾個要好的小夥伴，和起初那會兒人嫌狗棄的狀況大不同了。

午飯照舊是幾家人搭伙一起吃，蘇木剛把醬肉撈出來，就聽到外面的喧譁聲。

桂花大娘掀簾子進來，急吼吼地說：「小木快出去看看吧，外面來了好些官兵，一個個佩刀佩劍的，甚是凶猛！」

蘇木笑道：「許是過路的吧！」

「方才在河邊聽到他們打聽『蘇家』，看樣子像是朝妳家來的。」

蘇木愣了愣，腦子裡一瞬間閃過許多想法——莫非是縫紉機出了什麼問題？

桂花大娘連忙安慰。「小木別怕，我這就把妳鐵子哥他們喊過來，就算來的是天王老子，咱們都不怕！」

蘇木原本還有些忐忑，一聽這話，忍不住笑了。「大娘放心，不會有什麼大事。」

桂花大娘一邊往外走，一邊嘆氣。「這大過年的，可別出什麼事才好……」

蘇木隨著她走出小院，抬眼便看到數名身著甲冑的官兵打馬而來。為首的那人長著滿臉的絡腮鬍子，看不出年齡，一身的殺伐之氣，把家裡的小黑狗都嚇得噤了聲。

那人開口，聲如洪鐘。「前面可是蘇家娘子？」

蘇木連忙應道：「正是小女子，不知軍爺年節前來所為何事？」

那人翻身下馬，朝著蘇木抱了抱拳，後面的小子們紛紛效仿，這態度，對蘇木可謂是相當尊重。

蘇木心內疑惑，面上卻絲毫不顯。她大大方方回了禮，不緊不慢地說道：「各位一路奔波，不若入內用盞熱茶？長輩在此，不必拘禮。」

桂花大娘一聽，連忙拉她袖子——這樣的凶神趕緊送走好，幹麼還請他們進屋？

軍爺擺擺手，朗聲道：「不必了，奉鎮守大人之命前來給蘇娘子傳個口信，蘇娘子先前所求之事，成了。」

蘇木一愣，心內一陣激盪，不知是她自己的心情，還是小蘇木殘留的意念。她聽到自己用顫抖的聲音，小心地確認。「真的……成了？大人將他們捉住了？」

「趁著除夕之夜，賊人守衛鬆懈，大人親自帶兵將其一網打盡，賊首當場處死，其餘匪徒悉數押往府衙大牢，出了二月二便升衙。那夥人殺人越貨，壞事做盡，菜市口處斬是免不了的。蘇娘子大可備上酒菜、紙錢，前去告慰令尊、令慈的在天之靈。」

蘇木深施一禮。「多謝軍爺，多謝鎮守大人。」

軍爺還了一禮，翻身上馬，揚塵而去。

桂花大娘握著蘇木的手，眼裡含著淚花，激動道：「這算是給蘇先生和梅妹子……報仇了？」

「是，報仇了！」蘇木重重地點頭，心情久久不能平靜。

桂花大娘把這件事對幾家人說了，大夥兒又哭又笑，紛紛唸著「老天有眼」。

午飯是在一種熱烈的氣氛中吃完的，蘇婆子連桌子都不讓蘇木收拾，一迭聲地催著她去把這個好消息告訴蘇先生。

這裡原本就是初一上墳的規矩，這時候去正合適。於是，蘇木叫著一雙弟妹，帶著兩位大娘包裹好的吃食、紙錢，便到了蘇家墳地，雲實不聲不響地跟在後面。

蘇父、蘇母葬在一起，後面是外公、外婆。

蘇木一樣樣把吃食擺好，擺著、擺著、擺著，眼圈就不自覺地紅了。蘇丫默默地燒著紙錢，一邊燒一邊偷偷抹眼淚。蘇娃虎著一張小臉，倔強地不讓眼淚流下來，他看到雲實在清理墳頭上的雜草，也跟著一棵挨一棵地拔了起來。

蘇木跪在墳前，看著墓碑上的名字，默默地說道：「蘇先生，害死您的賊人已然伏誅，你們一家人在那邊可以安安心心地過日子了……」

紙錢上的火苗一下子躥得老高，就像在回應蘇木的話。

蘇木眼前一黑，腦海裡突然現出小蘇木的身影，對方朝她笑了笑，轉過身去，漸漸走遠。

耳邊傳來蘇丫的呼喚。「阿姊，阿姊！」

還有一雙溫暖的大手，扶在肩頭。

蘇木睜開眼，對上一雙焦急的黑眸。她笑了笑，沒來由地問道：「那天就是你把我從這裡揹回去的嗎？」

雲實點了點頭，沈聲問道：「小木，是不是不舒服？」

「不，我很好。」此時的她渾身上下有種說不出來的輕鬆。

梅姨的墳地在南坡。蘇先生當初花錢把這裡買下來，才讓梅姨死後有了安身之所。

蘇木問過桂花大娘，梅姨和她的丈夫原本感情不錯，王老二是為了霸占她家的房子才把母子三人趕了出來。

蘇丫和蘇娃在墳前哭得厲害，蘇木心裡也很不是滋味。「他們的爹娘原本應該葬在一起，偏生有那些見錢眼開的親戚！」

雲實道：「倘若是見錢眼開，事情便不難辦。」

蘇木心頭一動，立馬反應過來。「你是說……咱們可以用錢解決？」

雲實點點頭，肯定她的猜測。「這件事可以請村長和舅舅去，如果他們要錢，給他們便好。」

「嗯！」蘇木看了一眼蘇丫、蘇娃的方向，小聲說道：「這件事先別跟他們說，萬一不成，白讓他們空歡喜一場。」

雲實笑笑，點頭應下。

回去之後，蘇木便迫不及待地去找蘇婆子商量。剛好桂花大娘也在，兩人一聽，就覺得這事有門兒。

桂花大娘說道：「聽說那家人的日子過得可不怎麼好，小年那天，石頭帶著二丫、三娃去看戲，興許是被他們給撞見了，他們還打著看酒的名義跟我打聽來著。」

蘇婆子一聽就急了。「怎麼著？莫非是看著兩個孩子日子過得好，還想過來打秋風不成？」

桂花大娘冷笑一聲。「可不是，讓我給打發了，我看他們可沒死心。」

這樣一來，蘇木反而更有信心了。

果然，姚貴的腳好些之後，村長便和他一起帶著雲實、蘇鐵幾人去那家說和。不過二十兩銀子，對方不僅同意了讓梅姨葬入祖墳，還准許蘇丫、蘇娃清明、寒食前去祭拜。

蘇木把這個好消息告訴了姊弟二人。

蘇丫久久地沒有說話，只一個勁兒地抹眼淚。蘇娃更是攥著小拳頭，冷靜得不像個孩子。

蘇木和雲實的婚期定在了楊柳紛飛的四月天。

然而，好事將近，蘇木卻顯得心事重重。

就連家裡最沒心沒肺的蘇娃都察覺到了異樣，悄悄和雲實嘀咕。「長姊近來為何常常發呆？不會是……不想成親吧？」

不得不說，蘇娃的話說到雲實的心坎裡。他內心擔憂，面上卻未表現出來，只是更加盡心盡力地對蘇木好。

殊不知，越是如此，蘇木心中越是愧疚——雲實對她掏心掏肺，她卻藏著一個大祕密。

這天，晚霞布滿天空，雲實以飯後消食為藉口，把蘇木約到河邊。

「小木……」雲實有些遲疑。

蘇木應了一聲，呆呆地看著他。

雲實稜角分明的唇抿成一條直線，他彷彿下定很大決心般說道：「小木，如果妳暫時不想成親，我……可以等。」

蘇木聞言，不由愣住。她眨了眨眼，心底湧出一股複雜的情緒，有驚愕，有愧疚，也有感動。她猛地意識到，就在她愧疚不安的時候，雲實不知道有多擔憂！

「雲實，我……」蘇木抬頭看著高大的男人，思索著如何開口。

雲實臉上帶著笑，非常努力地說道：「沒關係的，小木，無論成親與否，只要我能守在妳的身邊，就夠了……」

「不是，雲實，我不是這個意思……」蘇木素白的手放到雲實肩上，極力想說明什麼，然而越是著急越表達不清。

雲實握住那隻細小的手，深邃的眸子看向天邊，淡淡的說道：「現在這樣，也很好。」

那一瞬間，蘇木莫名地感覺到一陣心疼——相識以來，這個男人似乎一直都在順著她，包容她、保護她……而她，到底在不安些什麼？是擔心坦白之後會失去他嗎？還是怕他把自己當成妖怪一把火燒死？

蘇木搖搖頭，深深地吸了一口氣，對上那雙墨色的眸子，緩慢卻堅定地說道：「雲實，你還記不記得，我曾經說過，總有一天我會告訴你。」

蘇木沒有說要告訴他什麼，但是，雲實一下子明白了。關於那些農具，關於抽水泵，關於縫紉機……

蘇木看著天邊的霞光，感受著男人的氣息，突然覺得這件事並非那麼難以啟口。

「我來自另一個世界，」她輕描淡寫地開口道。「與這裡完全不同的一個世界。」

雲實乍一聽難免吃驚，繼而又覺得理所當然——他的小木原本就是那麼特別。

蘇木似乎被他平靜的表情鼓勵到，接下來，她鼓起勇氣，慢慢地訴說起了上一世的經歷。她的成長、求學、工作，她最愛的外婆，以及她為何會穿越到這個世界。

蘇木這才發現，明明是二十多年的人生，卻那般簡單，簡單到抵不過在這裡的短短一年。

在這短短一年的時間裡，蘇木有了相依為命的親人，有了肝膽相照的朋友，還遇到了她此生的摯愛。這個世界，已經成了她真正的家。

雲實聽著蘇木的話，眉頭越皺越緊。

蘇木從一開始的平靜，漸漸變得忐忑，最終一言不發。

是的，雲實沒有受到過那些穿越小說的洗禮，到底是難以接受吧？

蘇木胸中一陣酸澀，心裡默默勸著自己，至少他沒有害怕自己，沒有喊打喊殺不是嗎？

蘇木閉了閉眼，艱難地開口道：「雲實，你若是介意，咱們可以——唔……」

還沒說完，她就被雲實一把攬到懷裡，微涼的唇被深深吻住。

她瞪大眼睛，撞進男人的視線，如果她沒看錯的話，那雙深黑的眸子裡，是濃濃的心疼……

是的，此時的雲實滿心滿眼都是心疼。他怎麼也想不到，他的小木曾經過的是那樣的生活，吃不飽，穿不暖，被欺負，為了讀書，連覺都不睡……沒有人比雲實更加理解那是怎樣的滋味！

蘇木閉上眼睛，身體慢慢放鬆，唇角勾起一抹甜蜜的笑。

雲實依舊愛她，真好。

此時的蘇木渾身輕鬆，整個人沈浸在男人強大的氣息中。

不知過了多久，雲實才放開她，問道：「在那裡，怎樣成親？」

蘇木忍不住笑了，調侃道：「在我們那兒啊，男士需要跪下，向女士求婚……」

「對了，還要拿著戒指！」蘇木笑嘻嘻地補充道。

雲實目光閃了閃，從懷中掏出一樣東西。

蘇木一下子驚呆了——他竟然、竟然早有準備！

不知哪裡來的靈感，雲實單膝跪地，舉著手中的盒子，堅定而誠懇地對蘇木說道：「小木，請妳嫁給我。」

蘇木鼻子一酸，眼淚不受控制地流了下來。

從前看別人的求婚影片時，覺得準新娘哭起來很傻，此時親身經歷才知道什麼叫「情不自禁」。

「小木……」雲實晃了晃手中的盒子——那裡面躺著兩只檀木指環，雲實親手做的。

蘇木又哭又笑地將手伸到雲實面前。

雲實傻乎乎地把她的手翻過來，將盒子放在她掌心。

蘇木都給氣笑了，撒嬌般打了他一巴掌，嗔道：「傻不傻？我讓你給我戴上！」

雲實愣了愣，這才反應過來，將精緻的檀木戒指套在蘇木特意翹起來的無名指上。

蘇木這才收回手，看了又看，哼道：「雖然大了點，湊合戴吧！」

雲實揚起眉眼，露出一個俊朗的笑。

「別跪著了，讓人看見怪丟人的。」蘇木抓著他的手，將他從地上拉起來。

雲實認真地說道：「不丟人。」

蘇木唇角上揚，傲嬌地說道：「吶，以後你要每天、每天都對我好才行。」

雲實一本正經地點了點頭。他從懷裡掏出兩個盒子，鄭重地交到蘇木手上。

蘇木好奇地打開，其中一個裡面裝著木簪，另一個是一串精緻的項鍊，都是用檀木做的。她突然記起來，雲實似乎說過，這種木頭叫小葉紫檀，異常珍貴，十分難得。

木簪、戒指、項鏈，不用想就知道是雲實親手做的。

「小木可還喜歡？」雲實小心地問道。

蘇木重重地點了點頭，主動把自己塞到男人懷抱裡，輕聲說道：「喜歡，非常喜歡。」

雲實將他攬住，清亮的聲音十分好聽。「喜歡就好。」

夕陽的餘暉灑在他們身上，勾勒出一道好看的剪影。

第六十章 終成眷屬

按照當地的風俗，須得太陽升起的時候迎親，正午拜堂，接著是整整一下午的流水席，一直吃到晚上，是以天不亮蘇木就得起來準備。

姚金娘安排好嫁衣、首飾，並手腳麻利地幫著她穿戴，蘇丫和姚銀娘跑前跑後，打水、遞布巾，幾個年輕的嫂子們也忙活著布置屋子。

相比之下，蘇木反而成了最清閒的人。她瞇著眼睛，任由姚金娘擺布，看上去乖巧，實際卻在偷偷打盹兒。

姚金娘發現了，也不拆穿她，只掩著嘴，悄悄地笑。

門外傳來桂花大娘的聲音。「小木這閨女就是有福氣，妳看這四月天，不冷不熱，多好！」

「可不是嘛。」蘇婆子笑著應道。「昨個晚霞漫天，今日一準兒是個大晴天。」

蘇木迷迷糊糊睜開眼，無精打采地打招呼。「乾娘來了？」

蘇婆子走在桂花大娘前面，一看她這樣子便忍不住笑了。「還沒睡醒呢？」

「嗯……」蘇木看到乾娘，鼓著臉撒嬌。「昨天歇得晚，只覺得閉上眼沒多久便被叫起來了。」

姚金娘戳戳她的腦門，佯裝生氣。「敢情還怪我們叫妳了？」

蘇木嘟嘴。「可不唄！」

老二媳婦拍了她一巴掌，沒好氣地說道：「合著就不該叫妳，讓妳睡遲了成不了親，看妳急不急？」

蘇木嘻嘻一笑，狡黠道：「不急。」

桂花大娘揚聲說道：「妳是不急，我家石頭可就要急得跳河嘍！」

屋內眾人紛紛笑了起來，氣氛頓時更加熱鬧。

雲實穿著大紅衣裳，打扮得很精神，比以往任何時候都要帥氣。

蘇娃握著「殺威棒」攔在門邊，像其他新娘子的兄弟那樣，粗聲粗氣地嚷道：「要麼給銅錢，要麼吃棍子！」

雲實連忙把事先準備好的荷包遞過去，不甚熟練地勾了勾嘴角。蘇娃就像沒看到他手裡的荷包似的，揚起棍子就要打他。

男儐相們連忙去攔，同時還不忘幫雲實說好話。「你看新姊夫都給銅錢了，這棍子就不必吃了吧？」

蘇娃繃著小臉，憨聲說道：「我不要荷包！」說著，便打了下去。

雲實主動上前，生生地挨了三棍子。

蘇娃到底是小孩子，力氣並沒有多大，然而氣勢卻足得很，打完之後還一本正經地威脅。「你要對長姊好，若是敢欺負她，免不了要挨棍子！」

「我會對小木好。」雲實鄭重地應下。

蘇娃這才滿意，將門口讓了出來，大夥兒紛紛豎起大拇指。

「這麼小，就知道為阿姊撐腰！」

「可不是，這還是我頭一次看見不要銅錢要打棍子的。」

「不錯、不錯！」

村裡的小孩子們聚成一團，齊唰唰地看著蘇娃，那一道道崇拜的眼神，儼然把他當成了「老大」。

蘇娃昂首挺胸，超級爺們地領著小蘿蔔頭到屋裡吃點心去了。

閨房內，蘇木早已妝扮好，遮上蓋頭，由蘇鐵揹著出了房門。

自這抹紅色的身影出現的那一刻起，雲實的目光就牢牢地黏在了上面。

蘇鐵將人交到他手裡，沈聲囑咐。「好好待她。」

雲實緊緊握住蘇木的手，重重點頭。他把人穩穩地抱住，抬手放到馬背上，之後自己也翻身上馬，動作瀟灑至極。

「好！」人群中傳來歡呼聲，還有善意的打趣。

雲實揚起唇角，手臂繞到前面，牢牢地將人圈住。

蘇婆子站在門口，揚聲叮囑。「上坡下坡當心些，不要貪快！」

「曉得了。」雲實恭敬地應下。

「小木早上沒吃飯，拜堂之前拿些點心，多少讓她吃些。」

「好。」

蘇婆子還想說什麼，卻被旁邊的大娘們攔下話頭。「大嫂子，妳就放心吧，石頭有多疼小木妳還不知道嗎？」

蘇婆子閉上嘴，卻忍不住紅了眼圈。

姚金娘在旁邊輕聲安慰。「阿娘莫要難過，就算小木跟石頭成了親，也還是在這邊過日子，和從前一樣。」

這話的確說到了點子上，蘇婆子這才沈下情緒，對著雲實擺了擺手。「去吧！」

雲實點點頭，調轉馬頭，出了房門。

路上響起鞭炮聲，還有迎親隊伍的吹吹打打。孩子們圍在旁邊，追著棗紅馬跑。

雲實的一顆心怦怦亂跳，就像灌了蜜水似的，心裡的高興勁兒就別提了。他緊了緊手臂，悄悄地將下巴擱到蘇木頭上。

懷中傳來一聲輕笑，蘇木調皮地撓了撓他的手背。

雲實心頭一顫，反手將那隻白皙的纖手握住，不著痕跡地攏到袖中。

此時天還沒有大亮，一陣涼風吹過，蘇木下意識地打了個哆嗦，雲實連忙將人摟得更緊。

蘇木軟下身子，順從地往後靠了靠——雲實的胸膛溫溫熱熱，一如既往的安全可靠。

雲實的心被填得滿滿的，彷彿懷裡抱著的就是他的全世界。

禮堂早在前一天便布置好了，就安排在雲實的木工房裡，正好地方大，也敞亮。

人群中有許多熟悉的面孔——雲冬青夫婦忙前忙後地招待親戚；姑奶奶家的表兄弟們也沒把自己當外人，搬桌子、抬椅子，和雲家的漢子們搶著幹活。甚至雲實從前的親爹和後娘也來了，只是不大招人待見而已。劉蘭卻是個臉皮厚的，覥著臉地在人前表現，生怕雲實看不到。

雲實還真的沒看到，此時此刻，他的心裡、眼裡只有一個人，就是手裡牽的那個。

村長媳婦把紅綢塞到兩人懷裡，笑盈盈地打趣道：「眼下要拜天地，先委屈、委屈把頭鬆開，湊合著牽牽這紅綢吧！」

此話一出，禮堂內頓時爆發出熱烈的笑聲。

姑奶奶代替自家兄弟坐在高堂上，樂得滿臉褶子。

蘇木垂著腦袋，罕見地紅了臉。雲實悄悄地拽了拽紅綢，送上無聲的安慰。

村長媳婦笑罷，便朝著唱禮官輕輕地點了點頭。

唱禮官清了清嗓子，高聲唱喏。「吉時已到，一雙新人拜堂嘍——」

「一拜天地日月星——」

雲實和蘇木共執一方喜綢，朝著天地一叩首。

「二拜高堂老祖宗——」

起身，對著高堂，再叩首。

姑奶奶連忙站起來，心疼地說道：「好了、好了，做個樣子便好，別磕著腦袋！」

村長媳婦將她扶住，笑著說道：「這一拜是您替我三叔受的，我三叔在天上看見了，指不定多高興呢！」

「可不是嘛，老三他定然樂意。」姑奶奶顫顫巍巍地坐下，悄悄地拭去眼角的濕意。

劉蘭站在角落裡撇了撇嘴，陰陽怪氣地嘟囔。「哼，石頭怎麼說也是我家兒子，不知道哪裡來的老貨，也好意思受這個禮！」

此話一出，前後左右不知道有多少翻白眼的人——孝敬妳的時候不知道珍惜，如今見人家過得好了又上趕著巴結，多大的臉！

村長媳婦似笑非笑地往那邊掃了一眼，心裡默默地罵了句——活該！

拜堂還在繼續，唱禮官聲音洪亮。「三拜伯叔眾兄弟——」

叔伯們是長輩，笑呵呵地受了，雲家兄弟們卻是起鬨地去按雲實的頭。「不行、不行，拜得太淺，重新來！」

「就是嘛，小嫂子也不實在，我都沒看到膝蓋打彎。」

雲冬青跳出來替兄長去擋，沒承想卻被大夥兒打趣起來。「怎麼著，青子哥，有二嫂一個還不夠，你也想再來一回？」

直說得雲冬青面紅耳赤，連聲笑罵。最後，還是村長虎著臉，把年輕漢子們喝斥一通，儀式才得以繼續。

「四拜師長和親朋——」

蘇木剛剛屈下膝蓋，便被人扶了起來。

唱禮官喜氣洋洋地唸道：「禮成——」

蘇木長長地舒了口氣，終於好了！

大夥兒也跟著放鬆下來，沒有出岔子，沒有誤時辰，再圓滿不過。

就在這時，外面傳來一聲慌亂的哭喊。「小木！小木在哪兒？」

蘇木聽出是胖三的聲音，心頭一顫——不會是胖嬸出什麼事了吧？

眨眼的工夫，胖三便撥開人群，衝了進來。

村長虎著臉訓道：「胖三，今日是石頭和小木大喜的日子，有什麼事不能放放？」

高高大大的漢子，此時卻滿臉淚痕。「村長，不是我故意搗亂，實在是……實在是我媳婦她……她不行了呀！」

此話一出，一片譁然。

村長瞪大眼睛，沈聲問道：「弟妹莫不是要生了？是不是有什麼不好？」

胖三點點頭，一把鼻涕一把淚地說道：「原本還不到日子，早上起來說是要去送送小木，剛一下炕便覺得不好，我一早請了產婆，誰知到現在也沒生下來……」

村長媳婦一聽，反倒鬆了口氣，和和氣氣地安慰道：「婦人生產原本就千難萬難，一整天都生不出來的也不是沒有，三兒啊，你先別急，快回去好生照料著，這邊的事完了我便過去。」

胖三吸了吸鼻子，說道：「不是……不是單單生不出來，產婆說是難產，眼下已經落了紅，我到鎮上請了大夫，接連換了三個，都說……說……」

村長急道：「說什麼？」

「都說……怕是要不好……」

「石頭、小木，對不住，我……我是實在沒有辦法了，你三嬸要是走了，我可怎樣活！我可怎麼活！」

胖三說完這句，終於支撐不住，崩潰大哭，

蘇木抬起手就要掀掉蓋頭，卻被一隻骨節分明的大手攔住。

「小木，讓我來。」雲實說著，便抓住蓋頭一角，鄭重地掀了起來。

蓋頭下露出一張精緻的臉，由於上著妝的緣故，與往日相比更添了幾分嬌豔。

蘇木看著對面的人，眼中滿是歉意。「雲實，我得去……」

雲實點點頭。「我送妳。」說著，便將她一把抱起，大踏步走到馬廄旁。

雲冬青率先跑過去，把馬牽出來。「哥、嫂子，當心些。」

雲實點點頭，將蘇木放到馬上，自己也騎了上去。

「謝謝、謝謝！」胖三又哭又笑，跌跌撞撞地跟在後面。

蘇木和雲實到的時候，兩位產婆正站在門外，似乎在爭執什麼。

姜婆子牢牢地攥住王婆子細瘦的腕子，急赤白臉地嚷道：「是妳將我叫來的，妳走了算怎麼回事？」

王婆子自知理虧，訕訕道：「這眼瞅著就不行了，我要是不走，豈不是平白地毀了名聲？」

蘇木剛好聽到這兩句，登時便怒了，厲聲斥道：「王嬸子，名聲可不是這麼賺的！」她丟下這句，也不管二人如何反應便三步併作兩步跨進產房。

雲實將馬拴在草棚邊，冷眼看著兩個婆子，沈聲說道：「還不快進去！」

兩位產婆既懼怕又心虛，彼此對視一眼，妳推我搡地回了屋子。

雲實面色稍稍緩和，視線落在晃動的門簾上，不由得有些擔心。

屋內，胖嬸虛弱地閉著眼睛，整個人彷彿虛脫似的歪在被裡，出了滿頭滿臉的汗。

蘇木心疼不已，眼圈立時就紅了。她單膝跪到炕沿上，捏著布巾給她擦汗。「嬸子，妳怎麼樣？可要喝些熱湯？」

胖嬸聽到熟悉的聲音，睜開眼一看，既驚又喜。「小木，妳咋來了？不是正拜堂嗎？可……可不能誤了吉時……」她一邊說一邊抬起汗濕的手，虛弱地抓住蘇木。

蘇木鼻子一酸，主動把手搭過去，強裝鎮定地說道：「嬸子放心，拜完堂了，不耽誤。三叔說您要生了，我便等不及地過來看看。」

雖然嘴上說得輕巧，蘇木心下卻難免發虛，這還是她頭一次見到女人生孩子，那些理論知識還不曉得有沒有用。

姜婆子順勢往前一邁，強作喜氣地說道：「妹子，方才歇了這麼一會兒，力氣可回來了？妳再使使勁兒，咱們把娃娃順順利利地生下來，妳的福氣還在後頭呢！」

王婆子擠著笑說道：「可不是嘛，轉眼生了大胖小子，讓婆子們也跟著沾沾光！」

因著蘇木的到來，胖嬸自覺有了主心骨，身上也來了力氣，便順著產婆的話使起勁來。

與此同時，喜宴上的人們也三三兩兩地過來了。

胖三抱著手站在門外，急得滿頭大汗。蘇娃繃著小臉站在他身旁，有力的小手緊緊揪著他的衣角。蘇丫、姚家姊妹同幾個年輕媳婦一併站在蘇婆子和桂花大娘身後，皆是一臉擔憂。

蘇婆子張了張嘴，想說些安慰的話，最終還是閉上了。年近三十、身子虛胖，所有人都知道胖嬸這一胎怕是難生，這個時候說什麼都不合適。

屋內不斷傳出產婆的叫喊、蘇木的鼓勵，還夾雜著胖嬸的陣陣呻吟。

「用力！用力！對，就是這樣……」

「吐口氣，別憋著！」

「娃娃一直往上頂，咋整？」

「試試，咱倆一塊兒往下順，有點疼，忍著些……」

「啊——」

「唔……」

從正午到夜半，產婆說得喉嚨發乾，蘇木的聲音也漸漸嘶啞，孩子依舊不見往下走。

院子裡的人們大多回家了，只留下幾個親近的，一個個懸著心。

胖嫂僅有的力氣都用光了，她漸漸認了命，勉強握住蘇木的手，含著眼淚說道：「小木……這回若是我……挺不下去，妳……妳幫我把孩子拿出來……好歹讓老三瞧上一眼……」

此時的胖嫂面色灰敗，就像垂危的病人，讓人不由心驚。

蘇木一陣心酸，眼中盈滿濕意。她努力止住眼淚，故作冷靜地勸慰道：「嬸子別說這種話，您身體底子好，有孕之後又一直堅持鍛鍊，相信我，不會有事。」

胖嬸晃了晃汗濕的頭，低聲說道：「多少女人過不了這道坎……就算今日死在這裡，我也認了……只是……只是放不下老三……」

蘇木眼淚流得凶，甚至來不及拭去。「嬸子可別說這樣的喪氣話，這不有我在嗎？嬸子莫非不信我？」

胖嬸瞇眼看著她，扯出一抹虛弱的笑，溫聲道：「信，嬸子信妳。」

蘇木往她嘴裡塞了一大片野蔘，餵了半碗溫水。

姜婆子坐在木凳上緩了口氣，也跟著安慰道：「經我們的手接生的娃娃沒有一百也有八十了，什麼樣的沒見過？叫喊三、四天生下來的也不是沒有，妹子別洩氣。」

王婆子卻沒這麼樂觀——這娃娃胎位正不過來，只一味往上頂，除非用落胎藥否則很難順利降生。她思量再三，趁著胖嫂緩勁兒的工夫將蘇木叫出屋外，當著胖三及其餘諸人的面說道：「產婦已然沒了心力，若再來一回恐怕支撐不住，要我說，最好的法子就是盡快下一碗落胎藥，若再晚……」她抿了抿削薄的唇，直言道：「大人、孩子都要保不住。」

「落胎藥不行！」蘇木斷然拒絕。

這個時代的落胎藥她是知道的，大抵是以消耗母體的生命力為代價產下胎兒。一碗落胎藥下去，孩子能不能活兩說，胖嬸的命八成得搭進去。

胖三從蘇木的話裡聽出些苗頭，連忙表明態度。「小木，只要妳嬸子無礙，旁的，我都不求了。」他的表情雖痛苦萬分，語氣卻無比堅定。

蘇木暗自鬆了口氣，低聲道：「三叔放心，我定會盡力。」

雲實向前挪動一步，不著痕跡地撐住她的身體。

蘇木疲憊地閉了閉眼，將細瘦的手搭在他強壯的臂膀上，彷彿這樣就能汲取無限動力。

蘇婆子和桂花大娘對視一眼，俐落地說道：「王嫂子經驗豐富，若是有其他法子儘管說出來，這種時候可不能藏私。」

王婆子猶豫片刻，轉而看向蘇木，說道：「我年輕時候跟著師父學手藝，見過一位老大夫用針灸助產，小娘子可會？」

眾人聞言，不約而同地將視線放到蘇木身上。

蘇木一愣，猛地想起來，外公的手札裡的確有過相關記載，只是手法刁鑽，外公自己都沒有試過。然而，此情此景，已經由不得她猶豫了。她看向胖三，如實說道：「叔，我只能盡力一試，成與不成並不敢保證。」

胖三彷彿抓住救命的稻草，濕著眼眶一味點頭。「叔信妳、叔信妳。」

雲實握了握她的手，聲音低沈而堅定。「小木，別怕。」

蘇木深吸一口氣，頂著眾人希冀的目光，果斷地回到屋內。雖然心裡忐忑，她卻沒有當著胖嬸的面表現出來，反而信心十足地說道：「我要給嬸子行針助產，妳可別怕疼。」

胖嬸累得眼睛都睜不開，依舊微笑著點了點腦袋，虛弱地應道：「嬸子不怕……啥都不怕……」

蘇木握了握拳，用最快的速度給銀針消毒，並燃起更多燭火，將屋內照得亮亮堂堂。

兩個婆子趁著這工夫，用布巾給胖嬸擦了身子，手腳俐落地將炕上收拾乾淨。

蘇木莫名地多出幾分信心。許是上天垂憐，許是針灸術神奇，行針後不過一炷香的工夫，原本許久沒有動靜的胎兒再次活躍起來。

姜婆子驚喜地叫道：「往下走了！娃娃往下走了！」

這話傳到屋外，大夥兒精神一振。

胖嬸喝了一大碗熱騰騰的蔘湯，也添了許多力氣與信心，似是拿出拚命的勁頭咬緊牙關出力。

這次，折騰了許久的小娃娃並沒有讓大夥兒失望，只聽胖嬸一聲嘶啞的大喊，混著血水的小腦袋奮力頂了出來。

王婆子抓住時機，乾瘦的十指托出胎兒的頭頸，順著力道將她扯了出來。

「生了！生了！」姜婆子高亢的聲音傳到屋外，巨大的驚喜充斥在每個人的心裡。

胖三連聲問道：「小木，妳嬸子咋樣？」

蘇木一邊幫胖嬸擦拭身子一邊回道：「三叔放心，嬸子沒事。」

「沒事就好、沒事就好……」胖三登時呼出勉力支撐的一口氣，「咚」的一聲坐到地上。

人群中發出善意的哄笑，大夥兒打心眼裡替他高興。

「請客、請客，吃了村裡這麼多家，這回你可得請回來了！」

「請、請，一定請！到時候大夥兒都來，我僱人宰豬。」

「一頭可不夠！」

「多宰幾頭，管飽！」胖三眼睛亮亮的，笑得合不攏嘴。

屋內，王婆子將擦拭好的娃娃抱給胖嬸看。「是個俊俏的小丫頭。」

胖嬸想要抬手碰碰，卻累得一根手指頭都動不了，不知不覺便昏睡過去。

蘇木心頭一驚，連忙去抓她的手腕。

王婆子笑著說道：「放心，就是累著了，都這樣，不睡個兩、三天緩不過來。」

脈相雖虛，好在平穩，蘇木這才鬆了口氣。

姜婆子三兩下幫胖嬸清理好，撤下混著血水的產褥，蓋上保暖的新被。

看著姜婆子的動作，蘇木心頭一動，急聲問道：「胎盤，不對，胞衣排出來沒有？」

兩個產婆身子一僵，雙雙變了臉色。

就在這時，昏睡中的胖嬸難耐地咳嗽兩聲，身子微微蜷起，面上露出明顯的痛苦之色。

姜婆子正扯著她腿邊的被子，一雙眼睛看得真切。「血、出血了！」

「別慌，看能不能止住。」王婆子將娃娃放到籃子裡，邁著小腳跑過去幫忙。

「止、止不住……」姜婆子幾乎要哭了。

蘇木眉頭緊皺，心臟縮成一團——產後大出血，即使在醫學發達的現代也是九死一生，遑論當下！

「蘇家娘子，妳不是會針灸嗎？快想想辦法！」王婆子也急了。

「別慌、別慌……」蘇木觀察著胖嬸的情況，喃喃地說道。

蘇婆子和桂花大娘在外面聽得真切，也顧不上忌諱了，掀開簾子跨進屋內。

蘇木看到兩人，像是有了靠山般，快速說道：「阿娘，勞煩您備上些蔘湯、紅糖水，稍後要用。」

「大娘，給三叔傳個話，讓他去縣裡將李老大夫請來——只能是李老大夫！」

「王嬸，用藥酒將手沖洗三遍，我教您剝胞衣！」

胖嬸分娩後元氣大虛，無力排出胞衣，這才引起大出血，此時此刻最好的辦法就是徒手剝離。

幾人聽了蘇木的話，紛紛行動起來。

唯一慶幸的是王婆子有一雙適合助產的手，掌面小，十指細長，可以輕鬆伸入產道。她按照蘇木所說順利找到胎盤，果斷地扯了出來。與此同時，一股猩紅的血液也隨之湧出。

「啊，血流得更多了！」眾人面色大變。

「別慌！」蘇木穩住心神，冷靜地說道：「大娘，餵三嬸喝蔘湯，紅糖水也灌進去。姜嬸，注意保暖和清潔！」

蘇木手上也沒閒著，針灸加按摩，輪番上陣。

不知過了多久，胖嬸身下的血終於漸漸止住，蘇木幾人累得癱坐在炕沿上。

剛好，雲實用馬車載著李老大夫趕到，老先生給胖嬸切了脈，觀察了眼下的狀況，讚賞地對蘇木點點頭。「妳做得很好。」
蘇木眼睛一亮，急切地問道：「孀子能不能好？」
李老大夫捋了捋鬍鬚，微微頷首。「我開個方子，小心調養便無甚大礙，只是……」
眾人的心跟著提了起來。
李老大夫看向胖三，繼續道：「以後怕是再難有孕。」
「不生了、不生了，一個就夠了！」胖三抱著小小的襁褓不捨得放下，他並沒有因為是女兒就減少半分喜愛。更何況，一次驚嚇就夠了，他可不想再來一回。
李老大夫為人耿直，在這方面經驗豐富，既然他說得如此肯定，蘇木便徹底放下了心。
此時正值卯時，東方微微發亮，青色的天光映在房角屋簷，喚醒了沈寂一夜的小村莊。
蘇木仰起頭，閉著眼睛做了個深呼吸，身後靠過來一個寬厚的胸膛，溫熱的大手輕輕地扶住她瘦削的肩膀。
蘇木眼睛未睜，放任自己靠在對方身上。
雲實撫著她眼下的烏青，長臂一伸，乾脆俐落地將人抱了起來。
蘇木一聲驚呼，下意識地圈住漢子的脖頸。「做什麼？」
「回家。」漢子揚起唇角，眼中一片深情。
回家，簡單兩個字將蘇木的心填得滿滿的，她彎起眉眼，放鬆地窩進伴侶懷中。
漢子的胸膛寬厚而溫暖，將晨起的涼風悉數擋去，蘇木閉上眼睛聽著他沈穩的心跳，不知不覺地睡著了。

再醒來時已是黃昏，繁複的禮服被脫下，一頭烏髮也散落開來，身上清爽乾淨，不用想就知道，這一切都是雲實的功勞。

蘇木心裡甜膩膩的，慵懶地翻了個身，不期然貼上一個硬邦邦的身體。她嚇了一跳，失聲問道：「你怎麼在這裡？」

雲實挑了挑眉，一臉受傷。「我不在這裡在哪裡？」

「不是，我是說，天還沒黑，你怎麼……在床上？」蘇木被他困在懷裡，腦子呆呆木木，尚未清醒。

「洞房。」雲實言簡意賅。

蘇木倏地睜大眼睛，這才反應過來——他們好像成親了……還沒有洞房！

雲實動了動，蘇木瞬間緊張起來。

雲實眉眼含笑，細碎的吻一個接一個地落在唇畔，滿載著珍重與在意。

蘇木慢慢放鬆，笨拙地回應。

夕陽映在窗櫺上，一室春意。

最後關頭，雲實卻生生停了下來。

「怎麼了？」小娘子紅著臉，微喘著詢問。

雲實抿了抿唇，認真地問道：「小木，有沒有辦法不受孕？」

「你不想要孩子？」蘇木脫口而出。

不等雲實回答，她自己就搖了搖頭——她比任何人都清楚，雲實多想有個孩子，有個同他血脈相連的人，有個完整的家。

雲實看著她，聲音微沈。「我不想讓妳受苦。」

蘇木瞬間明白，他這是被胖嬸嚇到了。

心頭湧起一股暖流，她輕笑道：「放心，我會照顧好自己，還有……我們的孩子。」

我們的，孩子。

情人之間，最美好的饋贈。

明亮的眸子裡盈著笑意，小娘子勾住漢子的脖頸，主動迎了上去。

漢子一聲喟嘆，拋去所有顧慮，攻城掠地。

這一刻，他們徹徹底底地屬於彼此。

今生今世，別無他求。

——全書完

2018年6月出版

換個良人嫁

文創風 642～645

翩翩如玉的心上人依舊，
一見鍾情、再見傾心卻未如前世搬演，
反倒多了個「福星」經常助她逢凶化吉，
難不成今生歸屬，老天已另有安排？

覓得良配，緣定今生／水暖

「世上只有娘親好，有娘的孩子像個寶～～」
偏偏在她宋嘉禾身上卻是逆著行，
堂堂名門嫡女委屈得猶如二等庶女，真真是何必呢！
兩世為人，母女緣薄她已拎得清，
但是與前世未婚夫緣淺，倒讓她始料未及。
橫豎舊愛已去，她若執著於當初反而多折磨，
不如好好活在當下，重展不留憾恨的人生，
何況老天爺還給了她「福星」時常於左右幫襯；
這名叫魏闕的表哥，見義勇為、救死扶傷猶如他的天職，
每當她遇上壞事總能逢他三番兩次出手相助，
本以為是親戚間兄妹情深、互相照料，
哪曉得隨著見面日多，這關係便漸漸走了味兒，
她也不知不覺傾心於這才能卓絕的好男兒……

人生如戲　悲歡離合／笙歌

2018年6月出版

起手有回小女子

你給了我一個夢想，我滿心歡喜，以為睡夢成真，
直到你親手粉碎了它，這才驚覺自己天真得可以，
早知到頭來會傷痕累累，我又何苦一往情深？
奈何世上沒有後悔藥，
便是說了千萬遍的早知道，又何奈……

文創風 646 1

林莫瑤仗恃著自己的才智，硬是憑藉己力助心愛的二皇子登上皇位，
為了他，即便承受天下人的唾棄、謾罵，她也甘之如飴，
然而，縱使她聰明一世、機關算盡，也沒能算出他的狠心無情，
這個她付出生命愛著的男人對她沒有感情，只有利用，
而她那個楚楚可憐、嬌嬌弱弱的異母妹妹則一心覬覦著她的后位，
原來啊，從頭到尾被蒙在鼓裡的人只有她，可憐又可悲的她，
雖然是自個兒犯傻，落得如此下場，實在怨不得人，
可是，她心中充滿了恨！上天為何對她如此不公？她不甘心……

文創風 647 2

她不曾如此感謝過上蒼，但發現重生的這一刻，林莫瑤滿是感激，
這輩子，她發誓定會好好地過，離二皇子那群人遠遠的，
首要之務嘛，她得徹底切斷進京與父親團圓、生活之路。
說起這位狀元爹，那就是個拋棄糟糠妻、再娶丞相女的負心漢，
偏偏她娘傻傻的，被哄騙和離後還期待著全家團圓，
而她自己也是個蠢的，前一世盼星星盼月亮的，終於盼到父親來接，
於是，她便迫不及待地帶著母親與姊姊奔向火坑，
幸好啊幸好，老天爺給了她贖罪的機會，這回她絕不重蹈覆轍！

文創風 648 3

赫連軒逸，前世對她一往情深，曾為了救她而獨闖敵營的男人，
因為她，這人眾叛親離、一無所有，最後死無葬身之地，
欠他的恩與情，她就是幾世加起來都不夠償還的，
所以，這輩子自個兒能為他做的，就是義無反顧地愛著他。
話說回來，她如今是他的救命恩人，他難道不該以身相許什麼的嗎？
怎麼清醒後不對她投懷送抱，反倒冷冷淡淡、愛理不理的啊？
算了算了，反正自己有滿滿的愛，就由她主動出擊擄獲他的心吧！
今生，換她來守護他，至死不渝……

文創風 649 4 完

赫連伯父忠心耿耿，林莫瑤知道，他是萬不可能通敵叛國的，
可聖旨已下，想要翻案的機會根本是微乎其微，
除非，那個指證赫連將軍通敵叛國之人變成了亂臣賊子，
那麼，被亂臣賊子「陷害」的將軍自然就能洗脫罪名了。
前世她便曉得，這次的事件是丞相一派構陷、誣害的，
她也曉得，丞相在某間屋子裡藏有一本見不得光的帳冊，
倘若能讓人順利偷出帳冊，交給太子，就能令赫連家解套，
問題是，今生的她從何得知這些事？事成後自己又該如何解套？

陌上嬌醫 下

國家圖書館出版品預行編目資料

陌上嬌醫 / 言笑晏晏著. --
初版. -- 臺北市 : 狗屋, 2018.07
冊 ; 公分. --（文創風）
ISBN 978-986-328-886-2（下冊：平裝）. --

857.7　　107007811

著作者　言笑晏晏
編輯　黃鈺菁
校對　黃亭蓁　林安祺
發行所　狗屋出版社有限公司
地址　台北市104中山區龍江路71巷15號1樓
電話　02-2776-5889～0
發行字號　局版台業字845號
法律顧問　蕭雄淋律師
總經銷　知遠文化事業有限公司
電話　02-2664-8800
初版　2018年7月
國際書碼　ISBN-13　978-986-328-886-2

本著作物由北京晉江原創網絡科技有限公司授權出版

定價250元
狗屋劃撥帳號：19001626
網址：love.doghouse.com.tw　E-mail：love@doghouse.com.tw